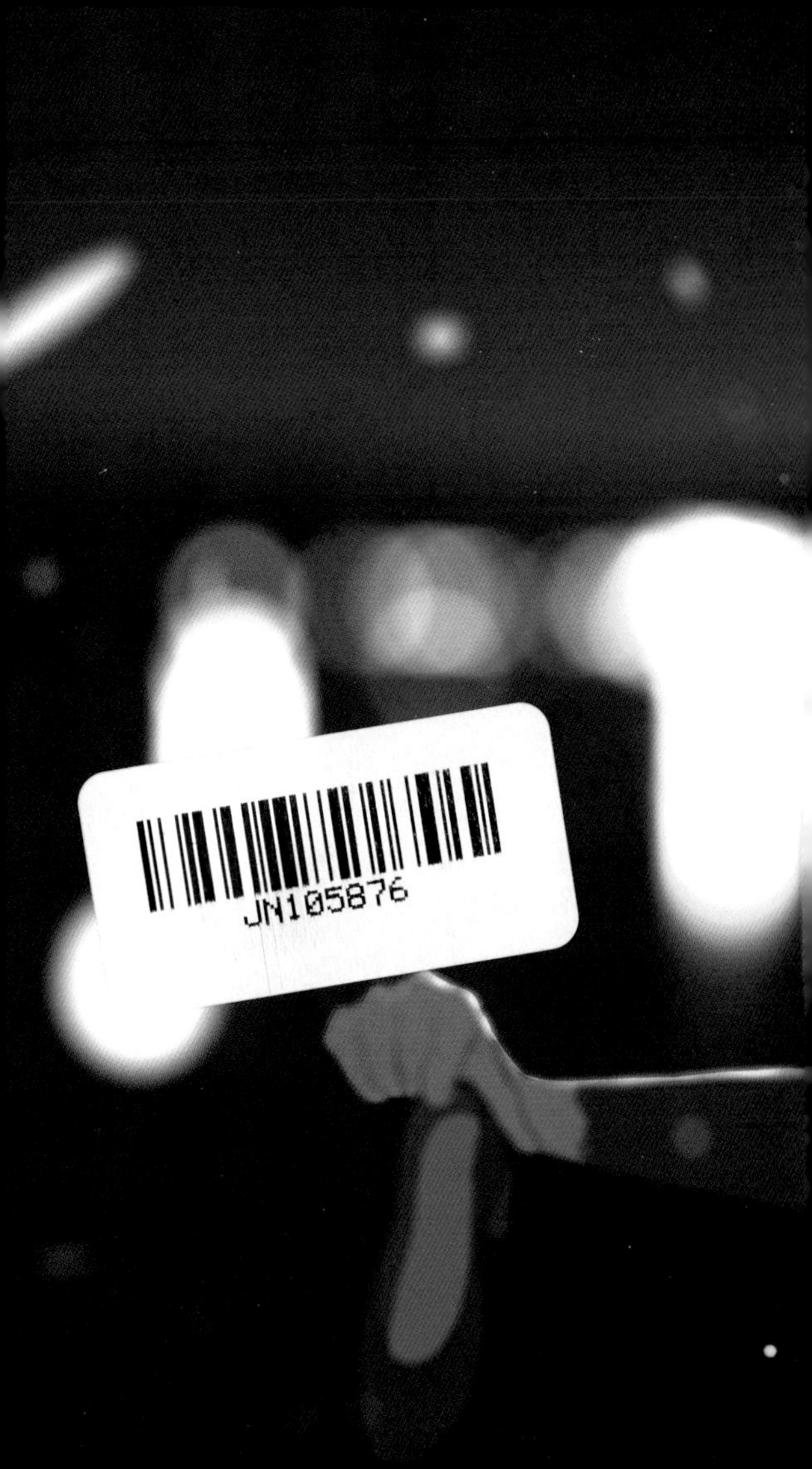

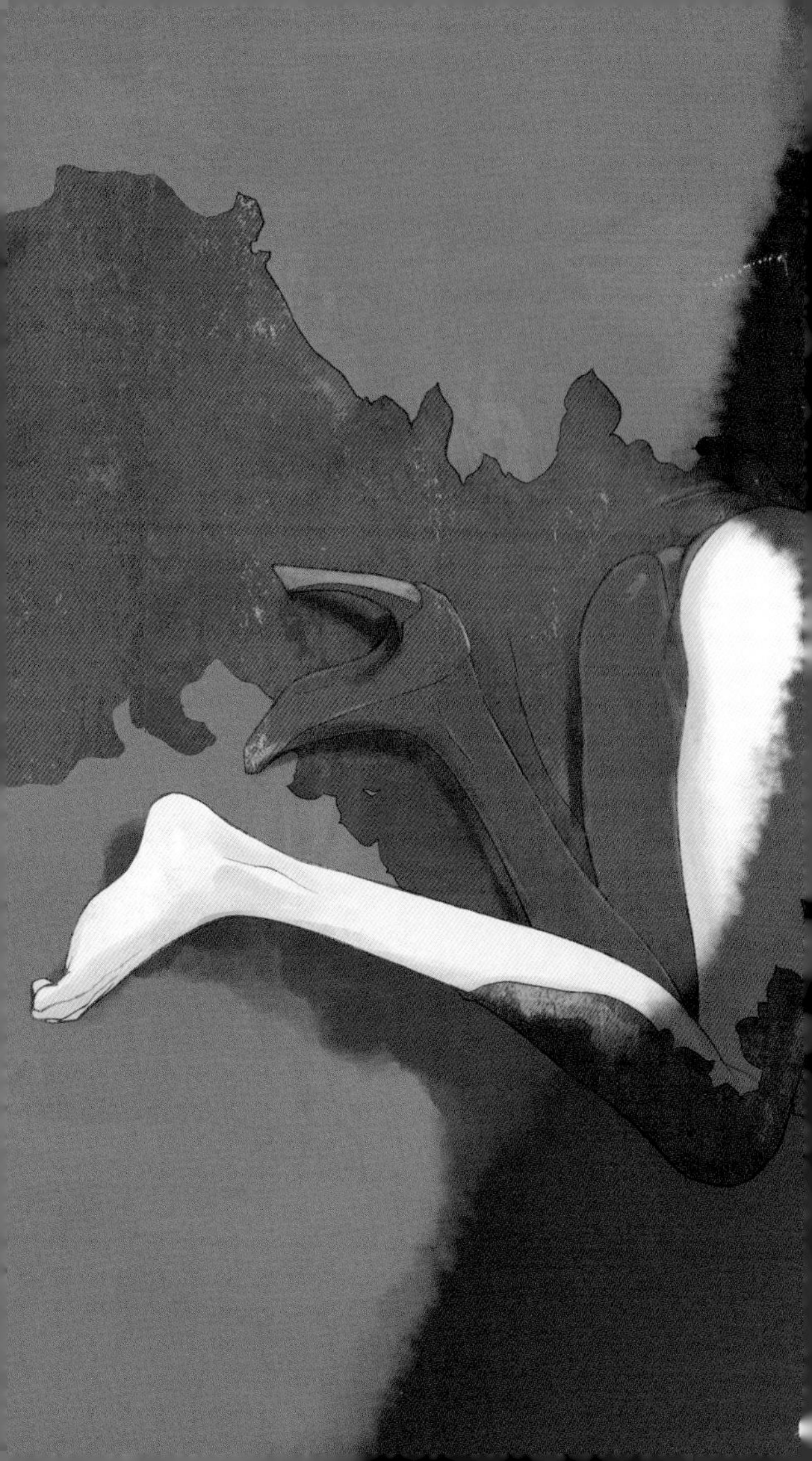

ダンジョンに出会いを求めるのは間違っているだろうか

16

ヘスティア
HESTIA

人間や亜人を越えた超越存在である、天界から降りてきた神様。ベルが所属する【ヘスティア・ファミリア】の主神。ベルのことが大好き！

ベル・クラネル
BELL CRANEL

本作品の主人公。祖父の教えから、「ダンジョンで素敵なヒロインと出会う」ことを夢見ている駆け出しの冒険者。【ヘスティア・ファミリア】所属。

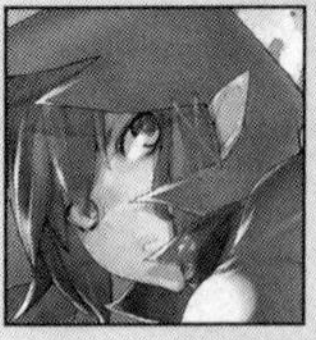

リュー・リオン
RYU LION

もと凄腕のエルフの冒険者。現在は酒場『豊穣の女主人』で店員として働いている。

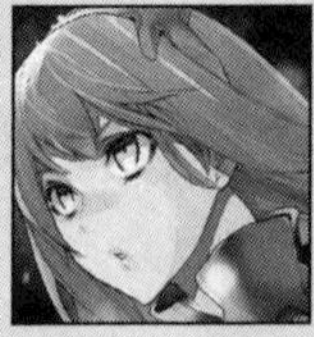

アイズ・ヴァレンシュタイン
AIS WALLENSTEIN

美しさと強さを兼ね備える、オラリオ最強の女性冒険者。渾名は【剣姫】。ベルにとって憧れの存在。現在Lv.6。【ロキ・ファミリア】所属。

シル・フローヴァ
SYR FLOVER

酒場『豊穣の女主人』の店員。偶然の出会いからベルと仲良くなる。

フレイヤ
FREYA

【フレイヤ・ファミリア】の主神。神々の中で最も美しいといわれる『美の女神』。

オッタル
OTTARL

ファミリアの団長を務めるオラリオ最強の冒険者。猪人。

アスフィ・アル・アンドロメダ
ASUFI AL ANDROMEDA

様々なマジックアイテムを開発するアイテムメイカー。【ヘルメス・ファミリア】所属。

CHARACTER & STORY

迷宮都市オラリオ——『ダンジョン』と通称される壮大な地下迷宮を保有する巨大都市。冒険者志望の少年、ベル・クラネルはこの街で神ヘスティアと出会い、【ヘスティア・ファミリア】に入団する。憧れの【剣姫】アイズ・ヴァレンシュタインに認められようとダンジョン探索に明け暮れる中で、サポーターのリリや鍛冶師のヴェルフ、極東出身の命や狐人の春姫も同じファミリアの一員に。

それぞれの過去を振り返る中、ベルは挽歌祭《エレジア》でアイズの姿を見る。彼女が花を手向けていたのは、かつての英雄『傭兵王ヴァルトシュテイン』の墓標だった。

今とかつての『最強』を結ぶ接点に立ち尽くすベルをよそに、秋の豊穣の宴が近づいていた——。

リリルカ・アーデ LILIRUCA ARDE

「サポーター」としてベルのパーティに参加しているパルゥム（小人族）の女の子。結構力持ち。
【ヘスティア・ファミリア】所属。

ヴェルフ・クロッゾ WELF CROZZO

ベルのパーティに参加する鍛冶師の青年。ベルの装備《兎鎧（ピョンキチ） Mk= II》の制作者。
【ヘスティア・ファミリア】所属。

ヤマト・命 YAMATO MIKOTO

極東出身のヒューマン。一度囮にしてしまったベルに許されたことで恩義を感じている。
【ヘスティア・ファミリア】所属。

サンジョウノ・春姫 SANJONO HARUHIME

ベルと歓楽街で出会った極東出身の狐人(ルナール)。
【ヘスティア・ファミリア】所属。

エイナ・チュール EINA TULLE

ダンジョンを運営・管理する「ギルド」所属の受付嬢兼アドバイザー。ベルと一緒に冒険者装備の買い物をするなど、公私ともに面倒を見ている。

ヘルメス HERMES

【ヘルメス・ファミリア】主神。派閥の中で中立を気取る優男の神。フットワークが軽く、抜け目がない。誰からかベルを監視するよう依頼されている……？

カサンドラ・イリオン CASSANDRA ILION

ダフネ同様の経歴を経て、現在は【ミアハ・ファミリア】に所属する冒険者。自分を何かと気にかけてくれるダフネに懐いている。

ダフネ・ラウロス DAPHNE LAUROS

かつてカサンドラと共に【アポロン・ファミリア】に所属していた冒険者。『戦争遊戯（ウォーゲーム）』を経て、現在は【ミアハ・ファミリア】に所属。

アーニャ・フローメル ANYA FROMEL

『豊穣の女主人』の店員。
少々アホな猫人(キャットピープル)。シルとリューの同僚。

クロエ・ロロ CHLOE LOLO

『豊穣の女主人』の店員。
神々のような言動をする猫人(キャットピープル)。ベルの尻を付け狙う。

ルノア・ファウスト LUNOR FAUST

『豊穣の女主人』の店員。
常識人と思いきや、物騒な一面を持つヒューマン。

ミア・グランド MIA GRAND

酒場『豊穣の女主人』の店主。
ドワーフにもかかわらず高身長。冒険者が泣いて逃げ出すほどの力を持つ。

アレン・フローメル ALLEN FROMEL

【フレイヤ・ファミリア】に所属するキャットピープル。Lv.6 の第一級冒険者にして『都市最速』の異名を持つ。

アルフリッグ・ガリバー ALFRIGG GULLIVER

小人族にして Lv.5 に至った冒険者。四つ子の長男で、ドヴァリン、ベーリング、グレールの三人の弟がいる。

ヘグニ・ラグナール HOGNI RAGNAR

ヘディンの宿敵でもある黒妖精(ダーク・エルフ)。
二つ名は【黒妖の魔剣(ダインスレイヴ)】
実は話すことが苦手……？

ヘディン・セルランド HEDIN SELLAND

フレイヤも信を置く英明な魔法剣士。
二つ名は【白妖の魔杖(ヒルドスレイヴ)】

イラスト・デザイン
ヤスダスズヒト

プロローグ・それはなんてことのない友情と慕情の狭間

「ねえ、リュー」

リューは振り向いた。

いつもの帰路だった。

薄鈍色《うすにびいろ》の髪を揺らす少女とともに、買い出した食材が詰まった紙袋を抱え、人気《ひとけ》のない近道を歩いて酒場へ戻る、全くいつも通りの帰り道だった。

シルは、振り返ったリューに微笑《ほほえ》んだ。

「ベルさんのこと、好きになっちゃった？」

——どさどさっ、と。

抱えていた紙袋を石畳の上に落とした。

袋の中身から果物が転がっていく。慌《あわ》てて膝《ひざ》をつき、ドジな奉公《メイド》のようにかき集める。

かき集めながら、エルフの細い耳が、どくどくと脈打っていた。

いや耳どころか、顔も、首も、体も震えて、全てが熱かった。

なんだ？　なにを言われた？　なにを尋ねられた？

こんないきなり、変哲もない日常で、なんの前触れもなく。

私《リュー》は一体なにを確かめられてしまった？

「な、なっ、なっ……なにを……！」

みっともないほど声が上擦《うわず》っている。

そんなこちらを他所《よそ》に、少女は屈《かが》んで集めるのを手伝った。

拾った紅《あか》い果実を、リューに手渡す。

「わ、私がっ、貴方の想《おも》い人に横恋慕するわけっ――」

「リュー」

立ち上がり、必死に何かを言おうとする自分の声を遮《さえぎ》って。

シルはもう一度、笑った。


「私、ベルさんのことが好き」


その時、なぜ衝撃を受けたのか、リューにはわからなかった。

シルが今まで、はっきりと少年のことを『好き』と口にしたことがなかったからか。

自分を見つめる瞳《ひとみ》が、こちらの心を全て見透かしているような気がしたからか。

黒も白も、嘘《うそ》も本当も、全てがわかってしまう瞳の中に映る自分の姿が、あまりにも滑稽だったからなのか。

「今度の『女神祭《めがみさい》』、ベルさんを誘ってもいい？」

嫌だ！

そんな風に胸が軋《きし》んだ気がした。

何を馬鹿《ばか》なと一笑に付す。自分がすべきことは勿論《もちろん》と肯定し、彼女を応援することだ。

それ以外ない筈《はず》だ。

なのに、リューの鼓動の音は速いままだった。

「どうして……それを、私に聞くのですか？」

「もしかしたら、リューに酷《ひど》いことをしちゃうかもしれないから」

かろうじてそれだけを尋ねた自分に、彼女は言葉を選んで、答える。

「上手《うま》くいっても、失敗しても、幻滅されるかもしれない」

「喧嘩《けんか》して、仲直りもできないかもしれない」

「だから、聞いておこうと思って」

言葉を尽くし、眉《まゆ》を下げて笑う、その姿が。

彼女の『誠意』なのだと気付く。

「…………わ、私は」

リューはその『誠意』を直視できなかった。

どう応《こた》えればいいのか、長寿のエルフの中でも年若く、小娘に過ぎない彼女の中に答えは存在しなかった。

だから空色の目を伏せ、一番大切な、目の前にいる少女との絆《きずな》を思い出す。

五年前、この唇が彼女に告げた約束を。

「……私は、貴方に救われた。私は、貴方に恩を返したい。前にも言った筈だ」

だから、と息を吸って。

絞り出すように、次の言葉を告げた。

「シルは……誰を好きになっても、いい。私は、それを応援する」

どこか空虚な呟《つぶや》きが小道に響く。

街の中だというのに静かだった。

路地の形に切り取られた青い空が二人を見下ろしている。

目の前にある薄鈍色の瞳と、今も視線を交わすことができない。

ややあって。

少女は静かに、笑った。

「ありがとう」

プロローグ＝少女が望んだこと

たとえば、それは昼食を渡す時。

彼の浮かべる笑顔が好きだった。

たとえば、それは他《ほか》の女の人と話してる時。

顔を真《ま》っ赤《か》にしながら、自分以外の異性にからかわれているのが、ちょっと嫌だった。

たとえば、それは白い意志が翳《かげ》りを見せた時。

悩んで、傷付いて、それでも顔を上げて前に進もうとする彼の力になりたいと、本当に、何の打算もなく思った。


たとえば、たとえば、たとえば……。

挙げれば切りがない沢山のたとえばを積み重ねて、笑ってしまうほど取るに足らないささやかな時を経て——私は、彼を好きになったのだろう。

とても恥ずかしいことだけど。認めたくないけれど。

私は心惹《ひ》かれている。

えいやーと白旗を上げ、ハイハイ負け負けと敗北宣言《リザイン》を行い、これで満足ですかーと真っ赤な手役《ハンド》を明かす。夢中になっていたなんてことはとっくに知ってましたよーだ、と誰に言うわけでもなく舌を出し、強がりのように唇を尖《とが》らせた。その後にこぼれるのは、自分でも驚くほど穏やかな微笑《ほほえ》みだった。

そうだ。

私は彼に、心惹かれているのだ。

認めた後は楽だった。

さわやかな風が訪れたように体が軽くなる。

何か、宝物が見つかったような気がした。

けれど。

それと同時に、胸が騒いだのも事実だった。

胸のざわめきの、決定的な引鉄《ひきがね》が何だったのかと問われれば。

それは、自分が大切な人だと思っている彼女の、ささやかな『変化』だったのだろう。

――リュー、顔が赤いよ？

――あ、赤くなってなどいませんっ。

――ベルさんを見てるの？

――ち、違う！　違います、シル！

彼女は綺麗《きれい》で、気高くて、いつもは凛々《りり》しいのに、苦手なものは本当に苦手だから、すぐにわかってしまった。もしかしたらその時は来るんじゃないかと前々から思っていたから、それ自体には驚きは覚えなかった。

そう。

危機感とか、そういうのはない筈《はず》だった。

ただ——同じ時は続かないのだと、気付かされた。

彼がいつものようにお店へ訪れて、昼食を受け取る。

同僚達に冷やかされ、からかわれる。

そんな日常も明日には崩れ去るかもしれない。

私は柄にもなく、衝撃を受けたのだろう。

いつもと変わらない笑みの下で、澄ました顔の裏側で、立ちつくした。

「シル、どうしたの？　最近元気なくない？」

「……そう見える？」

「私はね。なんかいつもと笑顔が違う気がする」

頬《ほお》をぺたぺたと触ってみるが、わからない。

そんな私に同僚《ルノア》がにかっと笑いかける。

「ニュフフ、乙女《おとめ》の悩みかニャ～？」

「ミャー達に相談するニャ、シル！　それで悩みが解決したら掃除を代わるニャ！」

後ろから黒猫《クロエ》が背にもたれ、前から迷猫《アーニャ》が指を突き付けてくる。

代わり映《ば》えしない日常だ。いっそかけがえのないくらい。この目の前の光景もいつかは私の前から去っていくのだろう。下界は残酷《ざんこく》だから。時はあっという間に過ぎていく。そんなこと私は知っている。

だから、私が恐れている『いつか』は、思ったより早く訪れるかもしれない。

そう自覚した瞬間、居ても立ってもいられなくなった。

胸が苦しい。

向き合ってはいけないものだったと今更気付く。

それでも、もう止まらない。

『目的』と『手段』が入れ替わったのはいつ？

心に棘《とげ》のように刺さった『嘘《うそ》』を苦しむようになったのは？

私が本当に望んでいるものは、なに？

彼が誰を視線で追いかけているのかは知っている。

その深紅《ルベライト》の瞳《ひとみ》が何を見上げているのかもわかっている。

憧憬《しょうけい》が向かう先がどこなのか、もう理解している。

けれど、想《おも》いは解き放たれてしまった。

確かめたい。確かめたい。確かめたい。

この想いが本当なのか。
私は『私』なのか。
私は『私』になれるのか。
『女神の軛《くびき》』から、解き放たれることはできるのか。

これは『愛』なんかじゃない。
私はそれを、証明したい。

だから。
そう、だから。

私は決意するしかなかった。
自分は間違っていないと『衝動』の言いなりになるしかなかった。
神意《しんい》にそぐわぬ決断をもってしても、それに臨むしか。

長い階段を上る。
重厚な扉を開く。
開けた広間の先に赴く。
一柱《ひとり》、玉座に腰かける孤高の女王に、私は拝謁《はいえつ》した。
笑みを浮かべる『彼女』に。
愚かしくも、浅ましくも、絶対に逆らえない存在に向かって。
私は、『女神』に『交渉』を持ちかけたのだ。

一章　波乱ラブレター

紙の匂《にお》いがする。

子供の頃《ころ》、飽きることなく頁をめくってはのめり込むように読んでいた、本の香りだ。

「確か、この辺りに……」

僕は整然と並べられた本棚の前に立っていた。

【ファミリア】の本拠《ホーム》、『竈火《かまど》の館』。その書庫。

広い屋敷の中でも一階、中庭に面した幾つもの本と棚の部屋は、元【アポロン・ファミリア】の財産でもある。戦争遊戯《ウォーゲーム》に勝利したことで頂戴した本拠《ホーム》と一緒に、今やこの書庫も【ヘスティア・ファミリア】のものになっていた。

数えきれない本はアポロン様や団員の人達が集めていたもので、最初は読むことに少し抵抗を覚えたけれど、

「自由に読んでいいよ。戦争遊戯《ウォーゲーム》に勝ったのは君達だし、誰も持っていかなかった以上は私物にされたって文句なんて言えないでしょ」

と、ダフネさんは言ってくれた。

本からすれば埃《ほこり》を被《かぶ》るのも不本意だろうと神様にも言われ、今では暇な時間を見つけては読ませてもらっている。

この書庫をよく利用しているのは僕や春姫《ハルヒメ》さん。あとは、本好き、というより下界の娯楽を愛していらっしゃる神様。少ないお小遣《こづか》いで気に入った本をちょくちょく買い足してもいる本

棚はびっしりと埋まっており、そろそろ新しい棚の購入も考えなければならないだろう。

そんな本の森の中で、僕はとある書物を探していた。

「……あった」

英雄にまつわる物語が集められている棚の上段。

背伸びをして指を引っかけ、その分厚い『英雄譚《たん》』を手に取る。

「『迷宮神聖譚《ダンジョン・オラトリア》』……」

このオラリオで実際にあった史実。それをまとめた、いわば英雄達の軌跡。

幼き日の愛読書《バイブル》でもあった英雄譚を開く。

ぱらぱらと頁《ページ》をめくる先は、右手の重みが薄れる最終章。

「『英雄アルバート』……」

それは英雄史上《えいゆうしじょう》、『最強』とも呼ばれる一人の大英雄の名だ。

『迷宮神聖譚《ダンジョン・オラトリア》』だけでなく数々の童話やお伽噺《とぎばなし》にも綴《つづ》られる、下界で最も偉大な人物の一人。

一振りの剣《つるぎ》を持ち、精霊とともに巨大な怪物と対峙《たいじ》する挿絵をじっと凝視しながら、僕はつい先日の光景を思い返す。

──『君も、誰かのお墓に？』

迷宮都市で散っていった英雄、そして冒険者達を哀悼《あいとう》する『挽歌祭《エレジア》』の翌朝。僕は『冒険者墓地』でアイズさんと会った。

そこであの人は、花を捧げていたのだ。

『古代』の英雄達のために築かれた漆黒《しっこく》の記念碑《モニュメント》――その中に築かれた『英雄アルバート』の墓の前に。

「ヴァレンシュタイン……ヴァ、、、、、、、ルトシュテイン」

英雄アルバートには様々な呼称がある。

その中に存在するのが、『傭兵王ヴァルトシュテイン』。

『古代』の佳境では傭兵とは迷宮の探索者と同義であり、つまり『傭兵王』が意味するところは『冒険者の王』。

傭兵王ヴァルトシュテインの墓標に、【剣姫】アイズ・ヴァレンシュタインが献花する……。

古代の最強と現代の最強を繋《つな》げる光景に、僕は好奇心とも異なる胸のざわつきを覚えずにはいられなかった。

「ヴァルトシュテインの名前は……この『迷宮神聖譚《ダンジョン・オラトリア》』にはない、か」

めくる頁《ページ》を隅から隅まで確認するも、『傭兵王』の別名はどこにも記されていない。

今、調べているのは『迷宮神聖譚《ダンジョン・オラトリア》』の写本。千年前に書かれた原典から幾度となく書き写されたものだけれど、それは確かに『公式』と呼ばれるものだ。

一方で、僕がヴァルトシュテインの名を知ったのは生まれ故郷で読んだ『迷宮神聖譚《ダンジョン・オラトリア》』……育ての親である祖父が書いてくれた、言わば二次の創作物である。

普通なら後者の存在が眉唾《まゆつば》ものだと疑い、傭兵王《ヴァルトシュテイン》なんて祖父の空想の産物だと笑って済ませるのが正しいだろう。

けれど……。

(なんでだろう……どうしても、お祖父《じい》ちゃんの出まかせとは思えない)

あの人が幼い僕を喜ばせるために思い付きで書いた空想が、まるでさ、、、、、、も偶然のようにこのオラリオで繋がるなんて、本当にそんなことがありうるのだろうか。

この感覚はもう、直感としか言いようがない。

(アイズさんは、英雄の系譜……?)

赤の他人ではないとしたら、そう考えるのがしっくり来る。

むしろ、相応《ふさわ》しいように思える。

オラリオ最強の女剣士と名高い彼女が、大英雄の子孫というのなら納得も容易《たやす》い。

……でも、何か引っかかる。

自分でも、よくわからない。

あの時、朝日の奥に見えたアイズさんの表情は、墓に花を手向けていたあの人の顔は、本当に遠い祖先を想うものだったただろうか。

胸にわだかまるこの疑念は、一体なんなのか。

僕は一体、どんな答えを見出したいのか。

（それに、アルバートの『最後』は……）

伝説が語る大英雄《アルバート》の軌跡。

傭兵王《ヴァルトシュティン》がやり遂げた『偉業』とは――

「――っ？　呼び鈴？」

思考を断ち切る鐘の音に、僕は顔を上げた。

音の出所は館の玄関の方から。疑いようもなく来客だろう。

書庫から窓の外を見れば、中庭で洗濯物を干している春姫《ハルヒメ》さんが「こんっ⁉」と太い尻尾《しっぽ》を上下させるところだった。手が離せないようだし、僕は本をしまって書庫から出た。中庭に面する回廊を駆けながら「僕が出ます！」とメイド服姿の春姫《ハルヒメ》さんに呼びかける。

ぺこぺこと頭を下げる彼女に手を振り返し、館にいるリリ達よりも早く、玄関に辿《たど》り着く。

再び鳴らされる呼び鈴に「いま開けまーす」と言いながら、扉に手をかけた僕は、

「――――」

瞳《ひとみ》を見開き、一瞬、言葉を失ってしまった。

扉を開けた先には見知らぬ、けれど目の覚めるような美少女が立っていたのだ。

顔の右半分を隠す長い髪は、色素が抜け落ちたかのような灰の色。

あらわになっている左眼は闇《やみ》で塗り潰《つぶ》したかのような黒一色で、けれど酷《ひど》く整った彼女の容姿を何ら損なうものじゃない。同じく黒を基調にした、露出を控えるドレス然とした格好は

『魔女』の弟子なんて言葉も彷彿《ほうふつ》させる。

きっと僕より年は上。背丈は大して変わらず、種族はヒューマン。

髪に隠れている相貌《そうぼう》は、人形のように限りなく無表情だ。

ただ……なんだろう。

僕を見つめる眼差《まなざ》しは『極寒』というか、『敵意』が込められているような……。

「ベル・クラネル」

「は、はいっ。……えっ、僕のことを知ってるんですか？」

「世界最速兎《レコードホルダー》の名は都市《オラリオ》にいれば耳を塞《ふさ》いでいようと聞こえてきます。自分がいかに耳障りな名声を喧伝《けんでん》させているか自覚を持ってください。その品のない顔、極めて不愉快です」

「うぐっ⁉」

突然名前を呼ばれて間抜けな顔をする僕に、その少女は眼差しと同じ凍《い》てついた声音で、告げてきた。

初対面なのにダメ出しされた挙句、泥だらけの野兎《オブツ》を見るような目付き！

今まで会ってきたことのない性格《タイプ》の女の人……！

「……あの方の前に、貴方さえ現れなければ」

普通に傷付いてタジタジになっていると。

彼女は左眼を伏せて、小さな呟《つぶや》きを足もとに落とした。

えっ？　と僕が目を丸くしていると、何事もなかったかのように視線を戻す。

「これを」

「て、手紙？」

「さる方から、貴方宛てです。必ず拝読しなさい」

言葉少なに告げて、彼女は長い衣の裾《すそ》を翻《ひるがえ》した。

これ以上いれば目の前の男をどうにかしてしまいそうだ。そんな冷たい空気を背中で放ちながら、静かに館の前庭を突っきっていく。

正門をくぐり、その後ろ姿が消えるまで、僕はぽかーんと立ちつくしてしまった。

「何だったんだ、今のは」

「ほわぁ⁉」

すぐ後ろから聞こえてきた声に、思いきり肩を上下させる。

慌《あわ》てて振り向くと、さも当然のようにヴェルフが立っていた。

「その手紙、まさか恋文ではないでしょうね⁉　これ以上の色恋沙汰《めんどう》は御免《ごめん》ですよ！」

「こ、恋文っ⁉　白昼堂々と玄関で、ベル様に⁉　ふぁぁ……！」

「落ち着いてください、春姫《ハルヒメ》殿！　まだ恋文とは決まっていません！」

って、リリに春姫《ハルヒメ》さん、命《ミコト》さんまで！　いつの間に⁉

というか恋文恋文って連呼しないで！

「い、いたの⁉」

「はい、ベル様が『この不愉快な間抜け面のゴブリン野郎、失《う》せな！』と言われた辺りからいました！」

「そこまで言われてないよぉ‼」

「冗談は置いといて、ただの来客にしては不穏そうだったからな。様子を見にきたんだ」

「ベル殿は彼女の空気に完全に気圧《けお》されていたので、気付けなかったのも無理もないかと」

「首の辺りから、すごい量の汗を流されていらっしゃいましたし……」

目を尖《とが》らせるリリの妙な非難じみた返事に僕が悲鳴を上げていると、ヴェルフ、命《ミコト》さん、春姫《ハルヒメ》さんが説明してくれる。どうやら僕の後ろで玄関に隠れながら聞き耳を立てていたらしい。

春姫《ハルヒメ》さんが自然な動作で小布《ハンカチ》を取り出し、甲斐甲斐《かいがい》しく首の汗を拭《ぬぐ》ってくれて、つい赤面していると、リリが肩からメイドさんの腰に突っ込んだ。「こんっ⁉」と横に突き飛ばされる春姫《ハルヒメ》さんを他所《よそ》に、ズビシッ！　とその小さな指を僕に突き付けてくる。

「そんなことより、あの方とはどのような関係なのですか！　いつの間に目を付けられるような間柄になっていたんです！」

「目を付けられる間柄って何⁉　知らないよっ、本当に初めて会ったんだ！」

取り乱しつつも正直に答える。

するとリリは、一度口を閉ざし、真剣な表情を浮かべた。

「あの方は【フレイヤ・ファミリア】の団員です」

「えっ……フ、【フレイヤ・ファミリア】⁉」

まさかの単語を聞いて、声をひっくり返す。

アイズさん達【ロキ・ファミリア】と並ぶ、都市最大派閥の一員⁉

「『女神の付き人ヘルン』。いわゆる『従者』以外でフレイヤ様の側にいることを許された、侍従頭です。普段はフレイヤ様の身の周りの世話のため、巨塔《バベル》や本拠《ホーム》にこもり、主神同様めったに姿を現すことはないそうですが……」

「ま、間違いないの？」

「服にはエンブレムがあったし、俺《おれ》が聞いていた特徴とも同じだ。まず本人だろうな」

リリと、そしてヴェルフが答えてくれる。

灰の髪と闇を纏《まと》ったようなその姿は、噂《うわさ》になっている『女神の付き人』に違いないと。

何度も瞬きを繰り返していた僕は、そこでふと、気付いたことを口にしていた。

「えっと、名前はヘルンだけなの？　姓とかは……」

「ない、と言われています。そして二つ名も存在しません」

「えっ？」

「フレイヤ様が神会《デナトゥス》で命名を拒否したそうです。『この眷族《こ》は誰にもなれはしない』、と」

神会《デナトゥス》で命名拒否なんてできるんだ、とか、それはやっぱり都市最大派閥だから？　とか、どうでもいい考えが束《つか》の間《ま》、呆《ほう》ける頭の中を巡《めぐ》ってしまった。

二つ名を放棄する。

それは普通、ありえないことだ。

神様達は「いやだ～、子供達にはまだ早過ぎる黒歴史ネームいやだ～」なんてよくわからないことを言って忌避《きひ》する節はあるみたいだけど、本来二つ名とは上級冒険者を語る上で最もわかりやすい象徴《シンボル》になる。

そもそも神様達が与える冒険者の称号は、その偉勲《いくん》を讃《たた》えるもの。

【ファミリア】にとってもわかりやすい武勲と言えばいいのだろうか、とにかく自派閥の戦力を誇示するとともに他派閥への牽制《けんせい》にもなりうる。それを拒むなんて。

【フレイヤ・ファミリア】は最強の派閥。

もはやそんなものには拘泥《こうでい》しない、と言われてしまえばそれまでだけど……。

「そして、二つ名の代わりに呼ばれるようになった渾名《あだな》が、『名の無き女神の遣い《ネームレス》』」

「ネ、名無し《ネームレス》？」

「はい。称号がないからこそ一部では有名になった、特殊な上級冒険者です」

姿を現さないのに有名であるという矛盾した理由を提示される。

【フレイヤ・ファミリア】の団員にして、二つ名のない上級冒険者。

そんな人がどうして、僕なんかに……。

「ひとまず、その手紙を見てみませんか？　考えていても何もわからないでしょうし」

「はっ！　そうでしたっ！　ベル様、早く中身を見てください！」

「う、うん」

命《ミコト》さんの提案に、リリが思い出したように突っついてくる。

豪奢《ごうしゃ》でもなく、派閥の徽章《エンブレム》が刻《きざ》まれた封蠟《ふうろう》も施されていない。

むしろ女の子が用意したような小ぢんまりとした可愛《かわい》らしいそれを、僕は緊張の面差しで、なるべく丁寧に開けた。

「アポロン様の時のように、『神の宴《うたげ》』の招待状という可能性は……」

「そこからまた戦争遊戯《ウォーゲーム》、か？　冗談じゃないぞ」

「イシュタル様達を倒してしまった派閥様に攻め込まれては、私《わたくし》達の運命は……！」

「ベル様っ、屈《かが》んでください！　リリにも見えるように！」

命《ミコト》さん、ヴェルフ、春姫《ハルヒメ》さん、リリが順々に発言する。

みんなも【フレイヤ・ファミリア】からの手紙とあって、緊張を隠せないらしい。

リリにせがまれて屈み込み、左右の肩から覗《のぞ》き込むヴェルフ達と一緒に、折りたたまれていた便箋《びんせん》に目を通す。

紙の上には、綺麗《きれい》な共通語《コイネー》でこう書かれていた。

『ベルさんへ
今度の女神祭《めがみさい》、二人だけでデートしてください。
シルより』

……？

……えっ、シルさん？

……ナンデ？

緊張とか嫌な想像とか色々なものを吹き飛ばしてしまう文字の羅列に、思考を停止させる。

そして、同じく時を止めていたリリ達はわなわなと震え出し、一斉に声を上げた。

「「「「こっ、恋文だぁぁぁぁぁ!!」」」」

「え、えええええええええええええええええっ!?」


「ベル君がラブレターをもらっただってぇーーー!?」

その日の夜。

夕飯を囲む館の食卓で、バイトから帰った神様の怒号が轟《とどろ》いた。

「相手はっ⁉　相手は誰だ⁉　ギルドのアドバイザー君か⁉　それともミアハのところのカサンドラ君か⁉　それともそれともベル君の貞操を狙《ねら》うアマゾネス君もといアイシャ君⁉　あるいはまさかヴァレン何某《なにがし》君かぁぁぁぁぁぁぁ⁉」

「『豊穣《ほうじょう》の女主人』のシル様です、ヘスティア様！」

「酒場の方かーっ！」

テーブルに伏せて両手で頭を抱える神様に、汗を流す。

夕飯なのに目まぐるしくて、ごはんが食べられない……。

「ボクのベル君にラブレターを送りつけてくるなんて……！　互いに牽制しあって不戦条約じみた空気が流れているところに正面突破っ、敵ながらなんて肝っ玉だ！　あっぱれだぜ！」

「神様、不戦条約ってよく意味が……」

「ちなみにベル君が持つボクのナイフは最初『ラブ・ダガー』になる予定だったんだぜ！」

「えっ⁉」

「そんな豆知識《トリビア》要りません！」

神様のドヤァァァという顔を思わず二度見する僕の横で、リリがテーブルを叩《たた》く。

こほん、と咳払《せきばら》いをした神様は落ち着いたのか、今朝《けさ》の事件の報告をした参謀《ブレーン》もといリリにキッと鋭い目を向ける。

「やいサポーター君！　君というものがいながら、こんな蛮行を許すなんて！　ベル君のお目付け役はどうしたんだ！」

「申し訳ありません、ヘスティア様……！　リリも堂々と館を訪ねてきて恋文をそのまま叩きつける輩《やから》がいるとは思っておらず……！　やはり上級冒険者は埒外《らちがい》の化物だらけです！」

一生の不覚！　とリリは懺悔《ざんげ》するがごとく嘆く。

お目付け役って……前々から思ってたけど、神様達、僕に過保護すぎじゃない？

ハーレムは男の浪漫《ろまん》ー、とか言ってた前科があるから信用されてないんだろうか。今は団長なんて立場にもなったんだから、しっかりしてくれ、みたいな？

それでもなー、と同意を求めるように視線を向けると、春姫《ハルヒメ》さん達に目を逸《そ》らされた。

あれぇー？

「そ、それよりも、何でシルさんの手紙を【フレイヤ・ファミリア】の人が届けに来たのか、っていう方が気になるんですけど……」

ちょっと傷付きながらも、問題提起する。

デート云々《うんぬん》も無視できないけど、正直そっちの方が気になってしょうがなかった。

「私《わたくし》はシル様とあまりご交友はありませんが、美神の眷族《フレイヤ・ファミリア》だった、ということは……」

「それはないだろ。雰囲気や体捌《さば》きなんか見ても、『神の恩恵《ファルナ》』を刻まれてる風に見えない。無所属《フリー》の一般人のそれだ」

「非戦闘員の可能性は？　春姫《ハルヒメ》殿が身《み》を寄せていた歓楽街の娼婦《しょうふ》、というわけではありませんが、いわゆる『信者』と呼ばれる者のような」

「うーん、シルさんがっていうのは、流石《さすが》に想像できないような……」

春姫《ハルヒメ》さんの仮定をヴェルフが否定し、命《ミコト》さんの意見に僕が首をひねりにひねる。

たとえ命《ミコト》さんの言うことが正しかったとしても、末端の非戦闘員の手紙を、主神様の侍従頭なんて呼ばれる上の立場の人間が、わざわざ届けに来るだろうか？

「というかもう、シル様の時点で憶測は意味がないと思います。シル様ですし」

「リ、リリ……さすがに雑じゃあ……」

「だって、あのシル様ですよ？　何でも見抜いて、いつもニコニコと笑ってる、あの。酒場に来た人も神様も冒険者も、誰彼構わず仲良くなってる光景が想像できませんか？」

微妙にやさぐれた目で述べるリリの暴論を、悲しいかな僕は否定できなかった。

あの人……ヘルンさんは公の場に滅多に姿を現さないって言ってたけど、シルさんが隣にいるだけで、酒場にふらりと訪れて談笑してる場面が成立してしまうような気がする……。

食卓に伸ばす手を止めて、うーん、と団員一同難しい声を出してしまった。

（……あれ、でも、たしか……）

そこで脳裏に過《よぎ》ったのは、もう二ヵ月以上も前の記憶だった。

シルさんを追って辿り着いた『ダイダロス通り』の孤児院。

子供達に依頼されて向かった秘密の地下通路の先で僕は『バーバリアン』と戦った。

そこで介入してきたのが……【女神の戦車《ヴァナ・フレイア》】。

【フレイヤ・ファミリア】の第一級冒険者。

今、思い返してみれば、あの猫人《キャットピープル》はずっとシルさんを『護衛』していたようにも――。

「そもそも！　ボクはそのシルって娘《こ》と一度も会ったことがないぞ！」

その声に、記憶の海から意識を引き上げられる。

顔を向けると、その豊かな胸の上で腕を組んで、神様は唇を尖らせていた。

「あれ、そうでしたっけ？」

「ああ！　この前の宴会もバイトで行けなかったからね！　その例の酒場とは何故《なぜ》か縁がない！」

小首を傾《かし》げるリリに何故か自信満々にのたまう神様。

確かに、既視感がある。前にもこんな会話をしたっけ。

あれは『異端児《ゼノス》』の騒動で僕が都市中から忌《い》み嫌われていた頃だっただろうか。『豊穣の女主人』を二人で訪ねた際、神様は初めて来た、なんて言っていたような気がする。

「ベル君に手作りのお昼ご飯をいつも渡してるっていう娘《こ》だろう？　ちょっと前に顔を拝んでやろうって思って、バイトへ行く前にこっそり酒場を監視したことがあったんだ！」

「いつの間にそんなことを……」

「しかし全く見つからなかったよ！　姿を見せやしない！　きっとあれだね、シル何某《なにがし》君はボクに恐れをなして隠れていたのさ！」

「シル様が女神様《ヘスティア》を恐れる理由がありません。あと、むりやり何某《なにがし》を付けないでください」

怒っているのか勝ち誇っているのかわからない神様に、リリが呆《あき》れ果てる。

ヴェルフ達と一緒にその様子に苦笑する僕は、そっか、とも思った。

確かに神様は、シルさんとだけ会ったことがないかもしれない。リューさんとは18階層でお世話になった時に面識を持って、アーニャさん達とはこの前の『遠征』の救出依頼の際に顔を合わせている。時機《タイミング》ってやつが悪いのかな？

シルさんのことを色々考えていた僕は、そこで、もう一つ気になっていたことを口にした。

「あと、『女神祭』って……なんだっけ？」

手紙に書かれている単語を、今更ながらおずおずと尋ねる。

するとヴェルフが「そうか、『挽歌祭《エレジア》』も知らないならわからなくて当然だな」と納得して、説明してくれた。

「『女神祭』は、『挽歌祭《エレジア》』と一緒に数えられる『二大祭《にだいさい》』の一つだ」

「『二大祭』？」

「まぁ、ざっくばらんに言ってしまうと、『挽歌祭《エレジア》』で都市はしんみりとなってしまいますから、そんな雰囲気を明るく変えるため、二つ一緒に数えられているんです」

聞き返す僕に、今度はリリが教えてくれる。

「後に開催される『女神祭』は、収穫祭と同義です。つまり、豊穣の宴ですね」

「それじゃあ、『女神祭』っていう名前は……」

「はい、この場合の女神は豊穣を司る神々を指しています。祭りもそんな女神達が中心となって開かれますね」

今、オラリオの季節は秋。

僕がこの都市に来てもう六ヵ月が経ち、その間にも春の新芽はすっかり葉と茎に変わり、夏の日差しも消え、今や収穫の時期を迎えている。『女神祭』は豊穣の女神様達の開会宣言を受け、収穫した穀物を始め、農産物を都市中で楽しむのだそうだ。

僕の生まれ育った村でも、こういった収穫の行事は楽しみの一つだった。

「遊女のお姐《ねえ》さんや、お客様の口から聞いたのみで、私《わたくし》も目にしたことはありませんが……とても賑《にぎ》わうのだそうです。甘い果実が沢山振る舞われるのだとか」

「春姫《ハルヒメ》殿のおっしゃる通り、いい祭事ですよ。自分もまだタケミカヅチ様達とともにオラリオに来て二年ですが、華やかで、まさに大陸の祭といった趣があります」

春姫《ハルヒメ》さんが小さく微笑《ほほえ》み、僕と一緒に今晩の食事当番を務めた命《ミコト》さんが、ずずっ、と味噌汁《みそしる》をすすりながら祭の情景を振り返る。

英雄や冒険者を哀悼し、過去を想った後、豊穣を祝って明るい未来を信じる。

挽歌祭《エレジア》と女神祭で、『二大祭』。

なるほど、道理には合っている。

「聖夜祭や怪物祭《モンスターフィリア》、偉業の日《グランド・デイ》、あとは神月祭《しんげつさい》……他《ほか》にもありますが、オラリオで有名な祝祭は『三大祭』を含めて、この辺りですかね」

小さな指で主な祭事を数えながら、リリはそう締めくくった。

女神祭のことが知れて、少し楽しみになってきた。挽歌祭《エレジア》から間を置かず開かれる女神祭はもう六日後に迫っているらしいし、今からどんな風景が広がるのだろうと興奮する。

で、そんな祭りを迎えるためにも、この手紙と向き合わないといけないんだけど……。

「……あー、それで、ベル君？　君はどうするんだい？　そのお誘いに対して……」

妙にそわそわしながら神様も尋ねてくる。

僕は口を閉じ、ちょっと行儀が悪いと思いつつ、手紙を取り出した。

短い文章で、拍子抜けするほどあっさりとしたお誘い。

あまり目にすることのなかったシルさんの筆記は、少し非現実的にも感じられる。

手紙にはデートと書いてあるけれど、実は酒場の買い出しでしたー、なんてことはないだろうか。荷物持ちとか、そういう意味で。

いつも優しくて、少し意地悪なあの人は、今度も僕をからかうためにこれを出したんじゃあ……。

（……いや、違うような気がする）

からかうなら、僕が酒場へ顔を出した時にでもすればいい。それこそ普段通りに。

綴られている少ない言葉は、沢山の麗句をつくすよりも、あの人の気持ちが伝わってくるような気がした。

どうして【フレイヤ・ファミリア】の人が届けに来たのか疑問はつきないけれど……ただの冗談と見なすのは違うと思う。

「う、う〜ん……」

頬《ほお》に熱が集まるのを感じる。

僕は赤くなって、呻《うめ》き声を上げてしまった。


（──うわぁああああああああああ！　ベル君が赤くなってるぅぅぅぅぅぅぅぅぅ⁉　くそう、ボクも女神祭に向けて早く声をかけとくんだったああああああああああああ‼）

少年の顔を凝視するヘスティアは、心の中で絶叫を上げた。

挽歌祭《エレジア》の前後で色々あったらしいなー、デートに誘うのはまだ待った方がいいかなー、バイトの有給だけもぎ取っておこー、と悠長に構えていた自身の失態をこれでもかと罵る。

（ベル様が悩んでいますぅぅぅぅぅぅぅぅぅ⁉　ヘスティア様さえ邪魔しなければリリが女神祭のご予定を押さえておくつもりだったのにぃいいいいいいいいいいいいいいい‼）

少年の様子を盗み見るリリは両手で頭を抱えて天を仰ぐ。

ちゃっかり少年とのデートを画策していた策士は自分の判断の甘さと主神の妨害を呪《のろ》った。

(祭での逢瀬《おうせ》、昼から夜まで寄り添い、愛を囁《ささや》いて、最後は閨《ねや》でともに——ふっ、ふぁぁぁぁぁぁぁぁぁぁぁぁぁ!! ベル様とシル様のお子様が七人もっっっ!?)

ちらちらと少年の顔を見やる春姫《ハルヒメ》は真《ま》っ赤《か》になる。

姉貴分《アイシャ》に余計な知恵を吹き込まれていたせいで、配役《キャスト》を少女《シル》に置き換えて思考を桜色《ピンク》の彼方へ飛躍させる元娼婦の狐《きつね》は、己《おのれ》の妄想に悶《もだ》え苦しんだ。

(自分もシル殿を見習って、タケミカヅチ様にお声がけを……!)

(俺もヘファイストス様に……いや至高の頂《いただき》はまだまだ。色恋に現《うつつ》を抜かしてる暇は……)

命《ミコト》とヴェルフは目を瞑《つむ》り、腕を組む。

シルに触発される形で想《おも》い神《びと》との逢引きを考える両者は、ぐぁぁぁぁ、とか、ぬぁぁぁぁ、とか、ふぁぁぁぁ、とか身悶《みもだ》えている幼女神と少女達を綺麗に無視していた。

手紙と睨《にら》めっこを続けるベルもまた、周囲の状況に気付かない。

酒場の看板娘がもたらした一通の手紙は、【ヘスティア・ファミリア】を混沌《こんとん》の渦に突き落としていた。

「……とりあえず、明日シルさんに会いに行って、聞いてきます」

熱の引かない頬をかくベルは、ひとまずの結論を下すのだった。

「えーっ⁉　シル、女神祭に冒険者君を誘ったの⁉」

闇の帳《とばり》が下りきった真夜中。

西のメインストリートに建つ酒場『豊穣の女主人』の空き部屋で、驚愕《きょうがく》の声が響き渡った。

「しーっ。ルノア、声が大きいよっ。メイ達が起きちゃう」

仰天するヒューマンの店員に、服を脱ぎかけているシルが口の前で指を立てる。

店じまいを終え、少女達は着替えの最中だった。

シルとルノアの他にも、猫人《キャットピープル》のアーニャとクロエ、そしてエルフのリューも銘々の姿で若葉色の制服に手をかけている。彼女達以外の従業員は既に離れの部屋に戻っており、重労働によって魂が抜かれたように就寝していた。

「ニャニャ⁉　どういうことニャ、どういうことニャア⁉」

「シルが冒険者君とデートするってことだよ、バカ猫！」

「ふぉぉぉぉー⁉　シルがとうとう少年攻略に乗り出したニャー！　しかも女神祭でデートなんて盛《さか》る気満々《まぁんまぁん》！　嗚呼《ああ》、ミャーの少年のお尻《しり》がぁー‼」

それまでげっそりと疲れた顔をしていたアーニャが、ルノアが、クロエが、水を得た魚のように騒ぎ出す。特にクロエの興奮は異常だった。服を脱ぎ捨てた肌着姿《スリップ》のまま、肉付きの薄い肢体《したい》と細い尻尾を踊るようにくねらせ、荒い呼吸をしている。

胸を庇《かば》うように脱いだ前掛《エプロン》を持つシルは、じとりとした目で、しっかりクロエの尻尾を叩《はた》いておいた。

「…………」

クロエが「アウチ⁉」と尻尾を押さえ部屋の隅へぴょんぴょん飛び跳ねていく中、胸もとのボタンを外していたリューは、そのままの姿勢で立ちつくす。

色めき立つ同僚の中で、彼女だけは違った。

見開かれた空色の瞳で、薄鈍色《うすにびいろ》の髪の少女のことを見つめる。

「……シ、シル……いつの間にそんなことを？」

「えっとね、知り合いの人に手紙を渡して……【ファミリア】の館に、届けてもらったんだ」

どうにか唇を動かすリューの問いに、シルは照れを誤魔化《ごまか》すように、笑って答えた。

リューは二の句が継げない。

シル本人に事前に告げられ、わかっていたとはいえ、いざことが目の前に迫ると彼女は面白《おもしろ》いように動揺してしまった。

「他人任せってことニャ？　なんか、シルらしくないニャ！」

「なんで直接渡しに行かなかったのさ？」

ボタンを外して制服の前を開けた格好のアーニャが意外にも豊かな胸と一緒に身を乗り出し、

脱ぎかけだった黒の靴下《ストッキング》を雑に放り捨てるルノアが問いかける。

「うーんと……ね」

薄鈍色の髪を揺らし、シルは初めて歯切れが悪くなった。

そして、小さく笑う。

「今、会っちゃうと、いつもみたいにからかって……ベルさんも、なぁんだ、って安心したように笑って………本物のデート、できない気がしたから」

その言葉は、間違いなく少女の本心だった。

いっそ店員達が今まで目にしたことがないくらい、その表情は甘く、初々しかった。

はにかむシルに、彼女は本気なのだと悟るアーニャとルノアは顔を見合わせる。

間を置かず、二人揃《そろ》って笑みを弾《はじ》けさせた。

「ウニャー！　シルの気持ち、わかったニャ！」

「ようやくその気になったんだね！　なら私も応援するよ！」

「ありがとう、アーニャ、ルノア。それじゃあ、早速お願いなんだけど、ベルさんがもし酒場に来たら、私はいないって言ってくれないかな？　今、会っちゃうと、その……」

「任せるニャ！　ミャーが白髪頭を追っ払ってやるニャ！　今、酒場はだんしきんせーだって言って塩をまくのニャ！」

「言ってることの意味わかってないだろ、アホ猫」

胸に拳《こぶし》を置くアーニャを中心に、かまびすしい声が響き渡る。

ルノア達に肩を叩かれながら、シルもまた破顔していた。

「……」

そんな光景を、リューは動きを止めて眺めていた。

正確には、頬を染めて笑うシルの横顔を、呆然《ぼうぜん》と。

「……いいニャ？　このままで」

そんなリューの様子に気付いたのは、クロエだけだった。

普段のおちゃらけた態度を消し、そっと尋ねてくる彼女に、リューははっと肩を揺らす。

「わ、わたしは……」

何か言葉を続けようとして、唇を何度も閉じて、開いて。

そして視線を床に落とした後、ようやく喉《のど》を震わせた。

「……愚問だ。シルはずっとベルを好《す》いていた。私もそれを知って、応援していた。シルに相応しいのはベルで…………ベルに相応しいのは、シルだ」

普段より饒舌《じょうぜつ》で、ともすれば声が途切れないように苦心して、一気にまくし立てる。

その言葉は、端々に様々な感情が滲《にじ》んでいることを上手《うま》く隠せていなかった。

「ベル、ね……」

クロエは呟く。

以前とは変わっているリューの少年への呼称を。

少し目を細めた後、いつも通りの雰囲気を纏い直す。

「ま、精々後悔しないようにするニャ～」

ひらひらと手を振りながら、クロエは一人着替えを終え、部屋を後にした。

取り残されるリューは視線を床に落とし続ける。

「……」

薄鈍色の瞳は、そのエルフの様子に気付いていた。

しかし、そっと視線を外し、何も言わなかった。


夜の闇に覆われてなおオラリオは眠らない都市と言われているが、昨今は様子が違った。

挽歌祭《エレジア》のためである。

英雄と冒険者の哀悼祭が終わってすぐにどんちゃん騒ぎ、では住民達の決まりも悪い。神々は気にしないだろうが、下界の者にとって死と喪失は重く受け止めて然るべきものだ。

だから挽歌祭《エレジア》があってしばらく――具体的には『二大祭』の後半に開かれる女神祭までは、都市の喧騒《けんそう》は普段より鳴りをひそめたものとなる。決して管理機関《ギルド》や誰かが示し合わせたわけではないが、これはもはや迷宮都市特有の習わしと言っていい。

酒場で一杯ひっかける冒険者も街の雰囲気を気にしてか、あるいは粗暴な彼等にとってもこんな時間は貴重なのか、らしくもないほど静かに飲み明かす。天へ還った同業者と誰よりも時間をともにしていたのは、間違いなく彼等彼女等《ら》なのだ。

勿論《もちろん》、例外はあるものの、『都市の憲兵』と呼ばれる【ガネーシャ・ファミリア】もこの期間だけは平和に過ごせるほどである。

普段は氾濫《はんらん》する魔石灯の光に押し負ける星々の輝きも、今日は鮮明に見えた。

夜空に浮かぶ月が、凪の海のように静まる都市を見下ろしている。

——が。

「緊急会議だ」

そんな街の空気知ったこっちゃないとばかりに、厳《いか》めしく、重い声音で、ド真剣《シリアス》な面持ちを浮かべる者達がいた。

場所は都市の第五区画。

繁華街のほぼ中心。

外界を切り離す高い四壁に囲われ、オラリオの中にあって原野を広げるその領域の名は、『戦いの野《フォールクヴァング》』。

都市最強とも謳《うた》われる【フレイヤ・ファミリア】の本拠《ホーム》である。

原野の中心に建つ巨大な屋敷、その中に存在する『円卓の間《ま》』に、団長のオッタルは派閥の『最強戦力』を緊急招集していた。

「話ってのはなんだ、オッタル。前みてえに、またくだらねえことじゃねえだろうな」

円卓に腰かけ、勢揃いしている第一級冒険者達の中で、猫人《キャットピープル》の男がオッタルに鋭い双眼を向ける。

背丈は一六〇C《セルチ》ほど。しかしその小柄な体に反して、その語気も、その眼差しも、中堅の冒険者ならば竦《すく》み上がらせるほどの威圧感が込められていた。動作の一つ一つが攻撃的である彼の名は、アレン・フローメル。二つ名は【女神の戦車《ヴァナ・フレイア》】。

派閥の副団長でもある彼は、団長《オッタル》相手だろうと剣呑《けんのん》な言動を隠そうとしなかった。

「いつにも増して厳めしい面《つら》だな、オッタル」

「つまりは我々を招集するだけの理由があるということだな？」

「とうとう【ロキ・ファミリア】と雌雄を決するつもりか？」

「あるいは、また女神の気紛《きまぐ》れか？」

同じ四つの声を響かせるのは、同じ顔をした四つ子の小人族《パルゥム》である。

最弱種族とも言われる小人族《パルゥム》でありながらLv.5に至った彼等は、ガリバー兄弟。

長男からアルフリッグ、ドヴァリン、ベーリング、グレールの名を持ち、【炎金の四戦士《ブリンガル》】の二つ名で同業者達からは恐れられている。

「フフ……来《きた》るは女神の祭典、始まるは豊穣の宴。ならば此度《こたび》の会合こそ決戦の前夜を彩《いろど》る血の喝采《かっさい》……天よ鳴け、地よ震えよ、この身こそ主《あるじ》の守護者。ク、ククク……！」

ガリバー兄弟の対面、まるで神話の一節のような邪気めいた文句が連なる。

その人物は、オラリオでも滅多に見かけることのない黒妖精《ダーク・エルフ》だった。

肌は褐色で、その銀の髪は薄紫にも見える。前髪で右眼を隠しがちにし、不気味な笑みを口角に刻む様は、神々から『厨二病乙《ちゅうにびょうおつ》』と一斉に讃えられるであろう貫録を持っていた。

「お前は喋《しゃべ》るな、ヘグニ。時間の無駄だ」

そんな黒妖精《ダーク・エルフ》に対し、一般的と言えるエルフ――白妖精《ホワイト・エルフ》の男が辛辣《しんらつ》な言葉を投げかける。

黒妖精《ダーク・エルフ》の同族と並んで、その容姿は並外れていた。金の髪は女性のように長く、肌もまた白くきめ細かい。瞳はまるで宝珠のような鮮やかな珊瑚朱色《さんごしゅ》だ。神に愛されたと言っても過言ではない相貌に眼鏡《めがね》をかけており、ただただ理知的だった。

ヘグニ・ラグナールとヘディン・セルランド。

お互いに不本意ながら組合《コンビ》と見られがちの、圧倒的な実力を持つ『魔法剣士』である。

「お前達を招集したのは、他でもない」

あまりにも濃過ぎる自派閥の第一級冒険者達を見回したオッタルは、前置きなどせず、単刀直入にその唇を開いた。

とても、かなり、重々しく。

「あの方が…………シル様の方が、ベル・クラネルとデートすることになった」

無骨な武人の口から『デート』なる言葉が出てきても、突っ込む者は誰もいなかった。

それどころか、ガタッ！　と腰を浮かせ、椅子《いす》から立ち上がる者が続出する始末だった。

中でも、身長の低い小人族《パルゥム》の四兄弟は椅子の上に立つ。

「どういうことだ、オッタル」

「シル様が例の『兎《うさぎ》』と？」

「何が起こってるか全くわけがわからんぞ」

「詳細を言え！」

「侍女頭《ヘルン》から報告があった。次の女神祭で二人きりの逢瀬《おうせ》に誘うと。しかも遊びではなく、本気だ」

ガリバー兄弟の淀《よど》みない言葉に、オッタルは作業的に説明した。

そしてそれを受けた四つ子の小人族《パルゥム》が、再び衝撃を受けた顔をする。

「なん、だと……」

「遊びではなく、本気《ガチ》だと？」

「しかも、女神祭で？」

「待て。この場合、『護衛』はどうなる？」

兄弟の四つの声に、オッタルは再び答えた。

「当然、二手に分かれる」

そこまで聞いて、この場にいる者達は今宵《こよい》、何故この場に呼ばれたのか理解した。

「女神祭での役割を、ここで決める」

――『女神』と『娘《むすめ》』の護衛の分担だ。

オッタルは厳めしい声でそう続けた。

円卓の間《ま》にいる者達の顔に納得の色が浮かぶ中、まず口を開いたのはヘグニだった。

「我等が主《あるじ》は豊穣をも司る。大いなる都《みやこ》の中心に座《ざ》すのは必定……故《ゆえ》に運命の娘《むすめ》と秤《はかり》をかけることもまた避けられず。……しかし、我が身に葛藤を排せし必勝の策あり……ク、ククク」

「なに言ってんだバカ」

「俺達のわかる言葉で話せバカ」

「緊張しいの陰険エルフが」

「ヘディン、訳せ。バカの通訳はお前の役目だろう」

「私はこの阿呆《あほう》のお守りではない」

四つ子が口悪く罵る中、金髪の白妖精《ホワイト・エルフ》は淡々と言い返した。

「「「「いいからしろ」」」」

ヘディンは吐息を挟み、隣に座る黒妖精《ダーク・エルフ》を見やる。

「永《なが》き混迷を断ち切り、兎の贄《にえ》を処分する……！」

「『もう手っ取り早くベル・クラネル暗殺しない？』と言っている」

「「「ふざけんなバカ殺すぞ」」」

ヘディンの通弁に対し、ガリバー兄弟が声を揃える。

「ベル・クラネルはフレイヤ様が望む獲物だ！　我々が勝手を働けると思うな！」

「ぶっちゃけ気持ちはわからんでもないが！」

「内密に始末しよっかなって思ったこともあったが！」

「それでも死なれたらフレイヤ様が悲しむだろうが！」

主神命《いのち》の小人族《パルゥム》達から上がる非難轟々《ごうごう》。

喚《わめ》き立てる兄弟の中で、眉を逆立てる長男のアルフリッグが決定的な事実を告げる。

「というかベル・クラネルが死んだらフレイヤ様おそらく魂を追いかけて天界まで帰るぞ！」

「えっっ⁉　う、うそっ、やだっ……どどどどどうしようっ、みんな⁉」

「「「素《す》に戻るな雑魚精神《ザコメンタル》エルフ死ね‼」」」

論破され、口調が一変するどころか挙動不審に陥《おちい》るヘグニに、ガリバー四兄弟が罵声を浴びせる。

オラリオ中から恐れられている都市最大派閥、【フレイヤ・ファミリア】。

彼等は忠誠を誓うあまり、主神が絡《から》むと途端に冷静さも真剣《シリアス》も砕け散る傾向にあった。

騒々しく響き渡る怒号、厳粛さの欠片《かけら》もなくなる会議。

何も進展しない話し合いに――割と予想できた仲間内の光景に――オッタルは口を噤《つぐ》んだ。

ヘディンもまた長嘆を円卓の上に転がす。

「――くだらねえ」

そう吐き捨て、席を立ったのはアレンだった。

話し合いにも、一人の『娘』の『迷惑』にも、ほとほとうんざりしたように円卓の間《ま》から出ていこうとする。

「アレン、待て。話はまだ……」

「端《はな》から俺の護衛は『娘《むすめ》』の方だ。後の配置はお前等で決めろ」

煩《わずら》わしいったらねえ。

そんな言葉を言い残し、アレンは今度こそ両開きの扉から出ていった。

自分勝手な猫人《キャットピープル》の背中にガリバー兄弟が舌打ちし、ヘグニがきょろきょろと視線を左右にさまよわせる。

今度こそ、オッタルは沈痛を堪《こら》えるように静かに目を瞑った。

「……」

そんな中で一人。

白妖精《ホワイト・エルフ》の男は、周囲とは異なる思考の森に意識を飛ばしていた。

Monologue I

たった一人、誰にも知られることなく、女神に拝謁《はいえつ》したその日、私は『交渉』した。
それは『密約』であり『契約』であり、『勝負』でもあった。
私は女神に偽らざる胸の内を語った。
——私も『彼』を好いてしまったのです。
——貴方の御心《みこころ》によって、『あの少年』を好いてしまったのです。
私の告白に、女神は普段見せることのない驚きの表情を浮かべた。
『意外だったわ』
『そういうものなのね』
そう呟《つぶや》いて、納得された。
私は彼女の理解を得たところで、『交渉』の内容を持ちかける。
所詮、私は『偽物』。
彼女の『道具』であることは弁《わきま》えている。
けれど、どうか、『豊穣《ほうじょう》の宴《うたげ》』の中の一日を私に分けてほしいと。
——彼を巡り、どちらがその心を得るか、御身と公平な勝負をしたいのです。

――どうか、私にも機会を。
厚顔無恥。傲岸無礼。
全てを理解した上で、しかし私は譲るわけにはいかなかった。
時計の針は戻らない。この機会を逃せば、私は一生後悔する。
一筋の汗が頰《ほお》を伝う中、私はその神の瞳《ひとみ》から目を逸《そ》らさなかった。
私の切願に、彼女は口を閉ざし、玉座の上で深思した。
女神は知らない。
私の『企《くわだ》て』を。
裏切りにも等しいその行為を。
しかし、それでも。
愚かなこの身には余る願望だったとしても。
私は、この狂おしい『望み』を叶《かな》えたい――。
果たして私の願いは届いたのか。
彼女は『条件』を出すことで、私の『交渉』を呑《の》むと言ってくれた。
――もし貴方の『嘘《うそ》』が見破られた時、貴方の負けを認めること。
――その時点で貴方はもう、あの子に何もしてはならない。
――あの子の前に、貴方はもう二度と姿を現してはいけない。

是非もない。そもそも私に選ぶ権利など存在しないのだ。

上げられた三本の指に、私は了承の意を示した。

『頑張ってね』

女神は一笑する。

そして挑発的に目を細める。

『私も気儘《きまま》に宴を楽しむわ』

私はやはり、深く頷《うなず》くしかなかった。


これは公平な勝負《ゲーム》。

逆らうことのできない女神に条件を付けられたとしても、こちらから持ちかけた『交渉』だ、私が違《たが》えるわけにはいかない。

既に時計の針は進み始めた。

胸に抱く思いは一つ。

どうか、私の『望み』が叶うように——。

二章 涙と悲鳴の前夜祭

日の出の時間帯が少しずつ遅くなっていると感じるようになった、秋の朝。

僕は本拠《ホーム》を出て『豊穣《ほうじょう》の女主人』に向かっていた。

昨日受け取った手紙について、シルさんと話をするためだ。

「といっても、何を話せばいいかわからないけど……」

まだ人通りも疎《まば》らな街路を歩きながら、独《ひと》り言を呟《つぶや》く。

デートってどういうことですか？

遊びとかじゃなくて、言葉通りの意味なんですか？

僕を、勘違いさせようとしてるんですか？

……なんて変なこと、聞ける筈《はず》ないし。

そもそも、こういうのは聞いちゃいけないような気がする。

まぁ、勘違いなら勘違いで、

『えっ、ベルさんったらデートって言われただけでそんな風にたくましい妄想をしてたんですか？　ごめんなさい勘違いさせて。ベルさんがそんなお子様だったなんて思わなかったんです。本当にベルさんは可愛《かわい》いですねー』

とか言われた方が気は楽だけど。……いや嘘《うそ》だ、やっぱりかなり傷付く。

戸惑いを持てあましつつ、右手に持つ手紙を見る。

なまじ手紙なんて方法で誘われてしまったせいで、意識せざるをえないし、妙に緊張してしまう。これがシルさんの狙《ねら》い通りだったとしたら……やっぱり、あの人には敵いそうにない。

いつも通り酒場に立ち寄って、世間話をするついでに言われていれば、こんな気持ちには決してならなかっただろう。

最初に出会った時、来店の約束を取り付けられてしまったように、ずるいなぁ、と笑いながら、受け入れていた筈だ。

「……あれから、もう六ヵ月くらいか……」

通りの真ん中で立ち止まり、空を、天を衝《つ》く巨塔《バベル》を見上げる。

シルさんと初めて出会ったのも、こんな朝のことだった。

あの時はもっと時間が早くて、春の日差しが市壁の向こうから差し込んでいた。

今、僕を照らすのはどこか涼しげな秋の日差し。

そして、少し肌寒い。

あの時から、今。

僕達は何か変わったんだろうか。

「……とにかく、シルさんと会おう。このまま考えていてもしょうがない！」

らしくもない思考に耽《ふけ》っていた僕は顔をぶんぶんと左右に振り、ぐっと左の拳《こぶし》を握った。

そうだ、先送りにしたって何もいいことはない。なら少しは冒険者らしく、勇んで前へと進もう。あの頃《ころ》からちょっとは僕だって成長している筈だ。

よしっ、と頷《うなず》く。さっきまで重かった歩みを忘れて、走って街路を進んだ。

そして『豊穣の女主人』が建つ、西のメインストリートへ飛び出す、

「――もがっ⁉」

その直前だった。

何者かに、捕まった。

狭い路地から突如伸びてきた片手に口を塞《ふさ》がれ、なんと、そのまま引きずり込まれる。

しかも――振り払えない！

Lv．4の【ステイタス】でなお、細腕一本に拘束されるという事実に激しい混乱をきたす。

忽然《こつぜん》と消えた冒険者なんて誰にも気付いてもらえないまま、薄暗い路地の奥へ。

視界の中で高速に流れていく景色、地面から離れて宙に浮き続けている両足、そして顔面は鷲掴《わしづか》みにされた状態で――って痛い痛い痛い⁉　顔も痛いし首も抜けそうなくらい痛い‼

口を塞がれているため悲鳴すら上げられない。心の中で泣き叫ぶこと数十回、僕は人気《ひとけ》のない奥まった路地裏に、ぽいっ、と放り投げられた。

「はぐぅ！　な、なにが………っ⁉」

尻餅《しりもち》をつき、目を白黒させながら顔を上げた僕は、言葉を失った。

目の前にたたずんでいたのは僕を誘拐（？）した張本人。

肌をちっとも露出させない黒の戦闘衣《バトル・クロス》。潔癖を表すような服の上には、白の腰巻と白のケー

プを纏《まと》っており、どちらにも金の刺繍《ししゅう》が施されている。その姿は冒険者ではなく魔導士、いやいっそ祭服に身を包む神官なんてものを連想させる。

僕を片腕一本で運んできたと思えないほど、四肢は細い。

最も目を引く金の長髪から覗《のぞ》くのは、細長く尖《とが》った純然な妖精の耳。

酷《ひど》く整った理知的な相貌《そうぼう》は、間違いなくエルフのそれだった。

「あ、あなたは……!?」

馬鹿《ばか》みたいに口をぱくぱくと開閉させる。

今にも叫び出しそうになる僕に対し、その冒険者はかけている眼鏡《めがね》を指で押し上げた。

「騒ぐな。喚《わめ》いたら喉《のど》を潰《つぶ》す」

喉を!?

青ざめる僕は、それが相手にとって『不可能ではないこと』を知っている。

怯《おび》える野兎《のうさぎ》のごとく震え上がるこちらを見下ろし、彼は淡々と用件を告げた。

「今より貴様を連行する。拒否権はない」

あまりにもあんまりな要求に、何も言い返せない。

当然だ。だって目の前の人物は、都市の中でも最上位に君臨する実力の持ち主。

その顔は、僕でも知ってる。

「へ、ヘディン・セルランド……」

二つ名は【白妖の魔杖《ヒルドスレイヴ》】。

【フレイヤ・ファミリア】の第一級冒険者！


僕が人目に付かないほど高速かつ雑に誘拐——いやいや連れていかれた先は、意外にも現【ヘスティア・ファミリア】本拠《ホーム》の近くだった。

都市西南の第六区画。

複雑な隘路《あいろ》の一角に建つ、『ウィーシェ』という小洒落《こじゃれ》た喫茶店だ。

「この店の紅茶は美味《うま》い。暇を見つけた際、よく足を運んでいる」

店内の席の一つ。

僕を連れて来た第一級冒険者……ヘディンさんは、何事もなかったかのように磁器《ティーカップ》を持ち、温かな紅茶を上品に飲んでいる。

「何より、ここの店主とは懇意にしている。喧《やかま》しいだけの低俗な店より遥《はる》かに融通が利《き》く。このようにな」

その言葉に違《たが》わず、しれっと人払いされている店内には僕とヘディンさん、そして長台《カウンター》の奥にいるエルフの主人《マスター》しかいない。ヘディンさんと同じように眼鏡をかけている彼は我関さずの態度で、暢気《のんき》に本を読んでいた。入店する前から『閉店《クローズド》』の看板が扉にかけられていたし、予定通りということなのだろう。

店内は小さいものの、清潔感に溢《あふ》れ、花や植物が置かれていた。壁の棚には難しそうな分厚い本が沢山。店そのものが木造りということもあって、エルフが好みそうな、という感想が真っ先に来る。

実は一度、いや二度ほど、この喫茶店には来たことがある。

一度目は、春姫《ハルヒメ》さんの『身請け』の話を命《ミコト》さんと一緒にヘルメス様とした時。

二度目は、フィンさんからリリへの求婚を打診された時だ。

けれど、僕は過去の来店と比して、これまでにないほど緊張に襲われていた。

そりゃそうだ。

面識もない最強格の冒険者の一人に、脅迫紛《まが》いのことを言われて連れて来られたのだから。

「あ、あの……それで……僕になにか、御用でしょうか……？」

もつれそうになる舌を何とか動かして、恐る恐る伺う。

瀟洒《しょうしゃ》なテーブルを挟んで腰かけるヘディンさんは、カップを受皿《ソーサー》に置き、その珊瑚朱色《さんごしゅ》の瞳《ひとみ》で僕を射抜いた。

「決まっている。シル様のことだ」

ごくり、と喉が勝手に鳴った。

予感程度のものだけど、そうではないかと思っていた。

ヘルンさんから手紙が届けられたのも昨日の今日だし。

でも、『シル様』って……。

「あ、あのっ、シルさんは……【フレイヤ・ファミリア】と何か、関わりがあるんですか？」

目の前のヘディンさんはもとより、【女神の戦車《ヴァナ・フレイア》】の件も含めて、派閥の幹部級の人物がことごとくシルさんと繋《つな》がりを見せている。護衛、尊称……まるでお姫様を扱うがごとくだ。

シルさんは何者なのか？

今まで考えたこともなかった彼女の背景を、尋ねずにいられないでいると、

「貴様が知る必要はない」

にべもない。

あっさりと切り捨てられ、目の前にある鋭い双眼に気圧《けお》されてしまう。

「そもそも、知ったところでどうする？　彼女が何か秘密を抱えていたとして、貴様はこれまでの態度を翻《ひるがえ》すのか？」

はっとする。いや、はっとさせられた。

そうだ……もし、シルさんが【フレイヤ・ファミリア】の関係者だったとして。

今まであったことが何か変わるだろうか？

──いいや、何も変わらない。

あの人が僕にくれたもの、あの人が僕を助けてくれたこと、何も変わらないのだ。

「いいえ……それだけは、しません」

だから、はっきりと言葉にする。

唇は独りでに動き、素直な思いを吐露していた。

果たしてそれは満足のいく答えだったのか。

ヘディンさんはフンと鼻を鳴らし、しかし、それ以上咎《とが》めようとはしてこなかった。

「貴様があの方から文《ふみ》を頂戴したことは知っている。よりにもよって女神祭《めがみさい》で、逢瀬《おうせ》の相手に選ばれたことも。私は貴様を見極めにきた」

時間の無駄だと言わんばかりに、ヘディンさんは本題らしきものを切り出した。

いちいち言葉に棘《とげ》があって、びくびくとしてしまうけれど……見極める？

ど、どういうこと？

「…………」

「な、なんですかっ？」

そのまま、じっと見つめられ、戸惑う。

穴が開くほど凝視される状況が続き、居心地を悪く感じていると、

「品性が足りない。所作も雑だ。洗練とは対極の青二才そのもの」

「へっ⁉」

「言葉遣いですら聞くに堪《た》えない。教養のなさが透けて見える」

「ふぐぅ⁉」

「何より、その間抜けな面《つら》。こうして相対しているだけで苛立《いらだ》ちの種となる。私が女であったなら、貴様との逢瀬など下品にも唾《つば》を吐き捨て拒絶の意を叩《たた》きつけるだろう」

「がはぁ⁉」

突然のダメ出しの嵐《あらし》‼

お腹《なか》にいい拳《パンチ》を頂戴するように体が何度も折れ曲がる。見目麗しいエルフにずけずけと言われたら本当に立ち直れない！

ヘディンさんは肘掛けに頬杖《ほおづえ》を突き、長い足を組んで、まるで王様のように僕を『品定め』していた。失望だらけの眼差《まなざ》しを添えて。

あ、つらいっ、本当に死にたくなるくらいツライ！

「……だが、選んだのはあの方《かた》自身。私が異を唱えるわけにはいかない」

そこで、独り言のように呟く。

かけている眼鏡の位置を直すヘディンさんは、声音を尋問調にあらためた。

「逢瀬の当日、何を着ていくつもりだ？　予定は？　回る場所に当たりは付けているのか？」

「えっ、えっ⁉」

「シル様を喜ばせる手筈を教えろと言っているのだ、愚図。その頭は畜生以下か」

僕に投げ続けられる容赦《ようしゃ》ない罵言《コメント》。

辛辣《しんらつ》過ぎる！　リリとかの小言レベルじゃない‼　さっきから何なの⁉

い、いやっ、それより……！

「待ってください！　僕っ、まだシルさんとデートするって決めたわけじゃあ……⁉」

「馬鹿が。拒否権などあるものか。貴様に許されるのはその栄光に咽《むせ》び泣くことのみ」

「咽び泣く⁉」

「選択肢があるとすれば、貴様がシル様をこの下界において最大の幸福で満たすこと、あるいは彼女に未来永劫《えいごう》の喜びをもたらすこと、このどちらかしかない」

「どっちも同じです⁉」

不条理の二者択一！

とんでもない事態に僕の混乱が極まっていると——ヘディンさんは表情を消した。

「もし。もし、だ。愚かな貴様があの方の誘いを断れば——貴様ごと【ヘスティア・ファミリア】を消滅させる」

「えええええええええええええええっ⁉」

底冷えする宣言、店を揺らす悲鳴、全く変わらず本を読み続けているエルフの店主《マスター》。

玉座の前で死刑宣告を告げられる村人とはこんな気持ちなのだろう。僕はこの世の終わりのように青ざめる。

椅子《いす》にどっしりと腰かけながら宣言する白妖精《ホワイト・エルフ》のその様は、まさに暴君のそれだった。

本気だ。本気だ、この人！

都市最強《フレイヤ・ファミリア》の全軍で僕（＋神様達）を地上から消すつもりだ！

断れない!!

まだシルさん本人に何も話を聞いてないのに、デート執行が強制的に決定してしまった！

「あの方の望みは、女神の神意《しんい》に等しい」

顔色を目まぐるしく変え、百面相をする僕に、ヘディンさんは告げる。

「故《ゆえ》に、彼女が望むのなら我々は手足として動く。たとえ疎《うと》まれようとも、陰ながらにな」

まるで宣誓のように。僕の逃げ道を塞ぐように。

汗が止まらない。

猛烈な危機感が迸《ほとばし》る。

僕には『憧憬《しょうけい》』がある。追いつきたい人がいる。

それを言わずになぁなぁでデートすることになったら——ま、まずい気がする！

絶対に取り返しのつかないことになる気が……！

「あ、あのっ⁉　僕には憧《あこが》れている人が——!!」

瞬間だった。

雷《いかずち》より速く閃《ひらめ》いた右手が、再び、僕の顔を鷲摑みにした。

「⁉」

「何度も言わせるな、愚兎《ぐさぎ》。貴様は逢瀬の当日、シル様だけを見ていればいい。他《ほか》の女に懸想《けそう》することはもとより、シル様以外の顔を思い浮かべることも許さん。邪念は不要。彼女だけを想《おも》え。彼女だけを楽しませろ。彼女が貴様の世界の中心だ」

体が椅子から離れ、というか足が床から浮いて、摑み上げられる。

両耳を摑まれた兎のようにじたばた暴れるものの──全くの無意味‼

自身も立ち上がり、軽くうつむくヘディンさんは、病的にも聞こえる言葉を連ねる。

腕を薙《な》ぐように振られ、「ふぐぁ⁉」と奇声を上げながら床に転がる。

顔を上げると、そこには極寒の双眼で見下ろす、怪物《モンスター》なんかより恐ろしい妖精がいた。

「駄目だな、やはり見極めるでは温《ぬる》い。その心構えから淑女への先導《リード》、何から何まで貴様には『改造』を施す」

「かいぞう⁉」

「今日から女神祭までの五日間、寝る暇もないと思え」

「ぼ、僕っ、【ファミリア】のみんなとやることがあるんですけど……⁉」

「愚物が。仲間如《ファミリア》きとシル様、どちらが大事だ」

あ、だめだ、言葉通じない！

リューさんと同じ、この人も我が道を貫くエルフだ‼

女の子のように倒れている僕を影が覆う。

目尻に涙を溜《た》め、顔から血の気が失われていく僕を他所《よそ》に、彼は宣告を告げた。

「私は己《おのれ》の忠義を示すのみ。覚悟しろ」

あぁぁーーーーーーーーーーーーーーーーーーーーーーーーーー⁉


「ベル君はまだ帰ってこないのか⁉　もう夜だぞ！」

「朝、酒場に行ったきりです。俺達《おれたち》も探したんですが……」

「リリも先程『豊穣の女主人』に向かいました！　ですがベル様は今日は来ていないと……！

シル様も本当に何も知らなそうでした！」

「私《わたくし》もアイシャさん達にご依頼したのですが、どこにも見当たらないと……！」

「一体どこへ行ったっていうんだ、ベルくーんっ！」

「ヘスティア様！　ベル殿の名で文《ふみ》が届きました！」

「本当か、命《ミコト》君⁉　見せるんだ！」

『ファミリアを　すくうために
シルさんとデート　することに　なりました
さがさないでください
たすけて
』

「探さないでほしいのか助けてほしいのかどっちなんだァ⁉」

「というか派閥《ファミリア》を救うこととシル殿とデートすることに何の因果関係が⁉」

「また面倒事に巻き込まれている予感……！　春姫《ハルヒメ》様、ミアハ様やタケミカヅチ様にかけあって兎の捜索願いを出してください！　大至急です‼」

「は、はいぃぃぃ！」

「なにか嫌な予感がするぞ……」

月明かりの下、兎《ペット》が帰らない【ヘスティア・ファミリア】の館が騒然となる。

結局、女神祭までの間、ベル・クラネルが見つかることはなかった。

おじいちゃんへ
ぼくはむかし　きれいなエルフのひとに　あこがれていました
でも　いまは　エルフっておそろしいんだなって　そうおもいました
エルフ　　　　こわい

そんな知能指数が極限まで下がった言葉が脳裏に浮かんでは消えるくらい、僕は『追い込まれる』ということの意味を知った。直面しているこの『地獄』に比べれば、エイナさんとの授業《レッスン》もアイズさんとの鍛練《レッスン》もリューさんとの朝稽古《レッスン》も可愛いものだったのかもしれない。

『改造《レッスン》』は、熾烈《しれつ》を極めた。

「姿勢が悪い。腹筋《はら》を絞めろ。そのまま鏡の前で発声訓練。活舌も表情筋《かお》も鍛える」

「おはようございますシルさんこんにちはシルさんこんばんはシルさん綺麗《きれい》ですねシルさん可愛いですねシルさん美しいですねシルさんシルさんシルさん助けてくださいシルさん」

「なんだその不細工な笑顔は」

「あげぶっ⁉」

立ったまま鏡の前で延々と喋《しゃべ》っては笑顔と姿勢を常に確認し十秒に一度は第一級冒険者《ヘディンさん》の蹴《け》りを頂戴する訓練。磨耗していく鏡の中の自分と現実の自分がわからなくなって精神崩壊を起こしかけた。

「エルフの聖書十冊全て頭に叩き込め。二時間でだ。英雄に興味と関心を紐《ひも》づけろ。登場人物を己に投影すれば貴様の理解は早い」

「はい師匠《マスター》！　わかりました師匠《マスター》！」

「声がでかい黙れ」

「ごぼぉ!?　……わかりました師匠《マスター》!!」

ヘディンさんの命令には絶対に逆らわない訓練。僕に許された言葉は「はい！」か「わかりました！」のみになった。強制されたわけでもないのに僕はこの人のことを師匠《マスター》と呼ぶようになっていた。

「残り三日はダンジョンにこもる。モンスターと女をひたすら狩る」

「えっっ!?」

「貴様いま何の妄想をした屑《クズ》」

「どふぅ!?　ご、ごべんなざぁいっ!?」

デートの知識を身に付ける訓練。女性とはお金がかかり、当然デートにも出費は重なる。お金をかけないデートを最初に持ってくるのは愚策も愚策、『誠意とは金で示すのが最も手っ取り早い』と泣きたくなるくらいの教えを頂戴し、デート初心者の僕は資金力を上げるために道中のモンスターを狩って狩って狩りまくった（ごめんなさい、異端児《ゼノス》になるかもしれないモンスター……）。そしてその道中、女性冒険者を狙った。

「私があの女どものパーティに『怪物進呈』を見舞う。それを颯爽と救え。吊り橋効果だ」

「いくらなんでもソレは外道の所業ですよ師匠ぁ⁉」

「外道に堕ちようがシル様を喜ばせる覚悟を説いているのだ愚兎」

「へぶしっ⁉」

「貴様は女に免疫が無さ過ぎる。触れ合え。笑い合え。先導の術を学べ。最初から好感度が一定以上高ければ警戒もされない」

女性冒険者相手に先導する実戦訓練。盛大に良心の呵責を覚えながらも、自然発生を装う師匠の大群突撃の被害に遭う女性冒険者を僕は救いまくった。言いつけ通り颯爽と助け出し、罪悪感に満ちる精神を総動員して叩き込まれた紳士然とした振る舞いをすると、最初は悲鳴を上げていた同業者達は途端に顔を赤らめた。

「大丈夫ですか、お姉さん達．』

「ラ、【白兎の脚】⁉」「えっ、嘘！　世界最速兎⁉」

「『将来有望』順位一位、『玉の輿を狙うなら今！』順位三位、『男性冒険者に《お姉ちゃん！》って言われたい』順位七位のっ、あのベル・クラネル⁉」

（この人はなにを言ってるんだろう……）

師匠から教わったいかなる反応にも対応しきる訓練。感性の違い、不条理、異常事態、それら全てをこの実戦にぶつける。何人も、何人も、何人もを相手に。『貴方』女性のいかなる反応にも対応しきる訓練。感性の違い、不条理、異常事態、それら全てを捌く。

の笑顔が見たいんです』という献身と奉仕の精神を彼女達から徹底的に学ぶ。師匠《マスター》の鉄拳制裁もとい折檻《せっかん》より、地味にこの実戦の方が恥ずかしくて、焦《あせ》ったりして、きつかった。

「しかも変にすれてないし、たまに初心《うぶ》なところ見せてくるし！　恥ずかしがっちゃって、あたし達をそんなにときめかせたいの？　このこの～！」

「【白兎の脚《ラビット・フット》】の印象変わったわ、私！　こんなにイイ男だったなんて！」

「あのっ……一度でいいから『お姉ちゃん』って呼んでくれませんかっ？　ハァ、ハァ……」

「あ、あははは……そ、それじゃあ12階層に着きましたし、ここからは大丈夫ですよね？」

「うん！　送ってくれてありがとう、【白兎の脚《ラビット・フット》】！」

「『上層』からなら私達だけで帰れるよ！」

女性を最後まで送迎する訓練。相手の安全を最後まで見届けて初めてデートは以下略。

「……ねぇ、待って。今晩、時間あいてる？」

「えっ？」

「……！　助けてもらったからさ、借りを返したいなって！」「そうそう！　だから──」

「「私達とご飯食べに行かない？」」

「あ、大丈夫です。僕の家《ファミリア》、門限と規律《ルール》に厳しいので。神様に怒られちゃいます」

「──【永争《えいそう》せよ、不滅の雷兵《らいへい》】」

「ぴぎィ!?」

女性を幻滅させないための訓練。女性の評価が地の底に落ちる度、師匠《マスター》の超短文詠唱の早撃《いかずち》が僕だけを射抜いて焼いた。

訓練、訓練、訓練……全てが訓練。一切《いっさい》の無駄はなく、一睡もさせることもなく。詰め込んでは叩き込まれ、間違いを犯せば蹴られては焼かれて何度も咎められ、僕はひたすら『改造』された。濃密に圧縮された時間は吐く暇もなく、人生の中で最も酷烈《スパルタ》だったと断言できる。

そして、とうとう最終訓練。

「最後は対象《ターゲット》を絞って、逢瀬の予行演習をする。場所は宿場街《リヴィラ》。有象無象の女どもに対して癪《しゃく》だが……仮想シル様だ」

「は、はい、師匠《マスター》……わかりました……」

18階層『迷宮の楽園《アンダーリゾート》』。

実戦訓練を行っていた『中層』の中で、安全階層《セーフティポイント》に移動した僕達を眩《まぶ》しい水晶の輝きが照らす。地上の光にも似た明かりが目にしみて、ちょっぴり泣きそうになった。

本当に五日間ぶっ続けで寝ていない僕の体は、既にフラフラでボロボロだった。上級冒険者の肉体が音《ね》を上げたというより、気疲れの方が強い。慣れないことの連続は精神と心を崩壊一歩手前に蝕《むしば》んでいる。もはや時間の感覚がわからない。

「臭う」と言われ森の泉に蹴り飛ばされ――今更だけどヘディンさんは本当に容赦がない――

師匠《マスター》持参のエルフの香水を振りかけられた後、階層西部に浮かぶ『島』の断崖に築かれた『リヴィラの街』へと足を踏み入れた。

「今、この宿場街にのみ『ハイパーダンジョンサンド・タピオカデラックス』なる甘物が販売されている」

「ハ、ハイパー……？　タピ……？　デラックス……？」

「ちなみに一対《カップル》の客でなければ購入できない頭の悪い商売だ」

「なんで⁉」

「更に男同士でも女同士でも許されるらしい」

「だからなんでっっ⁉」

「店主が『迷宮《ダンジョン》に癒《いや》しを求めるのは間違っているだろうか』などとほざいているとのことだ」

突っ込みどころが多過ぎてどうしたらいいかわからない。

事前に調べておいたのか、師匠《マスター》は覚書《メモ》もなしに指示を淀《よど》みなく出していく。

「次に遭遇する女に声をかけ、これを買え。そして二人で食べ合え」

「ええっ⁉」

「仮想シル様と告げただろう。逢瀬の最中、まず間違いなく食べ歩きは発生する。耐性をつけておけ。加えて言えば、食べさせ合えた時点でその女は貴様に心を許している。そいつで逢瀬の予行を行え。この街の中でな」

まさかのお題に仰天する。そもそも僕、甘いもの苦手なんだけど……なんて言っても無駄だろう。師匠《マスター》には逆らえないし、逆らわさせてもくれない。がっくりと項垂《うなだ》れて諦《あきら》めた。

行け、と告げられ、意を決し一人歩み出す。目当ての店は街の中心に位置する『水晶広場』に存在した。ド派手でやけに多彩な看板を飾ってるし、あれで間違いないだろう……。

「あれ……？　べ、ベルさん!?」

「えっ？　カサンドラさん？」

と、そこで思わず目を丸くする。

【ミアハ・ファミリア】のカサンドラさん、そしてダフネさんとばったり出くわしたのだ。

「君、こんなところで何してるの？　リリルカ達が心配してたよ？」

「あ、あははは……ちょっと、冒険者依頼《クエスト》みたいなものを強制的に受けてて……」

短髪《ショートヘアー》を揺らすダフネさんの問いに、非常に歯切れ悪く答える。デートの訓練をシルさんに気取られないため、ダンジョンで色々しているなんて言えない……。

ダフネさん達が首を傾《かし》げる中、僕は慌《あわ》てて話題を変えた。

「ダ、ダフネさんとカサンドラさんはどうしてここに？」

「それがね、カサンドラがどうしても食べたい甘物がある、ってうるさくて。ハイパーだとかデラックスだとか……それで探索ついでに寄ったの。明日はもう女神祭なのに」

「ち、違います!?　違いますから!!　私そんな食いしん坊みたいなこと言ってません、ベルさん‼」

「クリーム増し増しで食べたいって意気込んでたでしょ」

「ダフネちゃ〜〜〜〜〜んっ！」

　赤面するカサンドラさんは涙目になり、ポカポカと隣のダフネさんを叩く。

　事情を理解した僕は苦笑していたけれど、「あ」と思い至って声をかけた。

「それじゃあ、僕と一緒に買いませんか？」

「……えっ？　えええっ⁉」

　師匠《マスター》には次に会った女の人を誘えって言われちゃったし、目的も一緒みたいだし。

　まだ顔見知りの人の方が気が楽かも、という打算もあって、僕は提案していた。

　それに対し、カサンドラさんは面白《おもしろ》いくらいに仰天する。

「あ、あのダンジョンサンド……カ、一対《カップル》じゃないと買えなくて……だ、だから私、ダフネちゃんにお願いしようと思ってたんですけど……べ、ベルさんとっ、一対《カップル》？」

「実は僕も食べてみたくて。……だめ、ですかね？」

　師匠《マスター》に叩き込まれた紳士然とした笑みを、ついつい条件反射で浮かべてしまう。

　するとボッ！　と音を立ててカサンドラさんは顔を真《ま》っ赤《か》にした。

　僕がぎょっとするのも束《つか》の間《ま》、コクコクコク！　とすごい勢いで何度も顔を縦に振る。

「い、行きます！　行かせてください！　行きたいです！」

「そ、それじゃあ……」

目を白黒させつつ、カサンドラさんと二人でお店に向かう。何故《なぜ》か呆《あき》れ返っているダフネさんに見守られながら。

お店は木造りで、店主は街の大頭《ボールスさん》より大きな体の巨漢《ヒューマン》だった。ハイパーなんちゃらな甘物を売っているようには見えない強面《こわもて》で、足を運んだ僕達をジロリと見て――というか「はぅううう」と言って赤い顔を両手で覆っているカサンドラさんを観察して――「合格だ」と目を瞑《つむ》って笑う。どういうことなんだ、一体……。

派閥《ファミリア》の証文を使い、特大のダンジョンサンドを二つ買った。

（うっ……！　名前からしてすごそうとは思ってたけど、予想以上……！）

二枚のパンで雲菓子《ハニークラウド》や赤漿果《ゴードベリー》など迷宮産の果物《フルーツ》、更に何種類ものクリームなど、沢山の具材を挟んでいる。紙包みがなければボロボロとこぼしてしまうくらい、それくらい凄《すさ》まじい。思わずクリーム増し増し＋あんこも追加したカサンドラさんを見ると、彼女は子供みたいに目を輝かせていた。

と、そこで呆然《ぼうぜん》とする僕の視線に気付いたのか――いや勘違いしたのか――自分のダンジョンサンドとこちらを交互に見比べ、頬を赤らめながら、差し出してきた。

「わ、私のほうも……た、食べますか？」

可愛い。照れてるカサンドラさんはすごい可愛いんだけど……頬を引きつらせる。

甘味に殺されてしまう。僕はやんわりと断ろうとした。けれど、できなかった。視界の片隅から『ヤレ』という師匠《マスター》の無慈悲な眼差しに穿《うが》たれたからだ。

ちょっぴり泣きたくなりながら、腹を括《くく》る。

勇気を出し、差し出された彼女の手を優しく取って、パンにかぶりついた。

「ふぇ⁉」

片手でカサンドラさんの手を握りながら、一口食べる。

顔が熱い。恥ずかしくて耳まで真っ赤だ。カサンドラさんも。

でも、おかげで甘味がよくわからない。僕は何とか飲み込むことができた。

カサンドラさんは大きく目を見開いて、今にも煙を吹きそうだった。

「……食べますか？」

「えっ？」

「僕の分も……」

ありえないくらい恥ずかしいけれど、師匠《マスター》の視線が背中に突き刺さり、追撃を命じている。

僕もすっかり顔を赤くしながら、自分のダンジョンサンドを差し出した。

カサンドラさんは、しばらく石になった後、唇をぎゅっと結んで、小さく開けた。

「あ……ぁーん」

ぱくり、と。

小振りな唇がクリームを食べる。

もぐもぐと食べている間、カサンドラさんは無言だった。そして赤かった。

頬には、クリームの塊《かたまり》が付着している。

――怪物祭《モンスターフィリア》の時、神様ともこんなことあったな。

既視感を覚えながら、僕は自然な動作で頬についたクリームを指で拭《ぬぐ》った。

相手の女性に恥をかかせてはいけない。そのヘディンさんの教えに従って。

「――兎に頬を舐《な》められる――お告げの通りぃぃ～～～～～～～………」

「って、えええええええっ⁉　カサンドラさーん⁉」

直後、カサンドラさんが意識を失った。

倒れ込む彼女を咄嗟《とっさ》に受け止め、柔らかい体を抱きとめる。

恥ずかしさが限界突破してしまったのか、カサンドラさんは僕の胸の中で目を回した。


「胸焼けさせないでよ……」

「ちょろい。だがそれがいい」

「これでは演習にならん」

少年の悲鳴じみた呼びかけの声が響く中。

存在を忘れられているダフネはげんなりし、店主は目を瞑ってイイ笑みを浮かべ、ヘディンは冷静に次の演習《プラン》を用意するのだった。


地上は白々とした月明かりに照らされていた。

挽歌祭《エレジア》の尾を引く都市《オラリオ》には今日も粛然とした空気が漂っていたが、内々では期待と興奮を静かに溜め込んでいた。

『女神祭』が明日に迫った、前夜である。

「…………」

制服の袖《そで》をまくるリューは、『豊穣の女主人』で黙々と皿洗いをしていた。

じっと洗い場に視線を落とし、慣れた手つきで素早く洗っていく。

何枚も、何枚も、何枚も……延々と。

「いつまで洗ってるんだ、バカタレ」

「うぐっ⁉」

そんな彼女の頭の天辺に、岩のような拳が落とされる。

呻《うめ》き声を漏《も》らすリューが背後を振り返ると、そこに立っていたのは、ドワーフに似つかわしくない巨体の女主人だった。

「ミ、ミア母さん……？」

「もうとっくに店は終わってるよ。洗い終えた皿を何度ゆすげば気が済むんだい、アンタは」

「えっ……？」

指摘され、リューは唖然《あぜん》とした。

店内は既に灯《あか》りが落とされ、厨房にいるのも自分一人。山のように溜め込まれていた皿はとうに消えており、なんとリューは洗い終えた食器を左から右に、右から左にゆすぐ無限洗浄《ループ》を行っていた。自分の手もとを見て、彼女は再び呆然とする。

「どんな考え事をしてたら、そんな間抜けになれるんだ。まったく……店に雇った頃のポンコツに逆戻りしてるじゃないか」

「ぐっ……⁉」

でかでかとミアに溜息《ためいき》を吐《つ》かれる。醜態を晒《さら》したリューに反論の術などある筈がない。

色白の頬を赤く彩《いろど》り、少年《ベル》達の前では決して見せないような羞恥《しゅうち》の表情を作る。

リューは今日一日、いや正確には、五日前から心ここにあらずの状態が続いていた。その症状は『女神祭』が近付くにつれ、酷くなっていった。

何が原因なのか、誰に言われなくともリュー自身、理解している。

「アンタまでそんな調子じゃあ、明日の『女神祭』は不安で仕方がないよ。ったく、あの馬鹿娘はよりにもよって遊びに行くなんて言い出して……」

悪態交じりのミアの嘆息に、はっとする。

話題に上がった薄鈍色の髪の同僚の顔を思い出すリューは、気付けば唇を開いていた。

「……ミア母さんは、止めないのですか？」

その問いかけに、ミアは一瞥《いちべつ》を返してくる。

「止めてほしいのかい？」

一言聞き返されただけなのに、リューは心臓を鷲掴みにされた気がした。

「ち、違う！　シルの邪魔をしたいわけではない！　それだけはありえません！　……ただ」

ただ……何なのだろう。

自分の胸の奥の想いを言葉にすることができない。まるで森の奥に灯《とも》っては、追えば消えてしまう妖精の翅《はね》の軌跡のようだ。

ただ、自分が何かの間で揺れ動いていることだけは、理解できた。

少女《シル》の笑顔も、そして少年《ベル》の存在も失いたくないと思う自分がいることだけは、わかった。

(私は、本当に知己を裏切って……)

数日前、シルに問われた言葉を思い返す。

(彼を……ベルを、好いてしまったのか)

そして、ようやく自分の想いを理解する。

深層《ダンジョン》から帰ってきてからというもの、ずっと自分をおかしくさせていた感情の正体を。

認めたくなかった。少なくとも、こんな時には。

胸を疼《うず》かせる筈の、甘く、温かな気持ちは、今のリューにとって深海の水を固めた氷塊にしか感じられない。今、シルにも、ベルにもどんな顔で会えばいいかわからない。

リューはぎゅっと、冷え切った自分の腕を握っていた。

「……アンタは本当に頭が固いエルフのまんまだね。五年前から、何も変わっちゃいないよ」

そんなリューの心の動きを知ってか知らずか、ミアはほとほと呆れたような声を出した。

「えっ……？」

「少しはアタシ達大酒飲み《ドワーフ》を見習え、そういうことさ」

そう言って、戸棚から取り出したボトルをリューの胸に押し付けてくる。

ミアが大事に浸けている果実酒だと、気が付くのに時間がかかった。

「ミ、ミア母さんっ！　これは？」

「それを飲んでさっさと寝ちまいな。そんな顔でくよくよ考えるだけ、時間の無駄さ」

寝酒ということだろうか。

ミアなりの気遣いだということに気付き、リューは不思議な気持ちに襲われた。

久しく忘れていた『母』の思いに、空色の瞳が揺れ、心が少しだけ軽くなる。

「……止められるもんなら、縛ってでも押さえつけておきたいけどね。あの馬鹿娘が駄々をこねるのは目に見えてる」

「……？」

「さっきの話の続きさ」

そこで、ミアは先程のリューの問いに答えてやるように、ぼやいた。

「何より、厄介《やっかい》なのは本人じゃなくて『周りの連中』の方だ」

そして、忌々《いまいま》しそうな顔を浮かべる。

「えっ？」

「馬鹿《バカ》娘に過保護な馬鹿《バカ》共が、何をしでかすかわからないって話さ。店の邪魔をするならとことん殴り合ってやるが……割りに合わないよ。腹が立つほどにね」

ほとんど独り言のように語るミアは、眉間《みけん》に皺《しわ》を寄せて窓の外、『バベル』の方角を睨《にら》む。

顔を上げたリューが戸惑っていると、ドワーフの女将は振り返る。

「とにかく、あの馬鹿娘はいないんだ」

その太い指を、リューの胸に突き付けた。

「サボったらただじゃおかないよ」

「明日の女神祭、店番をサボれないのかニャ⁉」

猫人《キャットピープル》のアーニャの声が響き渡る。

今日も今日とて働き詰め、店じまいとなった深夜。

店の方でミアと相対している同僚の苦悩も知らず、アーニャ、クロエ、ルノアは離れで密談をしていた。

「シルと白髪頭《リュー》がどうなるか気になってしょうがないニャー！　あとミャーもお祭りでお芋とか果物たくさん食べたいのニャー!!」

「あんたはそっちが本音だろ」

ふにょー！　と雄叫《おたけ》びを打ち上げるアーニャに、ルノアが白けた視線を送る。

しかしそんなルノアも嘆息を挟み、ぼやくように呟いた。

「お祭りだし、書き入れ時ってのはわかるんだけど……女神祭の三日間、全部働き通しってのは確かにヤバい。休む暇もないし……」

『女神祭』はオラリオの数ある祝祭の中でも、特に華やかで、賑々《にぎにぎ》しいものとなる。

円形闘技場《アンフィテアトルム》が存在する第二区画――オラリオ東部を中心に開かれる怪物祭《モンスターフィリア》と異なり、都市全体で収穫を祝うのだ。出店《でみせ》だけでなく『豊穣の女主人』を始めとした各酒場も気合が入るというものだ。

「ミア母ちゃんはミャー達を過労死《かろーし》させるつもりなのニャー！　フニャーン!!」

「自由をこよなく愛する猫を束縛するとは、嗚呼《ああ》、神をも恐れぬ所業っ！　ドワーフ恐るべしなのニャ！　猫じゃないルノアだけコキ使って勘弁してほしいニャ！」

「おいコラ殴るぞ」

そしてその煽《あお》りを食らうのが、今も不平不満を口にする三人娘である。

アーニャの泣き言の隣で、クロエが芝居がかった風に天を仰ぎ、ルノアがその右拳を握りしめる。

癖《くせ》のある酒場の店員の中でも特に問題児である彼女達に、女店主《ミア》が罰とばかりに仕事を押し付けるのは当たり前といえば当たり前なのだが、当の本人達には生憎《あいにく》自覚がない。

どうにか酒場を抜け出して、シルとベルのデートを尾行できないか。

二人の猫人《キャットピープル》と一人のヒューマンはない知恵を絞ろうとする。

「ともかく、シル達の後をつけるにしても労働力は必要だって。人手が足りてれば店は回るし、私達がいなくなってもすぐにはバレない。きっと。多分。臨時バイトみたいのを雇えれば、休憩ついでに抜け出すことも……」

「バイトを呼ぶお金なんてないニャ～。ミア母ちゃんだって用意する筈ないニャ！　ルノアはアホだニャ！」

「お前ほんとにブッ飛ばすぞ⁉　それを何とかするために話し合ってるんだろうが！」

彼女達は諸事情で女店主《ミア》に借金をしており、とあるバイト女神とタメを張れるほど安日給だ。

酒場の中でも『アホ猫』の名をほしいままにするアーニャの馬鹿にするような目つきに、顔を真っ赤にしたルノアがいよいよ握り拳を振りかぶる。

「──要は、ミャー達の言うことを聞く『生贄《いけにえ》』がいればいいニャア」

そんな折。

あくどく笑う黒猫が一匹。

「……何か考えがあるの？」

「どーせまたゲスいこと考えてるニャア……」

何かと神々と似た言動をする腹黒の同僚に、ルノアとアーニャは胡乱《うろん》な目を向ける。

クロエは唇に指を当て、艶《なま》かしくも邪笑した。

「我《ミャー》に必勝の策ありニャア～」


「よろしかったのですか、フレイヤ様？」

オッタルは尋ねた。

都市中央にそびえ立つ『バベル』最上階、その神室《しんしつ》でくつろぐ己の主神に向かって。

夜の空は蒼《あお》い。都市の象徴物《ランドマーク》でもある巨塔の天辺からは、今日も輝く月がよく見える。

豪奢《ごうしゃ》な肘掛椅子に腰かけ、葡萄酒《ワイン》を楽しんでいたフレイヤは、視線を窓の外に向けたまま尋ね返した。

「なんのこと？」

「『女神祭』のことです」

「……ヘルンから聞いたの？」

はい、とオッタルは肯定を返す。

主神を崇拝している侍従頭の少女はこの場にいない。彼女の主な役目はフレイヤの身の回りの世話であって、決して話し相手ではないのだ。オッタル達にはできない、同性でなければ無礼に当たる行為を率先して受け持ってくれている。呼び鈴を鳴らせば他の侍従とともにやって来る場所にはいるだろう。

こうして『バベル』の最上階で葡萄酒《ワイン》を嗜《たしな》んだり、オラリオを気ままに眺める際、フレイヤの側に控えるのはオッタルの仕事だった。彼女の気紛《きまぐ》れに付き合い、短くも実直な返事をし、時には進言も諫言《かんげん》も行う。それは団長である彼のみに許された役目であり、栄光であった。

普段は己から話題を提供することのないオッタルは、今回ばかりは珍しく、女神の懐《ふところ》に踏み込んだ。

「どちらがベル・クラネルを手に入れるか、『勝負』すると……そう耳にしております」

「『勝負』、ね。随分と好戦的じゃない、今のあの娘《こ》は」

「……本当に受け入れられたのですか？」

「ええ。だってあの娘《こ》もベルに惹《ひ》かれてしまったと、そう言うんだもの」

驚いたわ、とフレイヤは何がおかしいのか笑う。

オッタルはその様子に口を閉ざすのみだ。継ぎ目のない巨大な窓硝子《ガラス》に反射する彼の顔は、本当にそれでよろしいのですか、とそんな風に言いたげな表情だった。

「反映？　共有？　それとも連結《リンク》？　あの娘《こ》の心も私に引っ張られるのかしら？」

「……私には知り得ぬことです」

「それもそうね」

気分を害した素振りもなく、フレイヤはグラスを傾けて唇を潤す。

オッタルは、会話を続ける努力をした。

「アレン達が女神祭の件に関して不平を並べています」

「アレンはいつも通りでしょう？　娘《シル》の飯事《ままごと》に付き合ってと、そう伝えて」

「はっ」

「護衛は用意しないでいいわ、と言っても無駄かしら？」

「はい。それだけは目を瞑って頂けると」

「わかったわ。なら、どれだけ投入するつもりか知らないけれど、護衛に加える眷族《こ》は第二級以上からにして。指揮はヘディンに任せれば大丈夫でしょう？」

「そちらで問題ないかと」

事務的な確認事項。本題を切り出すまでの猶予。

胸中で散々ためらっていたオッタルは、意を決して、神意《それ》を尋ねた。

「フレイヤ様は、何を望まれるのですか？」

その問いに。

フレイヤはすぐに答えなかった。

冷たい月明かりが、窓硝子を経て、絶世の美貌《びぼう》に降りそそぐ。

「女神《わたし》の『望み』は変わらない」

彼女は沈黙を挟み、ややあって、唇を開いた。

「何があったとしても、ベルを私のモノにする。それだけよ」

それが女神の神意。それが彼女の『望み』。

ならばオッタルはもう口を閉ざし、その場に凝然とたたずむのみだった。

「オッタル。貴方はどっちの味方？」

「……」

「協力を仰がれたのでしょう？」

女神の瞳には全てを見抜かれていた。

神の前では嘘はつけない。オッタルは黙秘を貫こうとしたが、止めた。

ここでの黙秘は肯定も同然だからだ。

「私が尽くすのは、全て御身のため」

「その言い方だと、私のためなら、あの娘《こ》にも協力すると聞こえるわよ？」

ままならない。

オッタルは今度こそ目を閉じた。肯定も否定もせず、ただ負けを認めるように。

くすくすと笑う銀髪の女神は、月明かりに杯を掲げる。

「普段は退屈な豊穣の宴《うたげ》……今年は、どうなるのかしら？」

私にもわからない。

女神は『未知』に思いを馳《は》せるように、そう告げた。

Monologue

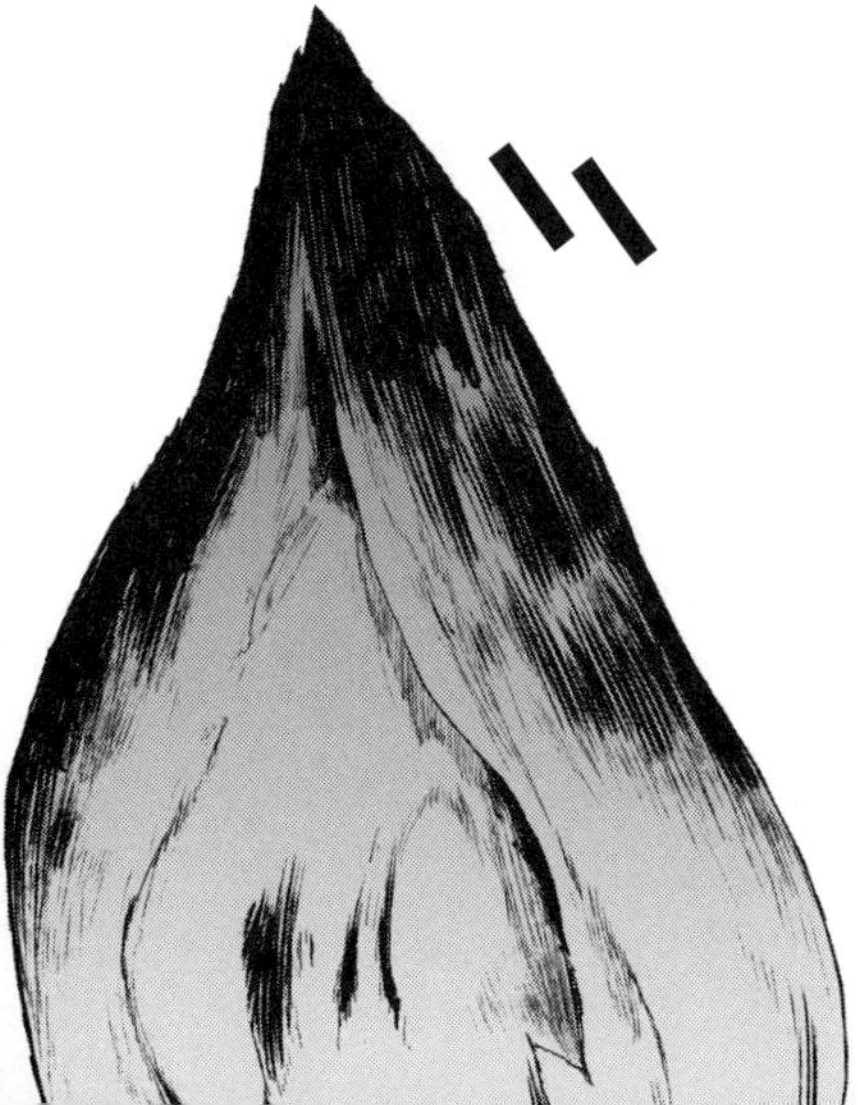

私は念入りな準備を始めた。

宴《うたげ》の当日、与えられた時間はごく僅《わず》か。十二時の鐘が鳴る前に、私は『望み』を叶《かな》えなくてはならない。そのためにも『女神祭《めがみさい》』が始まる前から動かなくてはならなかった。

私は一部の人間、あの方の眷族《けんぞく》に、協力を依頼した。

まずオッタル様……オッタルさんに、侍従伝いに『女神祭』の件を伝えた。

私から直接接触するのは怪しまれる。たとえ見抜かれるにしても、女神の目たる他《ほか》の眷族に要らぬ疑いを持たれるのは避けるべきだった。

手紙を受け取った彼は、内密に私のもとを尋ねてくれた。

赤裸々に胸の内を語ると、彼はいつものように厳《いか》めしい顔で、しかし口を引き結んだまま黙り込んでしまった。

それが少し、可愛《かわい》くて、おかしかった。

私は笑いを堪《こら》えながら尋ねた。

——一日、いいえ一度だけでいいんです。私に協力してくれませんか？

彼が頷《うなず》いてくれるかは賭《か》けだった。

けれど勝算もあった。

私が気付いているように、彼もまた女神の本当の『望み』に感付いている。同時にいかなる選択が本当の意味で女神のためになるのか、彼はずっと考えている。無意識的にせよ、だ。

私という存在は、今の状況と女神の未来を変えることができるかもしれない『爆弾』になりうる。彼が一度でも脳裏に描いた『可能性』を実現できるかもしれない『鍵《かぎ》』に。

巌《いわお》のような武人がそう判断してくれる一縷《いちる》の望みに、私は賭けた。

他の協力者を募ることは難しい。

特にアレンさん達はダメだ。あの人達の忠誠はどこまでいっても女神だけのもの。所謂《いわゆる》『過激派』に属する彼等に今回の件を知られれば、私の『計画』が明るみになろうがなるまいが、絶対に止められる。

長い時間、私が祈るように見つめた末。

猪人《ボアズ》の従者は、頷いてくれた。

――ごめんなさい。

私は心の中で謝った。

女神も、そして彼も騙《だま》そうとしている自分の罪深さをほとほと嫌悪しながら。

それでも意志を貫き、己《おのれ》の『望み』に対して純粋になりながら。

三章　Harvest Festival

青い空が広がっている。

白い雲は一つ二つとまるで果実の種のように浮いていた。夏と比べて雲の位置は高く、大きさもずっと小さい。そんな高く澄み渡った秋の空を、一陣の風が駆けていく。

爽《さわ》やかな晴天。

紛《まぎ》れもない祝祭日和である。

『見ての通り、空は良き天候に恵まれた。気紛《きまぐ》れな天空の神も、今日は機嫌がいいみたい』

魔石製品によって拡大された女神の優しげな声が、オラリオの隅々まで届く。

声の源は都市の中心、白亜の巨塔の足もとである中央広場《セントラルパーク》。

八本のメインストリートが集結し、何千何万もの人々を収容できる広場は、普段と装いが異なっていた。『バベル』を大きく囲むように、塔の形を描く石造りの『祭壇』が東西南北に築かれていたのである。

それは真実、神々を奉る場所だ。

『またこの季節がやって来た。いつの間にか冬を越え、種は苗へ、苗は実に、そして実りは収穫へと。全て瞬きの間の出来事のよう。みんなはどう感じたかしら？』

都合四つ、見上げるほどの高い祭壇の足もとに多くのヒューマンと亜人《デミ・ヒューマン》が押し寄せている。彼等が目を向ける先は、祭壇に立つ四柱の女神だ。

ダミアー、ハトホル、フレイヤ、そしてデメテル。

オラリオに居を置く豊穣《ほうじょう》の女神達であり、今日という日の『象徴』だ。

その中で声を高らかに響かせているデメテルは、不意に、目を伏せた。

『今年はいつにも増して、恐ろしいことも、悲しいことも、沢山あった。一年という時は神々《わたしたち》にとって一瞬……けれど私は、この僅《わず》かな月日を決して忘れることはないでしょう』

寂寥《せきりょう》が滲《にじ》む声が響く。

それは『挽歌祭《エレジア》』を含めた女神の哀悼《あいとう》か。怪物祭《モンスターフィリア》の騒動や、歓楽街の壊滅、『武装したモンスター』の地上進出など、他《ほか》にも様々な出来事が人々の脳裏に蘇《よみがえ》る。

都市が一瞬静けさを纏《まと》う中、女神は、次には顔を綻《ほころ》ばせた。

祭壇の眼下、こちらを仰ぐ子供達の顔を見渡し、笑顔を振りまく。

『そして、だからこそ、今日という日を祝しましょう。お別れを告げた子供達の分まで、胸に豊穣の想いを抱いて』

聴衆の顔にも笑みが躍る。

蜂蜜《はちみつ》色の髪を揺らし、空を抱くように両腕を広げ、デメテルは告げた。

『大地の恵みに感謝を捧げ――ここに女神祭《めがみさい》の開催を宣言します！』

わぁあぁ！　と。

都市中から歓声が上がる。

万雷の拍手が轟《とどろ》いたかと思えば、打ち上げられるのは管理機関《ギルド》による花火だ。どこかの派閥《ファミリア》の魔導士も協力したのか、炎、氷、雷による三色の華が咲き、弾《はじ》けた大きな音は白い煙を引き連れて空を昇る。幼い子供達がはしゃぎ回る中、式典《セレモニー》を終えたオラリオは喝采《かっさい》に満ちた。

交易所や歓楽街、修繕が済んだ貧民街《スラム》『ダイダロス通り』にも熱気が行き渡る。

『女神祭』は豊穣の女神の宣言によって始まり、豊穣の女神の宣言によって終宴する。

そして毎年、開催の言葉を担うのは、都市の中でも最も大規模な農業を営むデメテルだ。

収穫祭の始まりを告げる適任神《てきにんしゃ》は、まさにオラリオへ豊作をもたらす彼女を置いて他にはいない。穀物が、野菜が、果物が、彼女達【デメテル・ファミリア】の一年の成果が都市全体を賑《にぎ》わせ、潤す。

今日は誰もが喜びを実らせ、笑顔を咲かせる日。

豊穣の宴《うたげ》が始まった。


「すごいなぁ……」

耳を澄まさずとも聞こえてくる都市の歓声に、僕は思わず呟《つぶや》いた。

初めての『女神祭』。初めてのオラリオの豊穣。

『世界の中心』とも呼ばれる迷宮都市の祝祭に、わくわくしないなんて言ったら嘘《うそ》だろう。

弦楽器や管楽器の愉快な旋律は気ままな吟遊詩人《バード》達によるものだろうか。

時間を無駄にしてはいけないよ、と祭りを楽しむよう急き立ててくる。

（女神祭を楽しみたいのは山々だけど……それと同じくらい、重要なことがある）

わくわくと、緊張半分。

僕の心境は端的に表すなら、そんな感じ。

女神様の銅像の前にたたずみながら、待ち人を待っている。

「シルさんは、まだいない……」

今、僕がいるのは『アモールの広場』。

園内は豊かな色の敷石が敷き詰められており、様々な花の植栽も手伝って華やかな雰囲気を醸《かも》し出していた。僕以外にも大勢の人がおり、そのほとんどが、というより僕以外全員が仲睦《なかむつ》まじく寄り添う二人組の男女《カップル》だった。

以前、神様にごちそうしようと待ち合わせをした場所でもある（あの時は女神様《デメテル》達に追いかけられて結局かなわなかったけど）。実は例の喫茶店『ウィーシェ』からも近いこの広場が、シルさんの手紙、もとい二枚目の便箋《びんせん》に指定されていた待ち合わせ場所だった。

「やっぱり早く来過ぎた……？　いやいやっ、師匠《マスター》の教えを信じるんだっ」

周囲の桃色の雰囲気もあってそわそわしそうになる中、不安を押しとどめる。

この短い地獄──五日間の特訓の中で、『師』と仰ぐようになったヘディンさんの顔を思い浮かべる。

「今更言葉にするのも馬鹿馬鹿《ばかばか》しいが、戦争《デート》は待ち合わせ前から既に始まっている」

エイナさん以上の酷烈教鞭《スパルタきょうべん》によって襤褸屑《ボロクズ》と化した僕が正座する前で、師匠《マスター》は至らない教え子へ唾《つば》を吐くように諭した。

「集合時間に早く来るか遅く来るか、あるいは正確な刻限に姿を現すか、その選択によって男女の力関係《パワーバランス》は変動する。これは危機に臨む冒険者の駆け引き以上に複雑で、高度なものだ」

「ぼ、冒険者の駆け引き以上……⁉　な、何が正解なんですか⁉」

「正解はない。数多《あまた》のモンスターへの対応が千差万別のように、自身と相手の個性、あるいは組み合わせによって選択肢は爆発的に増大する。その日の気候や待ち合わせ場所の地形すら影響しうるのだ」

「き、気候に、地形効果まで……⁉」

加味すべき要素の多さに僕は衝撃を受け、青ざめたほどだ。

冒険者の『駆け引き』以上という言葉も実に頷《うなず》ける。

まさにデートとは戦争、いやデートとは迷宮《ダンジョン》‼

ちなみにだけど、僕が男女の機微に壊滅的に疎《うと》く、要領が悪過ぎると悟ってか、師匠《マスター》は何かとダンジョンと冒険者になぞらえて説明するようになった気がする。そうするとあら不思議、僕も覚えがよくなるのだから驚きだ。

師匠《マスター》には何故《なぜ》か「この冒険中毒者《ダンジョン・ジャンキー》が」と汚物を見る目で唾棄《だき》されたけど。あれぇー？

「待ち合わせ《スタート》ですら技と駆け引きを駆使しなければならない――が、貴様は余計な小細工を弄《ろう》するだけ無駄だ」

「へっ？」

「貴様の個性《キャラ》ではない。何より相手はシル様、半端《はんぱ》な心理戦は見透かされ減点材料となる。よって、その愚かしいまでのひた向きさで押す」

「つ、つまり？」

「必ずシル様より先に待ち合わせ場所へ行け。一時間前でも三時間前でも構わん。純粋の権化《ベル・クラネル》の印象特化を最優先だ」

師匠《マスター》は英明な軍師のごとく、静かに眼鏡《めがね》をかけ直し、その『策』を告げた。

「貴様の女神祭での戦術は、『ことごとく機先を制する』。これに尽きる」

そうして、今日。

方針を授《さず》けられた僕は、言われた通り五時間前から『アモールの広場』に布陣していた。

そろそろ周囲の『あいつ、何時《いつ》からいるの？』という奇異の目がつらい。

彼女がやって来る前に深呼吸を済ませ、体を落ち着かせる。

やってやる。師匠《マスター》との特訓の成果は無駄にはしない。

何より、このデートを成功させなければ僕達に明日はない。

【ヘスティア・ファミリア】は、僕が守る……！

「――ベルさん！」

そして、始まりを告げる鈴を鳴らすような声が、響いた。

僕はその時が来たことを悟り、覚悟を決めて振り返ると――一瞬、息が止まった。

駆け寄ってくるのは、僕が今まで見たことのないシルさんだった。

まるでデート用にあつらえたかのようなドレス。スカートの丈は膝《ひざ》に届くか届かないかくらいなのに、そのほっそりとした脚線美がやけに目立つ。帯革《ベルト》代わりなのか腰の位置に巻かれた織布《リボン》もまた体の細さを強調していた。ドレスの上から羽織っているのは、こちらもまた可愛《かわい》らしい短上着《ボレロ》。履いているのは彼女の足によく似合う可憐な靴《パンプス》だ。

お化粧なんかしているわけではないのに、いつもより上品で、美しく見える。

ふと揺れる薄鈍色《うすにびいろ》の髪の奥に、いつもはつけていない耳飾りが見えて、どきっとした。

早い話、僕は馬鹿みたいに見惚《みほ》れてしまったのだ。

「来るの、早かったんですね！　待ち合わせの時間より、私も早く来たつもりなのに」

少し急いで来たのか、シルさんは息を若干《じゃっかん》切らし、頬《ほお》をうっすらと染めていた。

小さい手提げ鞄《ハンドバッグ》から懐中時計を取り出し、にっこりと笑いかけてくる。

可愛くて、可愛い。

そんな馬鹿みたいな感想しか浮かんでこない僕は固まってしまい、返事ができない。

「……それより、ベルさん、その格好……」

そこで、シルさんはあらためて僕の格好を見つめ、きょとんとした。

今、僕が身に纏っているのは、所謂《いわゆる》デート用の『完全装備』だった。

無地の下着《シャツ》に前を留めた胴着《ベスト》。

更にその上から臙脂《えんじ》色の上着《ジャケット》。

おまけに襟締《タイ》まで。

下もきっちりとした脚衣《パンツ》と革靴を履いていて、普段の僕を知る人なら、目の前のシルさんのように目を丸くするに違いない。手にだって白手袋を嵌《は》めている。

露出を抑えた格好は紳士や執事なんかを彷彿《ほうふつ》させるだろう。

あるいは、『エルフの嗜好《しこう》に寄せた』とも思われるかも。

それもその筈《はず》で、この格好は全て師匠《マスター》が選んでくれたものだ。

いつもは防具や戦闘衣《バトル・クロス》くらいしか纏わない僕に服の感覚《センス》など皆無らしく――今まで服に使うお金なんて派閥《ファミリア》的な意味でもなかったし――師匠《マスター》は舌打ち交じりに「シル様に失望と幻滅を同時に与えるつもりか無能が」と罵り、『女神祭』まで時間もないだけに致し方なく衣装だけは完全主導で組み合わせ《コーディネイト》してくれたのである。

外見だっていじられていて、前髪の一部を上げている。

いつもの装いとかけ離れている自覚はあって、僕はつい聞き返してしまった。

「へ、変ですか？」

「えっ？　あ、いえ、そんなことないですよ？　ただ……今まで見たことのないベルさんだから、その、ちょっと驚いちゃって……」

はっとするシルさんは、手をぱたぱたと振った。

こちらを観察する顔は心なしか、赤いような気がする。

それまで惚《ほう》けていた僕だけど、その様子を前に、少しだけ冷静になれた。

『今まで見たことのない』なんて、さっきまで僕が考えていたことをシルさんも思ってくれている。シルさんも、僕と同じ気持ちなんだ。

「うーん、普段とは違うけど、こういうベルさんもなかなか……ううん、かなりありのような……というより、私のベルさんへの好みを見透かされているような……」

顎《あご》に手を添えて何事かをぶつぶつと呟くシルさんを他所《よそ》に、僕は鼓動の音と戦っていた。

師匠《マスター》には『必ずしろ』と言われたことがある。

同時に、『最初の機会』を逸してしまえば、羞恥《しゅうち》に雁字搦《がんじがら》めにされて子供《ヘタレ》の僕からはもう仕掛けられなくなる。そうも言われた。

『機先を制する』。

その教えに従って、僕は、勇気を振り絞って手を差し出した。

「シルさん、行きましょう」

「えっ？」

「女神祭を、一緒に」

目の前に差し出された手に、シルさんの動きがぴたりと止まる。

僕は今、笑えているだろうか。

緊張で顔が酷《ひど》いことになってやしないだろうか。

耳まで燃やそうとする体の熱を抑え込んで──「手を繋《つな》ぎましょう」と。

真《ま》っ直《す》ぐ見つめながら、そう提案する。

そんなことを言われると思っていなかったのか、シルさんは固まったままだった。

その表情《かお》もまた、僕が今まで見たことのないもの。

「…………は、はい」

薄鈍色の瞳《ひとみ》が、僕の顔と手の間で視線を往復させた後……ややあって、おずおずと。

シルさんは、自分の手を、僕のものに重ねた。

その時、確かにシルさんは照れていた。

すぐに顔を伏せて隠したけれど、その白い肌に花咲くような赤みはよく映える。

かくいう僕も僕で余裕がない。柔らかい指と手の平の感触に暴れ出す心臓を必死に抑え込みながら、ゆっくりと手を引き、ゆっくりと歩き出す。

それまで散々騒がしかった世界が止まった気がした。

周囲の人の目が全て僕達を見ているかのよう。

いや、そんなの錯覚だ。決まってる。だから行け。

頑張れ、僕！

「あ」

機先を制する、機先を制する――と師匠《マスター》の教えを必死に反芻《はんすう》していた僕は、立ち止まった。

肝心なことを伝えていなかった。

いきなり足を止めた僕にびっくりするシルさんへ振り返り、その薄鈍色の瞳に告げておく。

「今日のシルさん、とても綺麗《きれい》で、可愛いです！」

どうしようもないほど照れながら。

誤魔化《ごまか》すように笑って、思ったことをしっかりと言葉にする。

シルさんは今度こそ、はっきりと、頬を紅色に染めた。


都市は活況の一言だった。

女神《デメテル》の開催宣言を皮切りに、オラリオの熱気はとどまることを知らない。

待ちに待った『女神祭』。いつも以上の音の渦で満たされ、それでなお耳に障ることはない。

道行《みちゆ》く雑踏の愉快な足音、大地の恵みに対する芝居がかった熱賛。どこからともなく楽隊が現れ、喇叭《ラッパ》が響けば笛の音《ね》が返り、太鼓《ドラム》の音が跳《は》ねればパッパッの黒服に身を包んだドワーフの歌声が轟く。外見に反して伸び伸びとした声に、群衆は拍手を返しながら笑い声を上げた。抜けるような青空の下で、誰もが今日という祝祭を楽しむ権利を持っている。

既に街は大賑わいだ。

「——街は大賑わいなのに、どうしてボク達は働かされているんだぁぁ！」

が、そこで女神の悲痛な叫びが飛び散る。

出どころは西のメインストリート。『豊穣の女主人』である。

「いきなり呼び出されたと思えば酒場の手伝いをさせられて、なんだ⁉　なにが起きてるんだ⁉　というかここの仕事量、殺神的《さつじんてき》過ぎるだろー⁉　ジャガ丸くんのバイトはもとより、鍛冶神《ヘファイストス》のところよりキツイぞぉ！」

他の店と同様に混み合う酒場の中で、ヘスティアが走り回っては注文を取る。

その格好は若葉色の給仕服に白いエプロン。紛れもなく『豊穣の女主人』の制服である。

一つに結わえられた黒髪がブォンブォンと何度も反転しては翻《ひるがえ》り、制服の中にギュウギュウに押し込まれた巨乳がダプンダプンと労働の過酷さを物語るように上下に何度も揺れる。

あまりの忙しさに、ヘスティアはすっかり目を回していた。

「つべこべ言ってないでとっとと働くニャ！」

「白髪頭を助けに行ってやったこと忘れたのかニャー！」

「く、くそぉー！　助けてもらったのは事実だから何も言い返せない！」

クロエとアーニャの猫人《キャットピープル》コンビの言葉に、弱味を握られているヘスティアは泣きべそをかくしかない。

全てはクロエ達が本拠《ホーム》に突撃してきたことが始まりだった。

約一ヵ月前の『遠征』にて、クロエ達はヘスティアから援軍の依頼《クエスト》を受けた。そしてその報酬、もとい借りを返せと言われたのである。

クロエ達はともかく、ルノア辺りからすれば「『深層』までの送り迎えくらいしか大したことやってないけどね」というのが本音だが。

ともかく、危険を承知で助けに行ってもらったヘスティア達からすれば断れる筈もない。

女神祭の初日、つまり本日早朝より、馬車馬のように働かされている。

「せっかくバイトの休みをもぎ取ったっていうのに、これじゃあ意味がないじゃないかー！　うわーん、ベルくーんっ！」

「くっちゃべってないで働きなぁ‼　手も足も止めるんじゃないよ！」

「うひぃ⁉　すいませんっ店長ぉー！」

長台《カウンター》の中から響いてくるドワーフの怒号に、幼女神の足が床から浮く。

神であろうが問答無用に使い倒し、失敗すれば天を砕く勢いで怒鳴り散らすミアに対し、既にヘスティアは無力だった。失敗しては謝罪すること既に何十回、もはや逆らえない傀儡《くぐつ》と化している。

「神の威厳とはいったい……あれでリリ達の主神だというのだから泣きたくなります……」

「無茶言うな。俺《おれ》でもあの女主人《ドワーフ》は怯《ひる》むぞ……。それよりもこの制服、本当に作らなきゃならなかったのか……？」

叱られるヘスティアを横目に、可愛らしい小さな制服に身を包むリリも疲労を隠せない表情でぶつぶつ呟く。男給仕服《ウェイター》で酒を運ぶヴェルフに至っては、『小人族《パルゥム》用と男用の制服はないので自作しろ』と要求され、心理的疲弊の方が濃い。少年《ベル》のために学んだ戦闘衣《バトル・クロス》の作成技術は今や酒場着《バイト・クロス》に活かされ、彼の背中は煤《すす》けていた。

「ヘスティア様、皆さん……申し訳ありません……」

ひたすら体裁が悪いのはリューである。

ベルともども『深層』に落ちて救助された身であるのに、【ヘスティア・ファミリア】の面々を店側が酷使している状況など、彼女からすれば良心が苛《さいな》まれる以外の何でもない。

背負いきれるなら自分で贖《あがな》いたいのが本音である。

『豊穣の女主人』はそんな綺麗事など許しはしないが。

「リュー殿が気に病むことはありません！　『遠征』の件を抜きにしても我々一同、貴方には助け続けられた身です。恩を返すのなら今！　臨時バイト、なにするものぞ！」

リューに溌剌《はつらつ》と答えるのは一番手際がいい命《ミコト》だ。

羞恥と戦って、せっかく誘ったタケミカヅチとの祭り巡りが中止《キャンセル》になってしまったのは残念に思っているが、彼女はそれ以上に義理堅い。

極貧の極東時代から修行を積み、料理洗濯掃除なんでもござれの少女には、あのミアでさえ「へぇ、ちゃんと動けるヤツがいるじゃないか」と感心するほどだった。冒険者としても多芸達者《オールラウンダー》の命《ミコト》とリリ達とでは、こんなところで格差が発生する。

「注文をとって、店内の様子を見て、隙《すき》あらばお皿洗いに、ゴミ出しもして……」

「そうそう。基本ミアお母さんの言うこと聞いてればいいけど、臨機応変で動いてくれたら助かるかな。元お姫様とか、元娼婦《しょうふ》とか聞いてたけど、全然働けるじゃん、君」

「わ、私《わたくし》も精進の最中なので……！」

普段メイドの仕事に従事している春姫《ハルヒメ》も命《ミコト》に続かんと働き回る。ルノアに教わりながら尻尾《しっぽ》をふわりふわりと揺らし、自分ができることから手伝っていた。

注文や運搬、テーブルの片付けはもとより、皿洗いにゴミ出し、臨時の食材の買い出しまで。多岐にわたる『豊穣の女主人』の激務は、とにかく速度を求められる。

アーニャ達以外の従業員も厨房で引っ切りなしに働いている中、祭りの忙しさを差し引いても「どうしてこの人数で今まで切り盛りできていたんだ！」とヘスティアは叫び出したい気分だった。

「ぐふふ……これぞ【ヘスティア・ファミリア】生贄《いけにえ》大作戦！　バイトを雇う費用がないなら、貸しを返済してもらえばいいのニャ！」

ヘスティア達が働き回る他方、比較的余裕が生じているクロエは邪笑を浮かべる。

言うまでもなく、これが黒猫《クロエ》の『必勝の策』の正体であった。

「ミャー達にも負けぬ美貌《びぼう》の持ち主＋おっぱいでかい女神と眷族《けんぞく》でお客もわんさか！　店も潤う！　これならミア母ちゃんにも文句は言われない！　完璧《かんぺき》ニャ！」

「ヘスティア様達には悪いけど……確かに効果はあったね～」

「見直したニャ、クロエ～！」

「ふふんっ、もっと褒《ほ》めるといいニャ！」

忙《せわ》しなく動き回るヘスティア達を眺めながら、いったん厨房に引っ込んだクロエ、ルノア、アーニャが順々に言う。

実際、『豊穣の女主人』は他のどの店より頭一つ飛び抜けて商売繁盛していた。

それはあの【ヘスティア・ファミリア】が給仕をしているという話題性もあるし、クロエの言う通り見目麗しい少女達が広告塔の役割を果たしているという理由もある。命《ミコト》や春姫《ハルヒメ》など極東の美少女達がウエイトレス姿で働き回る光景を、店内の客は男女問わず目で追いかけているほどだ。必死にちょろちょろと動き回る小人族《パルゥム》のリリだって神々を中心に「頭撫《な》でてぇ～」「てぇてぇ」などとのたまう者が続出していた。

彼女達は見事に看板娘《シル》不在の穴を埋めていた。

よって、いよいよクロエ達は『本命』の目的に乗り出す。

「ミア母ちゃんが厨房を離れたニャ！　今がチャーンス！」

「さぁ行くよ、リュー！」

「し、しかしっ……」

「シルと白髪頭が気にならないのかニャ！　それにお祭りを楽しむならココしかないのニャア！　夢の食べ歩きニャー!!」

シルとベルのデート監視に乗り出そうとするクロエ達に、リューは動じる。

彼女には珍しく、煮えきらない態度で動けずにいたが、

「知らないところでシルと少年が関係を変えても、後悔しない？」

ふざけた口調を消し、目を細めるクロエのその言葉に、瞳を揺らし……折れた。

何も言い返せないまま胸に片手を当て、かろうじて頷くことで了承の意を返す。

「出発ニャー！」と言ってアーニャが先頭になって店の裏口から飛び出す。リューは後ろを振り返り、命《ミコト》達へ申し訳なさそうに眉《まゆ》を曲げた後、クロエに手を引っ張られるのだった。

「ベルさん、ごめんなさい。いきなりあんな手紙を出して……」

「びっくりしましたよ、本当に。デートしようだなんて」

右手と左手を繋いだまま、言葉を交わす。

緊張は綺麗には消せないけれど、頑張って表には出さず、ぎこちなくならないように、シルさんと一緒に飾り付けられた街路を歩いていく。

「すいません。でも、どうしても女神祭を回りたくて……。だから、ベルさん」

シルさんは肩のすぐ近くで、偽りのない真心を伝えるように、綺麗に微笑《ほほえ》んだ。

「来てくれて、ありがとうございます」

薄鈍色の髪が揺れ、女の人の香りが鼻をくすぐる。

胸の奥が跳ねなかったなんて言ったら、それはただの強がりになる。

こんな可愛い笑顔の前じゃあ……ヘディンさんに脅されたから、なんて絶対に言えない。

僕は何とか苦笑だけを返した。シルさんも口もとに照れ臭そうな笑みを残して、手を少しだけ強く、握ってくる。

変な想像だけど、照れ合う今の僕達の姿は、初々しい男女《カップル》にでも見えるのだろうか。

そこまで妄想を働かせて、考えるのはやめた。

せっかく平静さを手放すまいとしているのに、自爆してしまっては何も意味がない。

「天気、晴れてよかったですね」

「はい、本当に。今日だけはお願いしますって、柄にもなく神様に祈っちゃいました」

取りとめない会話で場を繋ぎながら、聞こえてくる祭りの喧騒《けんそう》のもとへ向かう。

『アモールの広場』から南東へ道なりに進んでいくと、一気に視界が開けた。

「うわぁ……！」

沢山の出店に、大きな木箱いっぱいの麦、果物、野菜。

今まで見たことのない街の景色に、僕は思わず感嘆の息を漏《も》らしてしまった。

普段から賑々しさには事欠かない、都市南方の『繁華街』。

オラリオの中で最も祭りの様相を呈しているのは、間違いなくここだろう。

南のメインストリートを中心に、今や数えきれない人々と収穫の品で埋めつくされている。

「あれが女神祭の『名物』……」

そんな通りの中で最も目を引くのが、トロッコのように並べられている、牛一頭が丸々入りそうな木箱の列だ。

その中には黄金《こがね》色に輝く麦の山、色とりどりのベリーや林檎《りんご》、ごろごろとした大きな南瓜《カボチャ》、とにかく沢山の収穫物が詰まっていた。溢《あふ》れんばかりの豊穣の恵みは宝箱の中身なんかより魅力的で、華々しく映る。

木箱の側に小売りの店員はおらず、見物用のものかと思いきや、道行《みちゆ》く人はひょいと軽い調子で果物なんかを手に取って、なんとその場で美味《おい》しそうに齧《かじ》っていく。

そして、それを見咎《みとが》める人は誰もいない。

「話はちょっとだけ聞いてましたけど……本当に、勝手に取っていっていいんですね」

「はい。ギルドの人や憲　兵　団《ガネーシャ・ファミリア》の方にお金を払っておけば、後は自由なんです。周囲にいる皆さん、同じ紋章《ワッペン》を付けているでしょう？　あれが『もうお金を払いましたよー』っていう目印なんです」

シルさんの説明通り、オラリオの女神祭ではなんと、事前に決められた料金さえ支払っておけば、通りに置かれている収穫物はその場で手に取って食べてしまっていいらしい。

更に、周囲にあるお店は多くが調理店。

生じゃ食べにくい素材も持っていけば、そこでも無料で料理してくれるのだ。

辺りを窺《うかが》うと、大喜びなのは子供も大人も一緒だ。

窯で熱々のパンを焼くのは勿論《もちろん》、芋を始めとした野菜は蒸《ふ》かしてバターと一緒に、果物は刻《きざ》んで氷菓に添えて。エルフの少女がはしゃいで両手いっぱいの麦をお店に持っていったかと思えば、気のいい小人族《パルゥム》の女性は交換するように、既に大鍋で煮てあったミルク粥《がゆ》をお椀《わん》によそってあげる。甘く味付けされてあるのか、粥の上にちょこんと乗っかったベリーと花びらに女の子は目を輝かせ、これまた美味しそうに頰張った。

すごいなぁ、と何度も驚嘆を口の中に生む。

いくら収穫祭だからといって、生まれ故郷の村であんなことしたら、絶対に正座させられて雷を落とされる。というか、お祖父《じい》ちゃんの巻き添えを食らって実際にした。

シルさんとのデートの手前、お上りさんのように辺りをきょろきょろと眺めるのは我慢したけど、華やかに飾り付けられた街並みと一緒にこんな光景を見せられたら、心が浮き立つのは止められない。

これも魔石製品産業によってどこよりも発展し、『世界の中心』なんて呼ばれるオラリオならではの光景なのだろう。

「せっかくだし、僕達も何か食べますか？」

「そうですね。お昼にはまだ早いですけど。実は私、朝ご飯を何も食べてなくて」

「本当ですか？　……って、僕もデートの準備のせいで、何も食べてませんでした……」

「ふふっ。私もです」

くすくすと口もとに手を当ててるシルさんの前ではにかみながら、それならば早速、と近くにいるギルド職員に声をかける。

紋章《ワッペン》の価格は一〇〇〇ヴァリス。盾形《たてがた》の刺繡《ししゅう》は麦と女神の側面像《プロフィール》──【デメテル・ファミリア】のエンブレムと、『南』を意味する共通語《コイネー》。何でも各メインストリートによって並べられている収穫物は違うらしく、食べ歩きするにはそれぞれの場所で紋章《ワッペン》を買わなくてはならないらしい。『ギルド』の方針なのだろうか、何だかんだそういうところはしっかりしている。

都市中のメインストリートのごちそうを制覇しようとして、お腹《なか》いっぱいになり動けなくなってしまう、そんな光景が例年広がるのだそうだ。

ちなみに、この紋章《ワッペン》も魔石製品の一つらしく、偽装は不可能らしい。

ズルをしようとしたら、目を光らせている【ガネーシャ・ファミリア】と有志の冒険者達の手で即御用、だそうだ。

師匠《マスター》の教えもあって、お金は僕が出そうとしたけれど、そこはしっかりしているシルさんに譲らせてもらえず半分ずつに。『減点二』なんてエルフの幻聴が頭の奥から聞こえて体を震わせながら、砂金より大粒な麦をもって窯がある出店の一つへ。

恰幅のいい獣人のおばさんに手渡すと、ちょうど焼き上がったばかりのパンと交換される。

小さくちぎって、勧められる落花生《ピーナッツ》バターを塗って食べると——

「お、おいしい！」

「うん、これは絶品ですね！」

熱々でほんのり甘くて、頬がとろけてしまいそうだ。甘いものが苦手な僕でもついついおかわりしてしまいそう。シルさんと顔を見合わせて思わず笑みを弾けさせながら、僕達はお腹の訴えも手伝って、しばし食べ歩きを楽しむことにした。

「ベルさん。あーん」

「えっ？」

「あーん、です。食べさせてあげます」

不意に、シルさんがパンを千切って目の前に差し出してくる。

にこやかな瞳には悪戯《いたずら》の光が宿っていた。

——早速きた！

仕掛けられたと僕は心の奥で顔を引き締める。

けれど問題ない。その『あーん』の対処法は既に履修済み！

昨日、倒れた後も散々『あーん』に付き合ってもらって熱が出てしまったカサンドラさんの犠牲は無駄にはしない！

僕は差し出しているシルさんの手を右手で包み込み、ぱくり、とごく自然に食べた。

「えっ？」

「うん、美味しいです。シルさんもどうですか？」

「はい？」

「ほら、あーん」

何が起こってるのかわからず、目を丸くするシルさんに、お返しする。

完璧な笑みを浮かべる僕と、まだ握られている手を見て、彼女は間違いなくうろたえた。

「……あ、あーん……」

そして、ぱくり、と。

可愛らしい唇が、手袋越しに僕の指に少しだけ触れる。

右手を口もとに押し当てながら、もごもごと口を動かす彼女に、僕は笑顔のまま尋ねた。

「どうですか？」

「……おいしい、です」

顔を隠した手から赤らむ頬が見える。

視線を横に逸《そ》らしながら答えるシルさんに、僕は「よかった！」と言って残りのパンを食べてしまう。

「……あれ？　あれれ？」

頻《しき》りに首を傾《かし》げるシルさんに、ちょっとだけ『してやったり』なんて笑みを浮かべ、手を引いて歩みを再開させた。

現在地である南のメインストリートには、収穫物以外のものも売られていて、女神祭にちなんだ花や木の実のお守りが目につく。道端に敷いた外套《マント》の上に装身具《アクセサリ》を並べる露天商もざらだ。通りの一角を使って仰々しい人形劇なんかも行っていて、魔術師《メイジ》が噛《か》んでるのか迫力もたっぷり。視界の奥、大通りと中央広場《セントラルパーク》の境目には麦の穂を似せて作られたゲートが見える。

賭博施設《カジノ》や大劇場《シアター》など大型娯楽施設が置かれている『繁華街』だけど、今や女神祭一色に染まっていた。

（その代わり、人込みもすごいことになってるけど……）

あまり『繁華街』には足を運ばない僕だけど、常日頃《つねひごろ》より混雑していることはわかる。

ぎゅうぎゅう詰めで動けないとまでは流石《さすが》にいかない。でも、すれ違う人達はよく肩をぶつけ合っているし、はしゃぐ子供達がいきなり目の前を横切っていったりもするから、注意が必要だ。

(でも、うん……比べちゃいけないけど、大群《モンスター》が襲いかかってくる迷宮《ダンジョン》よりマシかな？)

ごく自然な動作で、シルさんを人込みから守る。

気にならない程度の微細な力で繋いでいる手を引き、体を寄せたり、ちょっとだけ遠ざけたり。大柄な獣人やドワーフから庇《かば》うのは当たり前で、常に先を読んで大袈裟《おおげさ》な進路方向をしないよう心がける。馬車が通りかかれば、一度手を放して、会話を続けながら車道側に回った。

僕ももうLv.4の第二級冒険者。

人の流れを俯瞰《ふかん》した体捌《さば》きはお手のもの——と言いたいところだけれど。

相手を護送《エスコート》する位置取りは、やはり師匠《マスター》に教わったものだ。

「シル様に傷一つでも付けたならば、殺す」

あれは本気の目だった。

臓腑《ぞうふ》が冷え切った僕は命懸けで女性の護送《エスコート》を会得したのだ。

だからこそ、こうして安全にシルさんを守れるわけだけど。

意識させないように努めているとはいえ、流石にこちらの動きにシルさんも気付いているだろうかと、そんな風に思った時だった。

「…………」

歩きながら、じーっ、と薄鈍色の瞳が僕のことを見つめていたのは。

「どうかしましたか？」

「あ、いえっ、何かあったわけじゃないんですけど……」

その薄鈍色の瞳を見返すと。

はっとしたシルさんは、らしくないくらいには、動揺した素振りを見せた。

「こんな筈じゃあなかったというか……私がベルさんをドキドキさせる筈が、どうして私がドキドキさせられてるのかなぁって…………う～～っ、おかしいなぁ……」

ちょっぴり赤らんだ頰に片手を当てて、頻りに首を傾げる。

えっと……喜んでもらえてる、ってことでいいのかな？

シルさんの様子に戸惑っていた僕は——次の瞬間、手を閃かせた。

「あのぅ……スリはよくないと思います」

「いっっ⁉」

驚くシルさんの肩を抱き寄せながら、彼女の鞄《バッグ》に伸びていた男性《ヒューマン》の手首を、片手で摑《つか》み上げる。

『祭りの時は平時より格段に金品取り《スリ》が増える』。これも師匠《マスター》の言葉だ。

あとはリリにも「ベル様は隙だらけなので常に気を付けてください！　リリが盗人《ぬすっと》だったら

既に四十回くらいはギっています！」と普段から口が酸っぱくなるほど言われているし……。

注意力が散漫になっていたシルさんは狙《ねら》いやすかったのだろう。

こういうことが苦手な僕は、眉尾を下げながら注意した。

無所属《フリー》の一般人であろうスリは、目《ま》の当《あ》たりにした上級冒険者の動体視力と身体能力に唖然《あぜん》としているのか、青ざめている。

間を置かず、異変に気付いた憲兵《ガネーシャ・ファミリア》の二人組が直《ただ》ちに男性を連行していった。

「そ、そのぉ………ベル、さん？」

人込みの中に消えていく後ろ姿を眺めながら、指で頬をかいていると、消え入りそうな声にはっとする。

密着して恥ずかしがっているシルさんの肩から手を離し、向き合った。

慣れないことについ苦笑してしまうように、照れ笑いを浮かべる。

「ごめんなさい。大丈夫でしたか？」

シルさんはまたまた、頬を紅色《べにいろ》に染めた。


「冒険者君、やるじゃん！」

ルノアは素直に賞賛した。

路地の物陰で、アーニャやクロエとともに角から顔を覗《のぞ》かせ、視線の先にいる少年と少女を見守りながら。

「なんか白髪頭、いつもと違ってカッコいい気がするニャ！」

「うんうん、変わったのは見た目だけじゃないっていうか！」

「少年、いつの間にあんな女殺《ニコポ》しを……！　イケメン力八〇〇、九〇〇、一〇〇〇……！　まだ上がっていくだと⁉」

『豊穣の女主人』を抜け出した彼女達は――シルの香りをアーニャが追って見つけ出し――ベル達のデートを監視していた。いや、好き放題に盛り上がっていた。

周囲から殺到する不審者への視線も何のその。アーニャに至っては両手に持ったクレープや蒸かし芋をバクバクモシャモシャ食べながらの始末である。

「それに、見るニャ！　あの絶妙な位置取りを……！」

「どういうことニャ、クロエ？」

「常に人込みからシルを守っているのニャ！　おそろしく速いエスコート……私《ミャー》じゃなきゃ見逃しちゃうね！」

今も自然にシルを守り続けているベルに、クロエが何故かドヤ顔で語る。

「今の少年はまさしく未完の少年《リトル・ルーキー》ならぬ紳士少年《ジェントル・ルーキー》ニャ！」という宣言に「「おおっ！」」と

アーニャとルノアが沸きに沸いた。

「……」

ただ一人、リューだけは二人のことを見つめ、片手で胸を押さえていた。


食べ比べして、談笑して、ベンチに座って小休止を挟んで。

僕とシルさんはしばらく繁華街で祭りを楽しんだ。

途中でこちらをちらちらと窺っていたようだけど、僕が顔を向けると少し慌《あわ》てて、誤魔化すように笑っていた。

「シルさん、まだ何か食べますか？」

「ええっと……もう我慢しときます。ちょっと、食べすぎちゃったし……」

「さっきまでベリーを沢山食べてましたもんね」

「もうっ、ベルさん！」

「あははっ」

冗談を口にするとシルさんが睨《にら》んでくる。けれど、それもすぐに笑みに変わった。

何だか、いい感じ。

辺りを見て回るだけでも十分に楽しめてる。

時間を置いて、僕も体の硬さが取れてきた気がした。

——ということで、ここからは本格的に『デート』の計画《プラン》を実行してみよう。

「シルさん、今日したいことはありますか？」

「えっ？」

「もし何かしたいことがあったら、遠慮なく言ってください」

師匠《マスター》の心得その一。男は女性を常に先導《リード》。

けれど、何をしてみたいかは尋ねる。意思確認は重要だ。

『デート』とは二人の共同作業。しかし絶対に『仕事』にしてはならない。

相手と過ごす楽しい一時《ひととき》のために、打算なく尽くすもの。

それが本来、目指しているものの筈だから。

「えーと……特にこれ、というのは……」

「それじゃあ、僕ちょっと行きたいところがあるんです。付き合ってもらっていいですか？」

心得その二。思ったことはできる限り口にするべし。ためらいは敵。

ただし、相手にその気がなくとも常に試されてると思うこと。気の緩みは厳禁だ。

自信をもって、優しく、勇気をもって。

「——当日の逢瀬《おうせ》の計画《プラン》は全てお前自身が考えねばならない。これだけは絶対だ」

ヘディンさんは僕にそう告げた。

僕が考えたデートでなければ意味がないのだと。

「知識は与える。心構えも叩《たた》き込む。しかし、私がするのはそこまでだ。本番に関して私は何も口を挟まん」

「ええっ⁉　そ、そんなっ……」

「馬鹿め。他者、書物、神々の託宣《たくせん》、それら全ては入れ知恵に過ぎない。与えられた材料を組み立て、何をすれば相手が笑みを湛《たた》えるのか、貴様自身が考え抜いたものでなければ真実シル様は喜ばん。そこに貴様という主観がないからだ」

「！」

「男と女が、いかなる喜びを相手と共有したいのか。逢瀬《おうせ》など結局のところ、それに尽きる」

師匠《マスター》の教えの中で、その言葉が一番僕の胸に突き刺さった。

最初は【ヘスティア・ファミリア】を守るため、というのが理由だったけれど、シルさんを楽しませたい、『恩返し』をしたい——この気持ちは本当だ。

いつも昼食を作ってくれた。いつだって酒場で迎えてくれた。

高過ぎる高嶺《たかね》の花との距離に打ちひしがれていた時、「冒険はしなくていいんじゃないか」と言ってくれた。戦争遊戯《ウォーゲーム》の時、お守りをくれた。異端児《ゼノス》を巡る事件で体がどうしようもなく寒くなった時、温かく包み込んでくれた。

全部、覚えてる。

沢山のものを彼女からもらってる。

それを少しでも返していきたい。

だから――ちっともデートなんてしたことのない、僕の精一杯を。

「……わかりました。ベルさんの行きたい場所、連れていってください！」

立ち止まったシルさんは、ふわっと微笑んでくれた。

嬉《うれ》しくなって、僕も頬を染めて笑い返す。

「結構歩くので、馬車を使いましょう」

そこから辻《つじ》馬車がよく通る街路まで移動した。

手を上げて呼び止めるのは、オラリオの中でもよく見かける簡素な荷台に人を乗せるような幌《ほろ》馬車や安馬車ではなく、魔石製品である防振器《インシュレーター》が組み込まれた軽装二輪馬車《キャブ》。普通の馬車は結構衝撃が来るんだけど、この装置が緩衝材《かんしょうざい》みたいな役割を果たして、お尻《しり》なんかに優しい。勿論これも師匠《マスター》に教えられた知識で、シルさんと乗る際は最低この種類の馬車じゃなきゃ許さん、と凄《すご》まれたほどである。

一人なら走って行けるけど、シルさんと一緒なら馬車が適任だ。品等《グレード》が高い馬車は値段が張るけれどケチケチしてはいけない。師匠《マスター》との特訓の中で軍資金はしっかり稼いであるし。

後方の高い位置に御者が座る変わった馬車が、鞭《むち》を鳴らして走り出す。

小回りが利《き》く小型の車体でありながら、フカフカの座席は二人分ちょうど座れた。

装飾も豪華なもので、自意識過剰かもしれないけど、道《みち》行く人の注目を集めている気がしなくもない。それは恐らく、隣に座る綺麗な女の人につい視線を奪われて、ということもあるんだろう。

中央広場《セントラルパーク》ではなく南西の区画を経由する馬車の衝撃は完全に消せるものではなく、揺れる度に触れ合う肩に、僕とシルさんは照れながら笑い合った。

「シルさん、手を」

「ありがとうございます」

先に出てシルさんの手を取る。

馬車から下りた僕達がやって来たのは、東のメインストリート。

南の『繁華街』には劣るけれど、やはりここもすごい賑わっている。怪物祭《モンスターフィリア》が開催される円形闘技場《アンフィテアトルム》では何か催しをしているのか、歓声が轟いていた。

シルさんと手を繋ぎながら、メインストリートを折れて、路地に入る。

細い小道なんかも美しい花や装飾に彩《いろど》られて、祭り一色だ。

「あれ？　ここって……」

シルさんが何かに気付いたように辺りを見回す。

ほどなくして、路地を進みきると。

「あ、ベル兄ちゃん！」

「それに、シルお姉ちゃんも！」

沢山の子供達が笑顔を浮かべて待っていた。

「ライ君？　それに、フィナちゃん？」

「わー、シルお姉ちゃんお洒落《しゃれ》してるー！」

「なんだよ、ベル兄ちゃんも気障《きざ》ったらしい格好しちゃって！」

「隅に置けない……」

「あはは……」

シルさんがきょとんとする中、犬人《シアンスロープ》のフィナ、ヒューマンのライ、ハーフエルフのルゥが真っ先に僕達のもとまでやって来る。

孤児院の子供達は、僕達が来たことを純粋に喜んでいた。

「まぁ、ベルさん。本当に来てくださるなんて」

「どうも、マリアさん」

孤児院の院長であり、ライ達の母親でもあるマリアさんも歓迎してくれる。

場所は『ダイダロス通り』に入ってすぐ。

入り口から幅広の大階段を下りた先の通りに、貧民街《スラム》出身の人達が、思い思いの出店をしている。女神祭を受けての蚤《のみ》の市《いち》、と言うのが正しいだろうか。

ここでライ達《たち》孤児院の子供も、お店を開いているのだ。

「フィナ達は何のお店を開いているの？」

「えーとね、麦酒《エール》！」

ぶっっ、と噴き出した。

快活に笑うフィナの側には確かに複数の樽《たる》が積み重ねられている。

蛇口をひねれば中身が出てくる、アレだ。

「ドワーフのおっちゃんが、祭りならこれが一番売れるって言ってたんだ！　俺達も作るの、手伝ったんだぜ！」

誇らしげに胸を張るライの背後で、『ダイダロス通り』の知り合いなのか赤ら顔のドワーフがこちらに親指を上げてニヤリと笑ってくる。確かに祭りならお酒は付き物で、なんだったら小さい頃からこっそり飲酒してる人もいるだろうけど……ライ達、飲んでないよね？

期待する子供達に「飲む？　飲む？」と勧められるけど、笑みを引きつらせながら遠慮させてもらう。流石にシルさんとのデート中に頂けないし、師匠《マスター》にも魔法で撃たれそうだ……。

それから僕達は子供達に引っ張りだこになった。

シルさんの手をフィナが引いて、ライが僕の腰を押し、ルゥが甘える弟（妹？）のように腕にぎゅっとしがみついてくる。他の子供達もはしゃいで、これを見て！　あれを見て！　と僕達に息をつかせてくれない。

「麦のクッキー！　窯を借りて作ったの！」

「シルお姉ちゃん、ベルお兄ちゃん、食べて……」

　お酒の他に売り出しているものは、ちょっと不格好な狐色《きつねいろ》のクッキーと、孤児院の畑で取れた野菜の揚物《フライ》。しっかりお金を払って頂いたそれはフィナ達の手作りということもあってか、とても美味しく感じられた。初めて孤児院を訪れた時のように戯《たわむ》れる僕達を、マリアさんが優しく見守っている。

『異端児《ゼノス》』を巡って、ライ達を傷付けてしまった。

　一度は拒絶されてしまった。

　しかしこうして、また子供達と笑い合えるこの時間を幸せだと、僕はそう思えた。

「シルお姉ちゃん、踊ろう！」

「……うん。踊ろっか！」

　美味しく飲んでいたお酒も巡ってきたのか、顔を赤らめた貧民街《スラム》の住人達が古ぼけた楽器を取り出す。気ままに鳴り始める音程はちょっぴり合ってなくて、それでも楽しげな旋律にはしゃぐように、半亜人《ハーフ》の女の子達がシルさんを通りの真ん中へ誘《いざな》った。

　始まるのは迷宮街《ダイダロス》流のフォークダンス。

　初めて孤児院に来た時に見聞きした童謡《ナーサリーライム》をなぞるように、輪を作って踊り出す。

　シルさんは優しい笑みを浮かべていた。

それは慈愛の笑みと言ってもいいのかもしれない。

子供達と手を繋ぎ、足を振って、後ろから抱き着いてくるアマゾネスの女の子に怒った真似《まね》をしながら、両腕の中に閉じ込めてもみくちゃにする。笑顔を弾けさせるそんな姿に、一歩離れた位置から眺める僕は目を細めた。

いつか見た時と同じだ。酒場の店員ではない、僕が知らなかったシルさん。

僕がもう一度見たいと思った、無邪気なあの人の姿。

「ベルおにーちゃん！」

「だめよ、フィナ。ベルさんは休んでいらっしゃるんだから」

と、通りの端で一人たたずむ僕のもとに、フィナが元気に抱き着いてきた。

それを軽く咎《とが》めつつ、マリアさんは「どうぞ」と言って搾りたての果汁《ジュース》をくれる。

僕はありがたく木製の杯を受け取った。

「来て頂いてありがとうございます。けれど、本当に良かったんですか？　お二人で女神祭を楽しんでいたんじゃあ……」

「違うんです、マリアさん。色々、本当にたくさん考えて……マリアさん達のところなら、シルさんは喜んでくれるんじゃないかって、そう思ったから来たんです」

何の嘘もない本音を語ると、気遣いの表情を見せてくれていたマリアさんは、ゆっくりと笑ってくれた。もう一度「ありがとうございます」と口にする母親の笑顔に、「こちらこそ」

と少し背伸びをしたような大人の感謝を返す。

「ベルお兄ちゃん、今日はとってもカッコいー！」

僕のお腹に頬擦《ほおず》りし、乳酪《クリーム》色の尻尾をブンブンと振っていたフィナが、ぱっと顔を上げる。

真っ直ぐ褒められて、ついつい照れていると、

「シルお姉ちゃんもね、すごい可愛い下着を着てるよ！　さっき抱き着いた時、服の上からでもわかったの！　きっと勝負下着ってやつだよ！」

フィナは下着職人だったのかな？

「ベルお兄ちゃん！　今日はどこでシルお姉ちゃんとお泊りするの？」

「なに言ってるの⁉」

流石に声を荒げてしまう僕に、フィナは目を輝かせながらグイグイと来る。

この子は意味がわかってて言ってるんだろうか……。

「だって、今日は豊穣のお祭りでしょ？　一年の中でも、たくさんの人が子供を授かる日だって、マリアお母さんが言ってたよ！」

顔が引きつり、真っ赤《まっか》になる。

瞬間、冒険者も唖然とする速度で「フィナ⁉」とマリアさんが無垢《むく》な子供の口を塞《ふさ》いだ。

むぐ～⁉　というフィナのくぐもった声を他所に、赤面するマリアさんは果てしなく気まずい表情で「あ、あははは」と笑いかけてくる。僕も、空笑いするしかない。

漂う若干いたたまれない空気。

なる筈ないし……想像できないかな。

頬から赤みが抜けきらず、ついついシルさんの方を一瞥《いちべつ》しようとすると――

「あう！」

踊っていた子供達の中で、小人族《パルゥム》の男の子が転倒した。

それも大きく。腕には赤く滲んだ擦り傷を負っている。

「オシアン！」

ライの声が飛ぶ。

流れていた愉快な演奏が一度、途切れる。

見る見るうちに溜《た》まる涙が、つぶらな瞳からこぼれ落ちるより、早く。

そして僕とマリアさんが、駆け寄るより、速く。

シルさんが、その体を抱き起こしていた。

「大丈夫、オシアン君？」

「シル、おねえちゃんっ……！」

「痛いね。泣こっか？　大丈夫、すぐに笑えるおまじない、お姉ちゃんは知ってるから」

そう言って、膝をついていたシルさんは小人族《オシアン》の子を抱き締めた。

服が汚れるのも厭《いと》わず。ぎゅっと優しく包み込んで。

オシアンは必死に声を押し殺して、シルさんの胸の中で泣き始めた。

白い手がその背中を撫でて、時には赤ん坊をあやすように、叩く。


「泣きましょう。泣きましょう。

そこに貴方がいないから。

花の園《その》、赤い涙、咲き誇る黄金《おうごん》。

どうかまだ見ぬ光が私と貴方を導きますよう。

笑いましょう。笑いましょう。

いつか貴方に会えると信じて」


おもむろに紡《つむ》がれるのは、子守唄のような『おまじない』。

誰も動けなかった。誰もが目を奪われていた。

まるで子を慈しむ女神のような、彼女の姿に。

美しい声が、静かに、迷宮街の一角に響いていく。

「……もう、平気だよ。もう泣かない」

「本当？　えらいね！」

じゃあ、笑ってみようか？

にこっと笑うシルさんに釣られるように、オシアンも笑顔を浮かべた。

日溜まりのような光景に、みんなの顔にも笑顔が広がり、たちまち持て囃《はや》す声が上がる。見惚れていた僕もいつの間にか唇を曲げ、マリアさんと一緒にシルさん達のもとへ向かった。

オシアンの怪我《けが》を消毒し、手当てをする。

「ありがとう、お母さん、ベルお兄ちゃん！」と笑う彼はすっかり元気を取り戻していた。

まるでシルさんの魔法にかかったようだ。

「ベルさんも、しましょう？」

「えっ？」

「踊りの続き。まだみんな、踊り足りないから」

立ち上がったシルさんは、周りを見回しながら、そんなことを言った。

ライも、フィナも、ルゥも、そしてオシアンも。子供達みんなが笑みを咲かせ、わっと歓声を上げる。

仕切り直しだ。

僕もとうとう破顔して、調子に乗ってシルさんに手を差し出す。

「私と――私達と踊って頂けますか？」

「喜んで！」

手を取り合い、踊り出す。

僕とシルさんを中心に即興の円舞曲《ワルツ》が始まった。作法なんて要らない。楽しければいい。オシアンやライ達とも手を繋いでくるくると舞っては回っていく。

やがて楽しそうにオカリナを吹き始める子達が現れる。負けじと大人達も樽なんかを持ち出して、思い思いの節奏《リズム》を取り始めた。

手拍子に足拍子。

名前のない小さな音楽隊が、躍りながら『ダイダロス通り』を演奏で満たす。

愉快な音色を聞きつけ、なんだなんだと他のお客さんもどんどんと姿を見せた。

フィナとルゥが訪れた人達の手を握って、踊りの輪を広げていく。

音色は鳴りやまず、笑い声は絶えない。

『ダイダロス通り』は貧民街《スラム》なんてことを忘れ、多くの人で賑わうのだった。


「はぁぁ……踊りましたねぇ」

煉瓦《れんが》の長椅子《ベンチ》に腰かけ、シルさんは心地良い疲労の息をついた。

休憩する僕達の視線の先では、まだまだ元気いっぱいのライ達が他のお客さんと踊っている。

迷宮街においてこんな機会は中々ないのだろう。多くの人々が出店に立ち寄り、『ダイダロス通り』に最も盛況な時間が訪れている。図らずともシルさんの子供達に対する優しさが、この一時《ひととき》を呼び寄せたのだ。

「さっきの詩《うた》、すごい綺麗でした。何の『おまじない』なんですか？」

忙しくなってしまったマリアさんの代わりに、今度は僕が果汁《ジュース》を差し出した。

シルさんはお礼を言って受け取ると、小さく舌を出す。

「即興です。何となく歌ってみたんです」

「ええっ？　本当ですか？」

「はい。オシアン君や、みんなに笑ってほしくて」

驚きながら隣に座る僕は、つい彼女の服を見てしまった。

オシアンの涙を止めるため、綺麗だった衣装はすっかり汚れていた。濡《ぬ》れた涙の痕はまだい い。土埃《つちぼこり》、何より真っ赤な血で短上着《ボレロ》に染《し》みを作ってしまっている。

僕の視線に気付いたのか、シルさんは瞳を弓なりに曲げる。

「ちょっと汚れちゃいましたけど、でも綺麗に見えませんか？　変わった模様みたいで！」

事情を知らない人は、お世辞にも美しいとは言わないだろう。

それでも、この人は笑っている。

嫌な顔一つせず。何も気にもとめていないように。むしろ晴れやかに。

僕は何だか、とても優しい気持ちになれた。

絶対にそんなことはしないけど、目の前にいるこの人を抱擁《ほうよう》したくなるくらい。

そして、目の前にあるこの笑顔がずっと見たかったんじゃないかって、そう思えた。

「ベルさん、知ってたんですか？　ライくん達がここでお店を開いてるって」

「はい。マリアさんに教えてもらって。シルさんも来ようと思ってたんじゃないですか？」

「そうですね……私は別の日に一人で来ようかなって、そう思ってました」

興味深そうに『ダイダロス通り』を歩く人々を、長椅子《ベンチ》から眺めながら、お見通しだったみたいですね、とシルさんは呟く。

「今日まで色々ありましたけど……またシルさんと一緒にライ達と遊びたいなって、そう思ったんです」

『ダイダロス通り』はほぼ修繕された。

今まで仮設住居で暮らしていたライ達も、ようやくもとの生活に戻れるのだ。

色々なことを祝って、二人で今日ここに来たかったことを打ち明ける。

それこそ、僕達だけの思い出に立ち返るように。

シルさんは目を細めた。

「嬉しい」

そして嚙み締めるように、そう言った。

「すごく、嬉しいです……とても素敵なデート」

こちらを向いて、花のような笑みを咲かせる。

見惚れずに済んだ、なんてことはありえない。

ただ、それよりも胸に迫ることがあって、僕は自然と顔を綻ばせていた。

「……？　どうしたんですか、ベルさん？」

「いや……僕も嬉しくて」

きっと、おそらく、この時の僕はライ達のように顔をくしゃくしゃにしていたと思う。

子供っぽいという自覚はあったけれど、その気持ちを素直に吐露した。

「デートって、喜んでもらえると、こんなに嬉しいんですね」

胸に芽生えた気持ちが赴くまま、満面の笑みを湛える。

すると、シルさんは固まってしまった。

顔も赤いように思えた。

不思議には思ったけれど、僕は気を取り直して立ち上がる。

「シルさん、服を買いに行きましょう！」

「べ、ベルさんっ？」

「僕、貴方とまだ回りたいところが沢山あるんです！」

驚く彼女の手を握り、引っ張る。

大声でライ達とマリアさんに別れを告げ、「またね！」という言葉に手を振り返し、慌てるシルさんと連れ立つ。

僕も何だか楽しくなってきた。

もっとシルさんに、沢山のものを返して、喜んでもらいたい！


「それでいい。あの方の前で、守りは下策だ」

白髪の少年が、薄鈍色の髪の少女の手を引っ張っていく。

そんな眼下の光景を眺めながら、ヘディンは呟いた。

場所は街並みの一角、周囲の建物より頭一つ抜けて高い寺院の屋根の上だ。

遥《はる》か下方からは、『女神祭』を楽しむ民衆の声が響いてくる。

「後手に回れば手番は回ってこない。ならば攻めるのみ。不測の事態をもってシル様を翻弄《ほんろう》し、今日という日を特別にするには、機先を制し続けるしかない。——何か勘違いして淫《みだ》らな素振りを見せた瞬間、お前は死ぬがな」

現在、【フレイヤ・ファミリア】の団員はシル達を中心に広域展開している最中だった。

作戦名『娘の守護者《ガーディアン・オブ・フローヴァ》』（黒妖精《ヘグニ》命名）の名をもって、ヘディンのように建物の屋根から、物陰から、あるいは私服憲兵のごとく民衆に交ざって、警護という名の監視をしている。いや、『包囲』と言った方が正しいか。

娘《シル》に危険が迫れば彼等はたちまち身を翻して盾となり、剣となって害者を取り除くだろう。

よってもし、ベルがシルを怪しげな場所にでも連れ込もうとすれば、即刻彼等の手で殲滅《せんめつ》の憂《う》き目に遭う。哀れな兎《うさぎ》は――自分を突き刺す数多の視線には内心汗《あせ》をかいて感付いているが――薄氷の上を歩きながら命懸けのデートを行っていることに、気が付いていない。

「奥手な貴様が、血迷った真似をすると懸念すること自体、無駄だろうがな」

本来ならば、『娘の護衛《シル》』にここまでの戦力は導入されない。

いい、いいところ第一級冒険者一名ないし二名が陰から護衛する程度だ。

それが大量の第二級冒険者まで動員されている理由は、今日が『女神祭』であるということと、何より娘《シル》が明確な好意をもってベルを連れ出しているからだ。

早い話、団員達は少年に嫉妬《しっと》しているのである。

【フレイヤ・ファミリア】にとって『シル・フローヴァ』という少女は、つまりそれほどの存在である。

「ここまでは及第点だが、さて……」

一方、見張りに駆り出されているヘディンはヘディンで別の目的があった。

名目は娘《シル》の護衛。

本心は逢瀬《デート》の『監督』。監視ではなく。

徹底的に『意識改造』を施したベルの護送《エスコート》を、今も見守っているのである。

それはひとえに、娘《シル》の願いを叶《かな》えるために。

もしベルが下手を打つようならヘディンは割と本気《マジ》で魔法の一つ二つ放つつもりだった。

【白妖の魔杖《ヒルドスレイヴ》】の名の通り、彼の緻密な魔力制御と魔法運用は都市随一と言ってよく、謹製の雷《いかずち》は的確に目標だけを射抜いてシルの視界から少年をかき消すだろう。その後は調教という名の『折檻《せっかん》』である。

（覚えは悪く、壊滅的に効率が悪いが……しかし予想通り、期待だけは裏切らない）

五日間の特訓を振り返るヘディンは、それまでの未完の少年《ベル・クラネル》の認識を更新する。

彼はヘディンが敬愛する女神の寵愛《ちょうあい》をほしいままにした挙げ句、急速に力をつける、小癪《こしゃく》なほど目障りな存在に違いなかったが、今日までの特訓を通して己《おのれ》の価値を示した。

ヘディンは『無能』を唾棄する。

漫然と生き続ける存在は哀れな誇りと矜持《きょうじ》の奴隷ですらない。寿命の長いエルフであるからこそ、長く生きることのできない他種族の怠慢をヘディンは許容することができなかった。驕《おご》り高ぶる同族など問題外だ。無能《きさまら》こそあがいて生き急ぐべきだと常日頃から思っている。

同時に、ヘディンは『有能』を評価する。

そして能を有そうと、努力を惜しまない者にも一定の評価を与える。

そういう意味では、ベル・クラネルは合格点だ。

彼は文字通り命を賭《と》して生き急いできた。Ｌｖ．１での猛牛《ミノタウロス》撃破、絶対的強者達《アポロンとイシュタル》との衝突、異端児《ゼノス》事件での立ち回り。最近聞いた話では『深層』での決死行。常人では決して真似できない『冒険』を乗り越え、第一級冒険者達の背中に追いつかんとしている。

もし途中で死に絶えて誰からの記憶から消え去ったとしても、ヘディン《ヘディン》だけはその姿勢を評価して覚えてやっただろう――逆説的に言ってしまえば。そこで死ななかった者だけが『第一級冒険者』と呼ばれる存在に到れるのだが――。

少年はヘディンの眼鏡に叶ったのである。

今回だって理不尽な条件を押し付けられてなお、彼は逃げ出さなかった。

動機は何であれ、『無能』を脱しようとした。

その事実は師と仰がれたヘディンをして認めるものだ。

そして、間違っても情が移るのはありえないことだが――ヘディンは少年に『期待』していることがある。

「……お前は、彼女の『望み』を気付かせることができるか？」

風の中に溶けて消えたその呟きは、誰かの耳に届くことはなかった。

だが、聞き取られなかった代わりに、背後より近付いてくる者はいた。

「何をぶつぶつと抜かしてやがる。気色悪《わり》ぃ」

「……私とて感慨に浸ることはある。盗み聞きなど下劣な真似はするなよ、愚猫《ぐびょう》」

「そっちがほざいていただけだ、自分《てめえ》の間抜けを俺に押し付けるな」

猫人《キャットピープル》のアレンである。

同じ派閥であることを疑うほどの険悪さで、お互い視線すら合わせず声を交わす。

得物である銀の長槍《ちょうそう》を携えるアレンは、ベル達を見下ろすヘディンの真隣で止まった。

「他の連中が殺気立ってやがる。指揮はてめえの仕事だ、何とかしろ。横着を決め込んでるんじゃねえ」

歯に衣《きぬ》着せぬどころか足もとに唾を吐きかねない物言いに、ヘディンは嘆息した。

立場としてはアレンの方が副団長。彼自身は役職など嫌ったが、別に推挙されていたヘディンが固辞したことで任命されたのだ。もう何年も前の話である。

ここでは素直に自分の過失を認め、ヘディンは無言をもって了承を返すが、ふと気になって視線を投げかける。

「そういうお前はどうなんだ」

娘《シル》の瞳に映る少年《ベル》に反感を抱いていないのか。

ヘディンは言外にそう問うた。

「わかりきったことを聞くんじゃねえ」

アレンは、くだらなそうに言い返した。

「俺の忠誠は、女神のものだ」

用は済んだと言わんばかりに、アレンは音もなくその場から跳躍する。

誰にも気付かれることのないまま、先へ進む少年と少女の後を追って。

あっという間に視界の奥へ消えるその背中を、ヘディンは黙って見つめ、自らも指示を出すため場を移すのだった。


『ダイダロス通り』を出た僕達は、まずシルさんの服を買い替えた。

「すごい綺麗ですよ、シルさん！」

もとのものと似た可愛らしい短上着《ボレロ》。ドレスは大して汚れていないのでそのまま。

男の甲斐性《かいしょう》ということでお金を出させてもらった僕は、笑ってありのままの感想を述べた。

「あ、ありがとうございます……」

シルさんは赤くなって、お礼を告げた。


「髪に花びらが付いてますよ、シルさん！」

通りを歩く中、シルさんの頭に手を伸ばした。

祭りのために用意された花吹雪《フラワーシャワー》が左右の建物からまかれている。前髪にくっついた薄桃色の花びらを、僕は梳《す》くようにして取ってあげた。

「す、すいません……」

シルさんは赤くなって、目を頼りに左右へ動かして挙動不審になった。

「手を繋ぎましょうか、シルさん！」

手の辺りに視線を感じ、シルさんへと提案した。

ちらちらと僕の空いている右手が見られていることに気付き、位置を変えて、シルさんの左手を握ってあげる。繋ぐのを忘れていたことを詫《わ》びるように、僕はにこりと微笑んだ。

「う～っ……」

シルさんは赤くなって、子犬のように唸《うな》るようになった。

あれ……？


そして。

東のメインストリートに差しかかった辺りで、シルさんは爆発した。

「おかしいです!!　絶対にベルさん、おかしいです!!」

僕はおろか周りの人達もぎょっとさせながら、通りの真ん中で大声を上げる。

「綺麗とか可愛いとかそんな歯の浮くような台詞《せりふ》、あの兎系男子筆頭《ベルさん》がすいすい言えるわけないじゃないですか！」

「そ、そんなこと言われても……」

「私が『ちょっと疲れちゃったなー』って思うより先に休憩を挟んでくれますし、私が『手を繋ぎたいなー』って思ったらちゃんと気付いてくれますし！　いつもダンジョンダンジョンダンジョンってダンジョンのことしか頭になくて乙女《おとめ》心のおの字も理解していないお子様のベルさんがそんな気配りできるわけ、ないんです！」

「そ、そこまで言わなくても……」

シルさんの目に僕はどう映っていたんだ、と地味に胸を抉《えぐ》られつつ、恐る恐る尋ねる。

「もしかして、嫌でしたか？」

「いいえ、嬉しいです！　とても嬉しいです！　でも、こんな筈じゃなかったんです‼」

シルさんは自分でも頬の赤みを制御《コントロール》できないように、僕へ当たり散らした。

まるで今にも地団駄を踏みそうだ。

その姿が子供っぽくて、場違いにも可愛いと、僕はそこでも思ってしまった。

「本当だったら、手も私から繋いで、いつもみたいに照れるベルさんを私がからかう予定だったのに！　他にも、こう、いろいろと……！」

あぁ、想像がつく……。

師匠《マスター》の訓練がなかったら、まさに今頃シルさんに翻弄されてばかりだっただろう。

それがいいことなのか悪いことなのかはわからないけれど、シルさんはお気に召していないようだった。

僕がついつい困っていると、

「ん……？　へぇ、葡萄《ぶどう》の水飴《みずあめ》なんて売ってるんですね」

すぐ近くにある出店に、水飴を絡《から》めた葡萄菓子が並べられているのを見つける。

宝石のように可愛らしくもあるそれを、僕は素早く頂いた。

「シルさんも食べますか？」

小さな木の串に刺さっている水飴を差し出すと、シルさんの眉は急角度に逆立った。

「ほら、また！　私に『あーん』をするつもりなんですね！」

「いや別にそう何度もしようとは……！　手渡そうと思って！」

う～う～と再び子犬のように唸って威嚇《いかく》される。

気圧《けお》されていた僕は、困ったように笑ってしまった。

「えっと、じゃあ、いりませんか？」

それに対して、シルさんは。

やっぱり赤くなりながら、目を伏せて、ぽつりと呟いた。

「……いります」

消え入りそうな声が雑踏の中に紛れる。

僕は手渡そうとしたけれど、気紛れな猫のようにじっと見つめ続けられ、観念して口もとに水飴を運んだ。

小さな唇で、かじられる。

からっ、と表面の飴が砕けて、しゃく、と葡萄の実が瑞々《みずみず》しく鳴った。

今まで食べてきたものの中でも、とても甘酸っぱい。

赤くなった顔に、そう書いてあった。


「――ぐはぁ!?」

「「クロエー!?」」

クロエは吐血した。

場所は懲りずに路地の物陰。懲りずにシルとベルのデートを観察していた黒猫の唐突のノックダウンに、アーニャとルノアの悲鳴が重なる。

「もうダメニャ……よくよく考えれば何でミャー達はあんなラヴラヴバカップルのイチャイチャ振りを見せつけられてるニャ……『あんなシル　見たくなかった　我が世の秋』……クロエ辞世の句……ガクッ」

「シル達のデートを見守るって決めたじゃんかぁ！　ほら、息を吹き返せよぉ！」

「クロエーっ！　死んじゃダメニャーー！」

甘酸っぱい波動に当てられ、独《ひと》り身のクロエ達の生命力はガリガリと削られていた。

他の客の迷惑も顧みずアーニャ達が騒ぎまくる中、リューはというと、

「シ、シル、なんて大胆なっ……そ、そんなことまで……！」

真っ赤な顔を手で覆い、指の隙間《すきま》から少女と少年を凝視していた。

ベル達がやっていることは精々友人以上恋人未満の範疇《イチャイチャ》であったが、潔癖で初心《うぶ》なエルフには刺激が強過ぎた。「あぁ！」とか「そ、そんなっ」とか呟いて目が離せない。

まさにリュー達はシルとベルの一挙手一投足に翻弄されていた。

「「「「ちッ」」」」

片や【フレイヤ・ファミリア】。

娘《シル》の護衛を務める冒険者達は、少年に向けて舌を弾いた。

「「「「くたばれよ兎」」」」

片や周囲。

たまたま周囲を通りかかった荒くれ者の冒険者達は、一人の美少女を侍らせる同業者《ラビット・フット》に僻《ひが》みと殺意の視線を殺到させた。

（……な、なんだか、百人くらいの人に、視《み》られてるような……）

そして自分への視線に敏感な少年は、シルが恥じらう度に増す眼差《まなざ》しの数と敵意の圧力を知覚し、静かに汗を流す。

彼と彼女の豊穣の逢瀬は、まだまだ終わらない。

Monologue III

何かがおかしい。

私はそう思った。

こんな展開になるとは思いもしなかった。

――というより一体どうしてこんなことになってしまったんですか！

――おかしくないですか！　ねぇ、おかしくないですか⁉

――なんでそんな紳士《イケメン》になってるんですか⁉

なんて叫び出したい気分になっていた。

だっておかしいじゃないですか！　いつもは女の人の前では赤くなって恥ずかしがっているくせに、今日に限ってやけに男前になって先導《リード》してくれるなんて！

これは何かの策略だ！　騙《だま》されないで！　ときめいてはダメです！　そんなことを馬鹿《ばか》みたいに念じながら、くらり、としかける自分にほとほと愛想《あいそ》がつきそうだった。

やらなきゃいけないことがあるのに、『望み』を叶《かな》えたいのに、全身いっぱいに伝わってくるこの感情の虜《とりこ》になりそうになる自分が惨《みじ》めだった。何もかも忘れてずっとこのままでいたい、なんて絶対に思っていない。

もう、体が熱い。

やだ、頬《ほお》もだ。

私を見る他《ほか》の人に気取られないか不安で、必死に澄まし顔を浮かべたけれど、それもどれだけ効果があるかはわからない。あ、今なんか「顔が赤くなられてるわ！」『風邪《かぜ》かしら？』「まぁ大変！」とか着飾った婦人《マドモアゼル》の方々に言われた！　違います!!　ちーがーいーまーす！　だからお願いですから今の私を見ないでくださーい！　……もうやだぁ。

心を揺らす感情が私を情緒不安定にさせる。

憎たらしい少年は今も笑顔を浮かべていた。

そちらに必死に意識を向けまいと、どうしてこうなってしまったのか、何が彼を豹変《ひょうへん》させたのかと、私は焦《あせ》りながら思考を回した。こんな異常事態《イレギュラー》は計画にはない。

誰かに何かを頼るべきなのだろうか。

オッタルさんの他にも、協力者は実はいる。

アレンさん達『過激派』よりまだ幾分もマシな——それでも本気で怒ったらアレンさんの次に厄介《やっかい》な——エルフのヘディンさん。

頭の切れる彼が私に協力してくれるなら心強いと、そう思って事前に接触していたのだ。

オッタルさんは動けないけど、どうにかヘディンさんと接触して事態の解明を——あれ？

……ヘディンさん？

……とても頭が良くて、実はお節介焼きな、ヘディンさん？
まさか……。
いやいや、そんな、まさか……。
――とにかく、冷静になろう。
もうお昼も近い。
私は動揺を押し殺し、何とかいつもの自分を取り戻した。

四章 フルプリンセス・パニック！

太陽が中天に差しかかっている。

色々あったけれど、当初のデート作戦《プラン》の半分が無事終了した。

昼食はシルさんが作ってきてくれたお弁当。

人通りが少ない小径の長椅子《ベンチ》、そよそよと葉擦《はず》れの音が聞こえる木陰の下で頂く。

祭りの食べ歩きを考慮してか小さな箱《サイズ》だ。それでも気合が入ったお肉や卵焼きはいつにも増して斬新な味付けで、僕は師匠《マスター》に鍛えられた鋼の意思を総動員し「美味《おい》しいです！」と飛びきりの笑みを作った。そしてシルさんは拗《す》ねた。無理しているのは筒抜けだったらしい。

僕が必死になって謝り続けると、つーんとしていたシルさんは、クスクスと笑った。

「なんで私の料理は、いつも微妙な感じになっちゃうんですかねー」

「自覚、あったんですね……」

「ありますよ。ベルさん、いつも感想を聞くと誤魔化《ごまか》そうとしますもんっ」

「うっ」

「創意工夫を凝らしてるんだけどなぁ」

昼食を終え、ほとんど空になった手提げ鞄《ハンドバッグ》を手に持つシルさんと、並んで歩く。

この頃《ころ》になると手を繋《つな》ぐことにあまり抵抗はなくなっていた。目が合うと流石《さすが》に照れ臭いけれど、手を包み込む温もりに安心感すら抱く。胸が穏やかになる、と言えばいいのか。

オラリオの東側にいた僕達は、そのまま中央広場《セントラルパーク》に出た。

都市の中でも最も開けた巨大な空間は、見たこともないほどの数の人でごった返している。

「あれが、女神祭《めがみさい》の『祭壇』……『豊穣《ほうじょう》の塔』」

中央広場《セントラルパーク》には普段ない、見上げるほどの塔が四柱築かれており、沢山のお客さん――いや『参拝者』が思い思いにそれぞれの塔のもとへ集まっている。

そして各塔の上には、デメテル様を始めとした女神様がいる。

「『祭壇』にいるのは、豊穣の女神様達なんですよね？」

「そうですね。豊穣を司る神様達はこの『女神祭』の象徴でもありますから、ああして礼拝されているんです」

石造りの塔のもとには今も沢山の人達がいた。

順番を待って、『祭壇』の足もとに花を置き、頭上の女神様に感謝の言葉を捧げている。

なるほど、あれが『礼拝』なのだろう。

豊穣の象徴を奉り、感謝を示す。本来の収穫祭の定義とまるきり同じだ。

「女神祭の期間は三日。その間に沢山の人達が訪れますから、女神様達にはあの『祭壇』に居座ってもらうんです」

「うわぁ、三日間もですか……」

厳密には祭りの期間中ずっとというわけではなく、交代しながららしいけれど、女神祭初日だけは四柱の女神様は『祭壇』に待機してもらうらしい。それだけ参拝者が集中する、ということなのだろう。デメテル様なんかは立ったままにこやかに手を振り続け、旅人や街の人々を喜ばせているけれど、他《ほか》の女神様の中には既に疲弊憔悴《グロッキー》な様子を晒《さら》している方もいる。干した布団《ふとん》のように、ぐたー、と手すりに上半身を投げ出しながら。

それでも拝む人や声援が途切れないのだから不思議だ。

むしろ毎年恒例の光景のように喜んでいるような……。

「今年はまだマシみたいですけどね」

「えっ？　どういうことですか？」

「実は去年まで『豊穣の柱』は五本建っていたんですけど……イシュタル様が送還されてしまったので」

あ、と僕は間抜けな声を出した。

「イシュタル様は奔放な上に美の女神様なので、『飽きた』と言って祭壇を下りれば大騒ぎになってしまうのが恒例で……。後は、その、特定の神様を目の敵《かたき》にして、色々な騒動を……」

今は天界に送還されてしまったイシュタル様も、愛の他に豊穣を司る神様だ。【イシュタル・ファミリア】が消滅した事件に巻き込まれていた身としては、無関係は装えず、途端に気まずくなってしまう。

同時に、イシュタル様が目の敵にしていた方が誰なのか、すぐに察した。

四柱建つ石造の塔の中でも北側。

西側のデメテル様と同じか、それ以上の参拝客で賑《にぎ》わうのは、フレイヤ様の祭壇だ。

「フレイヤ様ぁー！」

「此度《こたび》の豊穣、ありがとうございます！」

「どうか美の女神のご加護を！」

「フレイヤ様ぁー！　僕でーす！　結婚してくださぁーい!!」

東側付近にいる僕達のもとにも大勢の人の声が届いてくる。

やはり何物よりも美しい『美の神』とあって、その人気は絶大のようだった。

あまり公の場には姿を現さないと聞くし、美の化身たる存在を一目拝もうとする人が大勢いるんだろう。普通に男神様達もすごい騒いでるし。……あ、ギルド職員と眷族《けんぞく》と思《おぼ》しき人達に引きずられていった。

(……退屈、なのかな)

開けた露台《バルコニー》くらいの大きさがある塔の上で、銀髪の女神様は群衆を見るともなく眺めていた。

猪人《ボアズ》の従者を控えさせ、玉座にも似た椅子《いす》に腰かけながら、肘掛けに頬杖《ほおづえ》をついている。

一日中、中央広場《セントラルパーク》に拘束されるのだから、女神様といえど退屈と思うのは当然かもしれない……。

「――――っ」

その時だった。

眼下を眺めていた銀の瞳《ひとみ》が、何の前触れもなく、こちらを射抜いた。

勘違いなんかじゃない。

数えきれない人込みの中で、正確に僕達のことを見つけ出した。

──『愛してる』。

思い起こすのは、まさに【イシュタル・ファミリア】が消滅した日のこと。

天に光の柱を突き立て、イシュタル様を送還させた女神様は、確かに僕に微笑《ほほえ》んだのだ。遠く離れた場所から、愛の言葉を囁《ささや》いて。

それは間違いなく銀髪の女神の存在が僕に深く刻《きざ》み込まれた契機でもあった。

記憶の中のフレイヤ様と、視線の先の女神様の表情は、違う。

あの時は何かに焦《こ》がれる情感じみたものが瞳の中にあった。

けれど、今は酷《ひど》く無感動で………いや、冷たい？

その銀の瞳は、まるで面白《おもしろ》くないものを見るように僕を──僕達を見つめていた。

「……ベルさん。行きましょう」

立ちつくす格好になっていた僕の手を、シルさんが引く。

人々の間を縫っていく中、僕はもう一度『豊穣の塔』を見る。

女神様はまだ、こちらのことを見つめていた。

「ベルさん、私と一緒にいるのに他の女の人に目移りしないでください。それに綺麗《きれい》だからって女神様に見惚《みほ》れていたら、不敬に思われてしまいます」

「べ、別に見惚れてたわけじゃあ……！」

中央広場《セントラルパーク》を後にしたところで、シルさんが軽く頰を膨らませる。

僕が慌《あわ》てて弁明していると、冗談のようにふっと微笑んだ。

「今日という日に豊穣の女神様に睨《にら》まれたら、災難に見舞われるかもしれませんよ？」


「死ぬ、死んでしまう……‼」

ヘスティアは疲労の極致にあった。

絶えず課せられる労働に、その蒼《あお》みがかった目をぐるぐると回す。

注文を取って、走って、料理を運んで、接客をして、皿を洗って、ゴミを出して。あらゆる雑務を押し付ける『豊穣の女主人』の激務は女神の労働許容範囲《キャパシティ》を余裕で超えていた。

「昨日の夜やけに疲れた顔でベル君が帰ってきたと思ったら、妙におめかしして出かけていくしっ、それを追跡していこうと思ったらまさかの重労働だし……女神祭ってなんだ⁉　女神《ボク》はもうちょっと労《いたわ》られてもいいんじゃないのかー⁉」

命《ミコト》も春姫《ハルヒメ》もヴェルフも忙《せわ》しなく働く中、厨房で皿洗いをしながら絶叫する。

そこで、パリーン、と。

「このボンクラ女神ぃぃぃぃ！　何枚皿を割れば気が済むんだい！」

「うひぃいいいいいいいいい⁉　ごめんなさい店長ぉ！」

怒りが突き抜けたミアの怒号に、もはや条件反射のごとくジャンピング土下座をかます。

「謝って何でも済むなら神なんて要らないんだよォ！」ともっともな指摘に論破され、憤怒の雷霆《らいてい》は度重なり、ヘスティアは憔悴《しょうすい》しきってしまった。

「ヘスティア様！　もうここはリリ達に任せて、逃げてください！」

「えっ⁉　い、いいのかい、サポーター君⁉」

むんずっ、と背後からヘスティアの襟首《えりくび》を掴《つか》んだリリが、器用に小声で叫ぶ。

「ヘスティア様がいると余計に仕事が増えるんです！　これだったらいない方がマシです！」

「お、おう」

「代わりに、ベル様の追跡をお願いします！　ヘスティア様に頼むしかないなんて苦渋の決断ですが……背に腹は代えられません！」

両目が血走るリリの剣幕に気圧《けお》されつつ、ヘスティアは眷族に感謝をした。

ミアが目を離す隙《すき》をついて——というか気付かれていたがリリと同じ結論に至って見逃されて——裏口から脱出を図る。

「すまない、サポーター君！　すまない、みんな！　みんなの犠牲は無駄にしないぞぉ！」

うおおおお待ってろベルくーんっ、と。

結わえた黒髪をぴょんぴょんと跳ねさせながら、酒場の制服姿のまま、宛てもなく大通りを駆け出していった。

「いやぁ、全くもって女神祭日和じゃないか。溜《た》まっていた仕事もあらかた片付いたし、久々にナンパでも楽しむとするかぁ！」

ヘルメスは収穫祭の空気をうんと吸い込んだ。

通りが多くの人で賑わう中、祭りにちなんだ衣装を着る美女美少女に早速目《め》を付けていく。

「誰かに後ろから刺される前に、私が刺しますよ、ヘルメス様？」

「じょ、冗談っ、冗談だってアスフィっ。だから頼むから暗剣《ナイフ》に手をかけないでくれ！」

が、すぐ背後からそそぐ絶対零度《れいど》の視線が軟派な真似《まね》など許しはしない。

水色《アクアブルー》の髪を揺らす己《おのれ》の眷族アスフィに、ヘルメスは平謝りをした。

「今の今までずっとアスフィには働いてもらっていた。今日はお前の完全休養！　わかってるさ、覚えているとも！」

「そうですね。今日まで死ぬほど使役されては酷使され続けましたからね。前にいつ休んだのかも定かではないくらいそれくらい久方ぶりの完全休養ですからね」

「そ、そうさ！　お前がいなければ切り抜けられない案件がいくつもあった！　よっ、さすが

【万能者《ペルセウス》】！　だから今日はしっかり羽を伸ばしてくれぇ‼」

息継ぎなしで語られる内容に、ヘルメスは必死に取り繕う。

非難がましく睨んでくるアスフィの目は据わっていた。日頃から一体なにを押し付けられていたのか、かけている眼鏡《めがね》の奥ですっかり溜まっている隈《くま》が、彼女の重労働を物語っている。

「……とまぁ、そういうわけだから、今日一日はお姫様をエスコートしようじゃないか」

もっぱら飄々《ひょうひょう》としているヘルメスにも、万能が故《ゆえ》に働き続けていた彼女《アスフィ》に対して罪悪感はあった。彼にも子を想う神愛《しんあい》はある。普段が普段なので全くわかりにくいが。

「男女が仲睦《なかむつ》まじく過ごす豊穣の宴《うたげ》らしく、オレ達もデートと洒落《しゃれ》込むか？」

「やめてくださいよ気持ち悪い。貴方に気障《きざ》ったらしい言葉を囁かれたら、今の私は殴り倒してしまうかもしれません」

「そ、そこまでか……」

「言われなくても自覚してるでしょうに。特に最近は騒動騒動、騒動続きだったんですから」

ぼやくように溜息《ためいき》をついていたアスフィは、そこで初めて小さな笑みを見せた。

「もてなすとか、そういうのは疲れるので、貴方と街を歩くだけで構いません」

「へえ、殊勝というか、オレからしてみれば随分お手軽な提案じゃないか」

「日の下で、賑やかな光景を横目に、気ままに歩く。これだけで身も心も洗われるものです」

「アスフィの闇《やみ》が垣間《かいま》見える発言だな……」

「誰がそうさせているんですかっ」

長年連れ立った相棒《パートナー》のごとく戯《たわむ》れながら、街を歩く。

目に入った吟遊詩人《バード》や旅人が開いている大道芸に金貨を投げながら、ヘルメスは購入した林檎酒《りんごしゅ》や氷菓を自然に手渡した。鬼嫁のように憤っていたアスフィも、それで少しは大人しくなる。ヘルメスも久しぶりに、何の含みもなく笑った。

「ん？　あれは……ベル君か？」

アスフィの注文通り雑踏に揺られながら歩いていたヘルメスは、とある光景を目にした。

すぐにわからなかったほど服装も印象も変わった白髪の少年が、一人の少女を連れている。

「なんだなんだ、気合の入った服なんか着て、女の子を連れてるなんて！　まるでデートみたいじゃないか！」

「ちょっとヘルメス様、はしゃいで迷惑をかけないでくださいよ」

途端にウキウキし始める主神に、諦《あきら》め半分で釘《くぎ》を刺しつつ、アスフィもその光景を見る。

「ベル・クラネルの隣にいるのは、たしか『豊穣の女主人』の……」

そこまで言いかけて、アスフィは異変に気付いた。

活き活きとちょっかいをかけにいこうとしていたヘルメスが、動きを止めていたのだ。

正確には、ベルの隣にいるのが薄鈍色《うすにびいろ》の髪の少女だと知り、顔を引きつらせていた。

「ヘスティアでもなく、アイズちゃんでもなく……よりにもよって、シルちゃん？」

「よりにもよって、って……流石に酷くないですか？」

その口振りに眉《まゆ》をひそめていたアスフィだったが、らしくもないほど愕然《がくぜん》としているヘルメスに首を傾《かし》げる。

二人とも服装が違う。何より空気が違う。あれは『本当』の逢瀬《デート》だとわかるからこそ、ヘルメスは動揺していた。いや──戦慄《せんりつ》していた。

「おいおい……いいのか、これは？」

呆然《ぼうぜん》と呟《つぶや》きながら、ヘルメスは振り返り、中央広場《セントラルパーク》を見る。

女神のいる『豊穣の塔』の方角を。

「んぐ、んぐっ……ふぅ」

アイズは食べていた。

憂《うれ》いを残した顔で、片手に抱えた袋からジャガ丸くんを取り出し、歩きながら。

挽歌祭《エレジア》を通して色々思うところがあり、若干《じゃっかん》もの悲しくなっていたアイズだが、このままではいけないとジャガ丸くん巡りを行っているのである。

「ジャガ丸くんパンプキン味……邪道かと思ったけど、これはこれでなかなか……はむっ」

気分を一新しようとする第一級冒険者の作戦は概《おおむ》ね成功し、女神祭のみ特別販売される限定ジャガ丸くんにアイズは満足そうな吐息をつく。

そんな時だった。

ばったりと、ベルとシルに出くわしたのは。

「…………ふぇ？」

アイズの唇から、間抜けな声が転がり落ちる。

明らかにお洒落をしているベルと、とても可愛《かわい》らしいシルの姿に、ジャガ丸くんを口にくわえたままのアイズは、反応をするのが遅れた。

「ア、アイズさん……！」

相対するベルが、盛大に顔を引きつらせている。

赤くなったり青くなったり忙しない少年の隣で、少女はというと顔色を変えず静かだった。

えっ？　ベル？

いつもと違う？　お洒落してる？　カッコいい？

酒場の店員さんと？　二人で？

──手を、繋いでる。

思考が回らない頭の中に幾つもの言葉が浮かんでは消える。

目の前の光景は、そう、まるで恋人同士のようだ。

アイズが自分でもよくわからないまま固まっていると、ベルは慌てて弁明を口にしようとしたが──その右腕に、シルが自分の左腕を絡《から》ませた。

「こんにちは、【剣姫】様。奇遇ですね、私達は今デート中なんです！」

「⁉」

少年の体に半身を預けながら、破顔するシルに、アイズの瞳がぎょっと見開かれる。

ベルの「ちょ、シルさぁん⁉」という悲鳴も今のアイズには届かない。

「今から子供達へのお土産を買うところなんです！　ねっ、ダーリン！」

「誰ですかダーリンって⁉　しかも子供達ってライ達のことですよねぇ⁉」

子供⁉　二人の⁉　愛の結晶⁉

もう恋人なんて乗り越えた関係⁉

「⁉　⁉　⁉」

アイズは　こんらん　している！

ジャガ丸くんをくわえたまま雷に打たれていると、シルはベルを引っ張って先に行ってしまった。「シルさーんっ⁉」と少年が情けない声を上げながら、人込みの奥へ消えていく。

呆然と立ちつくしていたアイズは、形容しがたい感情に襲われた。

何かこう、親に隠れて世話していた大好きな兎《ペット》を、横からかっ攫《さら》われたような、そんな寂寥《せきりょう》にも似た感情が――。

「そこにいるのはヴァレン何某《なにがし》君かーっ⁉」

「……‼　ヘスティア、さま？」

しばらくその場で立ちつくしていたアイズの背を、やかましい声が叩《たた》く。

振り返ると、酒場の制服を着たヘスティアが突撃してくるところだった。

「キミっ！　ボクのベル君を見なかったかい⁉」

「え……」

「ボクの自慢のベル君は今や第二級冒険者だからね、ちょっとした有名人！　あとは可愛い！　道行く人に片っ端から声をかければ目撃情報の三つや四つや五つ、手に入って足取りを追えるって寸法サ！」

求めてもいないのに説明を始めるヘスティアは徹夜明けのような激高揚状態《ハイテンション》――正確には酒場の激務による一周回った謎《なぞ》テンション――で親指を上げた。

言葉通り聞き込みをしまくったのか、ゼェーハァーと肩で息をしている始末だった。

「それで！　どうやらラヴラヴカップル振りを発揮しているボクのベル君を見たか⁉」

「……あ、あっちに。酒場の店員さんと……腕を、組んで……」

「なぁにぃ～～～～～～～～⁉　恋人繋ぎに飽き足らず腕組みバカップルだとー⁉　なんで二人を引き離さなかったんだ、ヴァレン何某《なにがし》君ッッ‼」

「え、あ……ご、ごめんなさい……」

怒りの形相で吠《ほ》える女神《ヘスティア》に、珍しく天然《アイズ》が気圧される。

「こうなったら、一緒にベル君達を追うぞ！　敵は思っていた以上に強大だ、今はいがみ合うのは止めて共同戦線を張るしかない！」

「あ、はい」

思わず頷《うなず》いてしまうアイズ。

ヘスティアはよっしゃあとばかりに、彼女が抱えている紙袋にズボッ！　と片手を突っ込み元気の塊《ジャガまるくん》を食らう。

あ、とアイズが悲しい声を出す中、栄養補給を済ませた幼女神は天に握り拳《こぶし》を突き上げた。

「行くぞ、ヴァレン何某くーんっ！　シル何某君からベル君を取り返すんだー！」

だだだーっ！　と走り始めるヘスティアを、アイズははっとした後、追走する。

よくわからないが、付いていこう。その方がいい気がする。

自分の感情をよく理解しないまま、アイズはヘスティアとまさかの組合《コンビ》を結成して、ベル達を追うのだった。

「ま、待ってください、シルさん！」

僕はもう一度、情けない声を上げた。

身を隠すようにメインストリートから折れた、いくつもあるうちの街路の一本。

引っ張られるがままだった僕の抗議に、シルさんはようやく腕を放してくれる。

「何ですか、ベルさん？」

「何ですかって、何であんなことしたんですか⁉　よりにもよってアイズさんの前で……！」

「だって、本当のことじゃないですか？　私とベルさんは今、デートしているんですし」

「そうですけどぉ！」

何だか多分に誤解を生む言動があったような気が……！

もの申したくて堪《たま》らない僕がもごもごしていると、シルさんは悲しそうに眉尻《まゆじり》を下げた。

「それとも、やっぱり、私より【剣姫】様と一緒にいたいんですか？」

や、『やっぱり』……？

その言葉の意味が咄嗟《とっさ》にわからず、酷くうろたえる。

その問いに答える術《すべ》がない──いや答えることができない僕は、誤魔化すように慌てて言葉を並べた。

「と、とにかくアイズさんと会った時どうしたらいいかなんて、師匠《マスター》に教わってなくて……」

と、そこまで言った僕の言葉に。

シルさんはぴくりと反応した。

「師匠《マスター》……？　教わる……？」

あ……。

し、しまった。シルさんには師匠《マスター》と会っていたことはバラしてはいけない約束……！

滑った口を手で覆う僕を、じ～っと凝視していたシルさんは、にっこりと笑った。

「ねぇ、ベルさん？　今日着てる服って、本当にご自分で用意されたんですか？」

「は、はいっ？」

「私の知り合いで、ちょうどその服の趣味と合いそうな方がいらっしゃるんです」

どきっ。

「ヘディンさん、って言うんですけど」

どきっどきっ。

「もしかして、その方にデートのいろはを教わっていたりとか――」

図星を的確に狙《ねら》う言葉の槍《やり》が、僕を串刺しにする。

否定も言い訳もできない僕がダラダラと汗を流していると、「……はぁ」と。

シルさんは、溜息をついた。

「そういうことだったんですね。何かおかしいと思っていたんです。今日のベルさんは、何だか私の知らないベルさんだなぁ、って。ヘディンさんの仕業だったなんてっ」

「あ、あのっ、違うんですっ！　いや違わないですけどっ、ヘディンさんはシルさんを喜ばせてあげようとして……！　僕もそのために色々教わったというか……!!」

僕は両手を突き出しながら釈明を行った。

もはや取り繕うこともできず、すっかりいつもの調子で言葉を重ねる。じろー、と半眼でこちらを見つめていたシルさんは、怒ったようにぷいっと背を向けてしまう。

師匠《マスター》にごめんなさいと心の中で何度も謝りながら、僕は偽りのない気持ちを伝えようと躍起になった。

「僕も同じ気持ちで！　いつも助けてくれたシルさんに、何かを返したくてっ！　だから喜んで、笑ってもらいたかったんです！　今日のデートの中で！」

果たしてその思いは届いたのか。

こちらをちらっと振り返ったシルさんは、次には、ふっと笑みを浮かべてくれた。

優しい眼差《まなざ》しで、まるで本当は怒ってなんかなかったように。

「それじゃあ、私のお願いを一つ叶《かな》えてくれたら、許してあげます」

「お、お願い……？　何ですか？」

既に師匠《マスター》にバレれば即刻処刑されてもおかしくない状況で、僕はおずおずとシルさんへ尋ね返した。

彼女は向き直り、視線を絡めた後――僕との距離をゼロにした。

「いいっ⁉」

抱き着かれた。

メインストリートから外れたといっても、祭りで賑わう人の往来のド真ん中で。

以前少女《フィナ》が言っていたようにシルさんは着やせするのか、思った以上に大きくて柔らかい胸が体に押し付けられ、耳の先まで真っ赤《まっか》になってしまう。

そんな素《す》っ頓狂《とんきょう》な反応を楽しむように、シルさんは背伸びして、唇を近付けてくる。

僕がびくりと緊張していると、頬に触れるか否《いな》かのところで、囁いた。

「私を攫ってください」

「さ、攫うっ？」

シルさんの囁き声につられるように、自然と声をひそめてしまう。

「私、本当の意味で、一人でいられることってないんです。今も【フレイヤ・ファミリア】の皆さんが私のことを見張っていて」

「それは……まぁ、何となく気付いていましたけど……」

デートが始まった辺りから感じていた。

今もこちらを窺《うかが》う視線の数は半端《はんぱ》じゃない。僕が知覚しているだけで五十はいってるかも。

監視、いや恐らくは『護衛』が、シルさんを付かず離れずの距離で見守っている。

あと……こちらを窺っているのは【フレイヤ・ファミリア】だけじゃないような気もする。

途中からあからさまに視線の数が増えたし……。

ついでに、シルさんが抱き着いた瞬間、僕に向けられた殺気が膨れ上がった。

というか今もそうだ。首筋のあたりの冷や汗が止まらない。

本当に何者なんだ、シルさん……。

「で、でも、もし攫うとしたって、僕一人じゃ振り切れっこないですよっ。絶対にっ！　相手は都市最大派閥《フレイヤ・ファミリア》ですよ⁉」

「だから『お願い』なんです。騎士様とお姫様の物語のように攫ってくれたら、それこそ私は天にも昇るくらい嬉《うれ》しくなって、ベルさんが隠してたことも許しちゃうんだろうなぁ～って」

うぐっ、という声が喉《のど》の奥で絡まった。

片や取引を持ちかける魔女のように、片や進退窮《きわ》まった騎士のように、耳もとでひそひそと話を交わす。

今も体は抱き着いたまま。周囲から寄せられているのは好奇の視線。どよめいたのは最初の一瞬だけで、今はからかい交じりの茶化す声があちこちから飛んでいる。あと、時間を追うごとに募っていく殺意が恐《キッ》い……！

「本当の意味で自由になって、色々なことを好きなだけ楽しみたいなぁって。……差し当たって今は、ベルさんとのデートを」

その時、少しだけ。

ほんの少しだけ、声音が変わった気がした。

すぐ側にある顔は近過ぎて逆によく見えない。

でもその言葉だけは、シルさんが胸の内に隠している『本当』のような気がした。

切なる願いなんて仰々しいほどのものじゃない。

けれど、いつか叶ったらいいなと物語《ロマンス》じみたものに期待する、そんな女の子の我儘《わがまま》。

僕には、そう思えた。

「だめですか？」

透明な懇願が、耳朶《じだ》をくすぐる。

……これすらも健気《けなげ》の装いで、駆け引きだったとしたら、僕はシルさんに——いや男は女に絶対に敵わない。

そんな諦めの境地と、あとはもう「騙《だま》されたっていいや」という投げやりな気持ちで、心の中で首をがっくりと折る。がっくりと折って、ちょっと笑っていたかもしれない。

彼女の肩に両手を置いて、胸もとから離し、見つめ合う。

「……わかりました」

シルさんは、本当に嬉しそうに笑った。


「目標、小径を経由して北西区画へ移動中。道が入り乱れていて頭上からは目視しにくい。陣形を変える。念のためヘディン様に報告しろ」

「はっ！」

一人の小柄な男の指示に、【フレイヤ・ファミリア】の団員達が素早く動く。

彼等の怨敵《おんてき》を見るような視線の先には、白髪の少年と薄鈍色の髪の少女がいた。

シルの護衛部隊の一つを預かる男の名は、ヴァンと言った。

年は三十を超え冒険者としての貫録を確かに窺わせるものの、中性的な可愛らしい顔立ちとその低い背丈もあって何とも微妙な存在感を醸《かも》し出す、中途半端な男だった。

彼は、神々からは『合法の違法《ショタ・ヴァース》』『正規の禁忌《ロリ・ジャスティス》』とゲラゲラ笑われ何かとネタにされる小人族《パルゥム》とヒューマンの子、つまり『ハーフ・パルゥム』だった。

身長は一五〇C《セルチ》。小人族《パルゥム》には妬《ねた》まれるほどには大きく、他種族の成人男性には小馬鹿《こばか》にされる程度には背の低いヴァンは、共同体《コミュニティ》には苦労し、嘲弄《ちょうろう》の的になることが多かった。神時代《しんじだい》以前は半亜人《ハーフ》の『区別』は顕著だったと聞くが、何てことはない、現代だって生きにくいのは同じだ。

そんなヴァンのやさぐれた劣等感と苛立《いらだ》ちを払拭《ふっしょく》してくれたのが、美神《フレイヤ》だった。【フレイヤ・ファミリア】の存在だった。故に彼は自分を認めてくれた神と共同体《コミュニティ》に忠誠を誓っている。

そして、だからこそ、派閥の『最大の爆弾』とも言える『娘《シル》』をかどわかすベル・クラネルに、悪感情を抱いていた。

（あの方の御手に畏《おそ》れ多くも指を絡めおって……！）

【フレイヤ・ファミリア】の下級冒険者、Lv.2以下の構成員に今回の護衛任務《ミッション》は知らされていない。正確には娘《シル》の存在は、だ。

知らされているのは第二級冒険者の中でも実力を認められた者のみ。

団長を始めとした派閥幹部、そして女神《フレイヤ》は情報の流出を嫌っている。

それだけ、娘《シル》という存在は美神の派閥《フレイヤ・ファミリア》の『機密』の塊《かたまり》に違いないのである。

（誰彼構わず誑《たぶら》かす盛った兎《うさぎ》め……。いかがわしい場所に連れ込もうものなら、必ずや天誅《てんちゅう》を下してやるっ。ヘディン様達の御下知など待たずしてだ！）

【フレイヤ・ファミリア】の中でベル・クラネルを嫌っていない者はほとんどいない。

驚異的な成長速度を見せつけられては認めざるをえないが、それでも理屈と感情は別だ。

それはそうだろう。自分達はずっと前から寵愛《ちょうあい》が欲しいがために努力し続けていたのに、いきなり横から猛スピードで駆け抜けていって女神の関心をかっ攫っていったのだから。聖人でもない限り、いやたとえ聖人だとしても、心の奥で妬《ねた》み嫉《そね》みとは無縁ではいられない筈《はず》だ。

我等が団長の価値観の方がおかしいと言える。

故に、体の内側で殺意をぐつぐつと煮え滾らせるのも仕方ないと言えた。

そして、そんな殺意の高まりを察知し、入り乱れた路地裏に誘導して彼等《ヴァンたち》の大まかな場所を割り出す程度には、ベル・クラネルは『成長』していた。

「……？　一人で店に入った？」

地下へ通じる階段を下りて、ベルはとある店へ入店したようだった。

本当にいかがわしい店なら即刻『野郎ブッ殺す』案件であるが、シルは店の前に残ったままだ。変な真似は疑えないし、ついでに言うならベルが入っていた場所が何の店なのかも確認できない。シルの前で堂々と看板を確かめるわけにはいかないだろう。

精々いちゃもんを付けるとしたら、こんな場末も場末にシルを取り残すなという小言くらいだが、彼女の前に暴漢が現れたとしてもヴァン達が瞬時に片付けるので問題はない。

というより、そんな護衛の動きを待っている節がある。

それだけ現状のベルの行動は『臭かった』。

ヴァンは警戒対象の機微を見抜けるくらいには有能で、冒険者としての経験を積んでいる。

(護衛《こちら》の存在を悟ったか……？　まさか我等を撒《ま》こうとしている？)

憶測に過ぎないが、視野には入れておくべきだ。

この護衛任務《ミッション》は常に最悪を想定しなければならない。ヴァンは心の中で呟く。

(だが探りを入れようにも、シル様が『見張り』のようにあの場へ立たれていては……。ヘディン様、あるいはアレン様の命《めい》を仰ぐか？　ヘグニ様やアルフリッグ様達は別の方面を警戒されている……)

ヴァン達が散らばっているのは薄暗い路地の角や、建物の二階三階の窓辺。

ヘディン達はもっと高い場所から全体を俯瞰《ふかん》している筈だ。

第一級冒険者は視力も化物だが、奥まった路地かつ遮蔽物《しゃへい》が多いこの場所では、仔細《しさい》は確認できないだろう。だからこそ先程、伝令を送り出したのだが。

考えを巡らせていると、ちょうどベルが戻ってきた。

(特に変わった様子はなし。先程までなかった『荷物』を持っているが……)

ベルはさも『デート用に準備して預けていた荷物』を持ってきたかのように、革で加工された箱型の鞄《トランク》を見せびらかしている。一言二言交わしているシルも「今からどんなデートの驚き《サプライズ》が待っているんだろう！」と言わんばかりの浮かれっぷりだ。

臭い。臭すぎる。

不審な点は何もないが、だからこそ臭いと、ヴァンは警戒を高めに高めた。

やがて、二人は手を繋ぎ、移動を開始した。

方角は『冒険者通り』とも呼ばれている北西のメインストリート。

部下の一人に【白兎の脚《ラビット・フット》】が入った店を確認するよう告げ、残りの人員で二人を追跡する。

ベル達は予想通り『冒険者通り』に出ると、二階建ての道具屋《アイテムショップ》に入った。

冒険者界隈では有名な『リーテイル』という店だ。

商業系の【ファミリア】の品ならば基本なんでも販売している、いわゆる小売店というやつで、回復薬《ポーション》など冒険者用の道具《アイテム》以外も幅広く扱っている。装身具《アクセサリ》や雑貨もそうだし、希少《プレミア》な【ソーマ・ファミリア】の酒も売り出されていたこともあったと聞いたことがある。男女《カップル》がちょっと高価で洒落た品を買いに来ても、まぁおかしくはない。

ヴァンは五指合図《ハンドサイン》で六名いる部下に指示を出した。自分を入れて五人は外で店を包囲する陣形を取り、後の二人は客を装わせて店内を探らせる。

そして、一般人に変装している部下が侵入して、五分。

動きはない。

「……？」

異変があったわけではない。

だが、頭の中で疼《うず》いたのは『直感』としか言いようがなかった。

ヴァンが怪訝《けげん》に思った瞬間、店へ入っていた部下が血相を変えて飛び出してきた。

「シル様も、【白兎の脚《ラビット・フット》】もいません!!」

「なにっ⁉」

「店内隈なく探しても見つかりません！　どこにも隠れておらず……！」

男女二人の報告にヴァンは衝撃に撃ち抜かれる。

中にシル達はいない。しかし外へ出た不審な人影など確認していない。正面玄関や裏口は勿論《もちろん》、あらゆる鎧戸《よろいど》も目を光らせていた。ベルとシルが鬘《かつら》でも被《かぶ》って別々に出た、ということもありえない。変装の可能性はヴァンが最も警戒を払って監視していたからだ。

弾《はじ》かれたように振り向いて獣人の部下の方を見る。

建物の上にいる彼は匂《にお》いでも追跡できないというように、慌てて顔を横に振った。

まさか、どうやって！　店に隠し通路でもあったというのか⁉

ヴァンが呆然と立ちつくしていた、その時。

路地に残してきた団員が矢もかくやという勢いで、駆け込んできた。

「報告！　先程【白兎の脚《ラビット・フット》】が入った店は『魔女の隠れ家』──魔術師《メイジ》の店です‼」

荒げられる声に、ヴァンはこぼれ落ちんばかりに瞳を見開き、叫んだ。

「魔道具《マジックアイテム》か！」


「ほ、本当に大丈夫なの、これぇ⁉」

遥《はる》か後方で、祭りとは異なる大騒動の気配が打ち上がり、僕の背中を引っ叩《ぱた》く。

まるで阿鼻叫喚《あびきょうかん》のような叫びに青ざめつつ、左手に鞄《トランク》、右手でシルさんの手を握りながら路地を駆け抜けていると──凄《すさ》まじい風圧が被っている『外套《がいとう》』を体から剝《は》がした。

その途端、透明化が解除される。

「わっ！　これ、被ってると本当に透明になれるんですね！」

吹き飛ばされかけた外套をシルさんが何とかキャッチしてくれる中、虚空からいきなり現れた僕達に周囲にいた人々がどよめいた。

魔道具《マジックアイテム》『リバース・ヴェール』に、『消臭薬』。

僕が路地で入ったのは魔術師《メイジ》のレノアさん——元賢者《フェルズ》さんの知り合いのお店で、魔道具《マジックアイテム》を保管する隠し倉庫でもある。レノアさんに呆《あき》れられながら頭を下げ、僕は一部の魔道具《マジックアイテム》を鞄《トランク》に詰めて持ち出したのだ。

「フェルズ様にはお前の頼みを聞いてやれと言われているが……まさか賢者の魔道具《マジックアイテム》が、痴情の逃走道具に使われるとはねぇ」

なんてしっかり嘆かれたけど！

これを使って、僕達は監視されていた道具屋《アイテムショップ》から見事に脱出していた。

お店の品物を見ている振りをして、獣人の鼻の追跡を振り切ることができるフェルズさん謹製の『消臭薬』を使用し、後は人が見ていないところで裏返せば『透明状態《インビジビリティ》』になれる『リバース・ヴェール』を被るだけ。

透明になったまま、開け放たれている正面玄関から堂々と出て、監視の目をやり過ごした。迷宮街攻防戦《ダイダロス》でも役に立った『賢者』の魔道具《マジックアイテム》に再びお世話になって、僕とシルさんは逃げ出したのだ。

「きゃあ、素敵！　私を誰も知らないところへ連れてってって、ベルさん！」

「ふざけてる場合じゃないですからね本当に⁉」

まるで駆け落ちのごとく手を繋ぎながら走っていると、シルさんが悪乗りする。

既に【フレイヤ・ファミリア】の包囲網から脱出しているとはいえ、僕ははっきり言って気が気じゃない。間違いなく逃げ出したことは気付かれている。シルさんを攫われたと考える彼等が一体どんなことをしてくるのか、僕には想像がつかない。

というか師匠《マスター》に八つ裂きにされて海に沈められるかもしれない！

やっぱりやるべきじゃなかったんじゃあ、と思っても後の祭りだ。

それでも――。

「さぁ行きましょう、ベルさん！」

隣に並ぶシルさんの嬉しそうな笑顔を見て、僕は笑みを返すしかなかった。

「振り切られたニャ⁉」

アーニャは叫ぶ。

いつの間にか姿を消したベル達に気付き、ルノアやクロエ、リューとともに驚愕《きょうがく》しながら。

「振り切られちゃった？」

アイズは驚く。

何とかベル達の足取りを追い、目視できる距離に来てすぐの出来事に、「えっ、えっ⁉」というヘスティアと一緒に混乱しながら。

「振り切られただと⁉」

アレンは激昂《げっこう》する。

何やら【剣姫】が介入しようとする不穏な気配があり、舌打ち交じりに彼女へ睨みを利《き》かせようと移動した矢先、一報を届けにきた団員を大いに怯《おび》えさせながら。

「やれやれ……」

そしてヘディンは長嘆する。

妖精《エルフ》の瞳だけは、路地裏を逃げる少年と少女を捕捉していたが、わざと見て見ぬ振りをして、混乱しながら指示を仰ぐ団員達に明後日の方向へ網を張るよう命じた。

「「「探せぇーーーーーーーー‼」」」

女神祭の喧騒《けんそう》はこの日、最高潮に達するのだった。

シルさんとともに都市の北西部を駆ける。

大通りは避け、なるべく隠れやすい路地や入り組んだ街路を選んで。

遥か遠くから響く喧騒、いや怒号は【フレイヤ・ファミリア】の憤激を物語っていた。

護衛対象を勝手に連れていって、喧嘩《けんか》を売るような真似をしたのだ、見つかったらきっとただでは済まない！

「あははっ！」

シルさんはそんな僕の気持ちを知ってか知らずか、ずっと笑ってるし！

一人になれたことを──自由になれたことを喜んで、今日の中で一番楽しそうだった。

こんなに口を開けて笑ったところは初めて見た。こうして二人で走ることすら愉快で堪らないというように、指を絡めている僕の手を、ぎゅっと握ってくる。

様々な店が出ている細長い路地の中、道行《みちゆ》く人は驚いたように立ち止まり、あるいは道を開けて、駆け抜けていく僕達を眺めている。

ドレス姿のシルさんと、彼女の手を引いて鞄《トランク》を持つ紳士服姿の僕は、傍《はた》から見ればいいところの令嬢と執事にでも見えるのだろうか。

旅行のための船の出発に今にも乗り遅れそう、なんて。

実際は、屈強な傭兵団に追いかけられる逃亡者の気分そのものだけど！

「本当に物語の中みたい！　ベルさんといれば、毎日が退屈なんてしなさそう！」

「僕はこんな毎日、勘弁してもらいたいですけどぉー！」

水路の上にかけられた、小ぢんまりとした石造りの橋の上。

その真ん中でようやく足を止め、手を放し、シルさんと一緒に肩で息をする。

上級冒険者の癖《くせ》に、僕の息はすっかり上がっていた。喧嘩を売った相手に対する危惧と恐怖が動悸《どうき》を高めて、呼吸の仕方を盛大に下手くそにさせている。

顎《あご》の下を拭《ぬぐ》いながら、つい膝《ひざ》の上に手をついてしまった。

「無茶を言ってしまって、ごめんなさい。だけど、体がふわふわしてる。本当に、ほんとうに……楽しい」

振り返ると、シルさんは胸に片手を当てながら、頬を上気させていた。

文字通り、その息は弾んでいる。膨らんだ胸は何度も上下していた。

口調もどこか砕けていて、素のシルさんが立っているみたい。

──いいところのご令嬢っていう喩《たと》えも、あながち間違いじゃなかったのかも。

新鮮なシルさんの姿を前に、僕は自然と笑っていた。

人気《ひとけ》のない橋の上で見つめ合う僕達を、青空だけが見下ろしている。

「それにしても、本当に第一級冒険者《アレン》さん達から逃げ出しちゃうなんて……ベルさんはいつの間にか、すごい冒険者様になられていたんですね」

乱れた髪に手櫛《てぐし》を通しながら我がことのように笑うシルさんに、苦笑を浮かべる。

すごいのはフェルズさんの魔道具《マジックアイテム》だし……なんとなく、本当になんとなくだけど、今も追手に脅かされずに済んでいるのは師匠《マスター》が手を回してくれているおかげなんじゃないかと思う。

溜息をつきながら、不肖《ふしょう》の弟子の尻拭いをしてくれるように。

(とはいえ……あっちの方が人数は多いし、このままじゃまずい。ほとぼりが冷めるまでとは言わないけど、今は一つのところに身を落ち着けて、隠れていた方が……)

曲がりなりにも上級冒険者の勘が言ってる。

いくらオラリオが広いとはいえ、あっちこっちに逃げ続けていれば必ず捕捉されると。

人海戦術の怖さは【アポロン・ファミリア】の時も、【イシュタル・ファミリア】の時も嫌と言うほど味わっている。

それに、シルさんを休ませてあげたいし……。

「……？　あれ、もしかして、ここは……」

周囲を見回していた僕は、あることに気が付いた。

都市北西、第七区画——の真ん中あたり。

他の区画と比べても古い石造りの建物が目立つこの辺りは、ちょうど『下見』のために、事前に訪れていた場所だと。

逢瀬の作戦表《デート・プラン》の中で立ち寄ろうとしていた『建造物』が、この近くにはある。

「……シルさん。僕、一緒に行きたかった場所があるんですけど、今から案内していいですか？」

「はい、勿論。どちらなんですか？」

嬉しそうに尋ねてくる薄鈍色の瞳に笑い返して、答える。

「大精堂《だいせいどう》です」


その建造物は、中ほどに建つ鐘楼《しょうろう》を含めれば、高さ一〇〇M《メドル》に届くと言われている。

正面に立ってすぐに目を引かれるのは巨大なバラ窓だ。両脇にある二本の鐘楼と相まって存在感を醸し出している。壁面のあらゆる場所に彫られているのは高浮き彫り細工《ハイ・レリーフ》。あんな場所に、あんな精巧な彫刻どうやって、なんて思うものがびっしり。

巨大で荘厳。

見る者に畏怖さえ与えるその建物の名前は、『聖フルランド大精堂《だいせいどう》』。

旅人達の中で度々その名を挙げられる、オラリオの観光名所の一つだ。

「二人、いいですか？」

「【白兎の脚《ラビット・フット》】……おっと、申し訳ありません。どうぞ」

門前の柵の前、受付をしている男性のギルド職員にヴァリス金貨を支払う。

職業柄、上級冒険者の存在につい反応してしまったのか、軽く驚いていた彼は笑みを浮かべて先へ通してくれた。「すっかり有名人ですね」とおかしそうに耳打ちしてくるシルさんに「茶化さないでくださいよ」と恥ずかしがりつつ、三つ並ぶ門のうちの正面に向かう。

頭上に刻まれた精霊と騎士のレリーフに見下ろされながら、門をくぐると、僕達を迎えたのはあまりにも広大な空間だった。

「わぁ……すごい」

シルさんの感嘆が僕の胸の内まで表してくれる。

中央の身廊と左右の側廊を合わせれば、幅は六〇M《メドル》はあるだろうか。奥行きは恐らくその倍。天井《てんじょう》も高く吹き抜けた開放的な造りで、頭上を仰がずにはいられない。

描かれているのは天井画で、そこでもやはり精霊と騎士が主題《モチーフ》にされている。レリーフと異なるのはもう一人、聖女がいることで、彼女の傍《かたわ》らで騎士は精霊の亡骸《なきがら》を抱いて嘆いていた。

天井画の他にも、側廊を仕切る大拱廊《アーケード》や画一的な高窓《クリアストーリー》、多くの柱と蒼銀《カルヴァー》製の彫像、そして沢山の長椅子《チャーチベンチ》が精堂《せいどう》内には設置されている。

視界に広がる景色は、まさに祭礼の廟《カテドラル》と言うに相応《ふさわ》しい。

「普段は中まで入れないんですけど、女神祭に合わせて特別に開放されているらしいんです。……すいません、どうしても来たくて」

「ふふっ、構いませんよ。私もここ、気に入っちゃいました」

音を立てるのもためらうくらい粛然とした空気の中、自然と小声になる。

順路に沿って歩きながら、頭に手をやって苦笑する僕に、シルさんは微笑ましそうに眉を曲げた。そして、重厚な柱に囲まれた側廊のステンドグラス、そこから差し込む柔らかな光に目を細める。

ギルド職員に祭服を纏《まと》った有志の冒険者、あとは土精霊《ノーム》なんかが警備しているけれど、精堂《せいどう》内は思っていたより人が少ない。お祭りを楽しむ、あるいは他の名所を回っているのだろうか。まばらにいる他のお客さんは何度も足を止め、何でも興味深そうに観察していた。そういう僕も人のことは言えないけれど。

左の側廊から時計回りに歩いていた僕達は、やがて、精堂《せいどう》の一番奥に辿《たど》り着く。

騎士と聖女が描かれる、青と紫色の壮大なステンドグラスの下。

鎮座しているのは、精緻な蒼の金属装飾が鎧《よろい》のように施された水晶《クリスタル》の棺《ひつぎ》。

『精遺物《せいいぶつ》』が納められた祭壇――礼拝堂だ。

「これは……」

「『精霊』の遺骸が納められているそうなんです。美しいままの精霊の女の子が眠ってるとか、無数の結晶になって砕け散ってるとか、あとは『武器化』した『精霊の剣《つるぎ》』と化している……なんて言われています」

「それって、『精霊』の『奇跡』ですか……？」

「棺は硬く封じられていて、開けられないんですけど……何千年も前の水の精霊《ウンディーネ》が守られているのは、確かなんだそうです」

ステンドグラスに照らされながら、蒼の棺をじっと見つめる。

シルさんに説明しつつ、よくわからないけど、ちょっと泣きそうになってしまった。

念願だった精堂《せいどう》の中に入れたという理由もあるだろうし、この静粛な空気に当てられて、というのもあるかもしれない。

でも一番は、この建物にまつわる『物語』を知っているからにつきるだろう。

「ここがベルさんの来たかった場所なんですね？」

「はい。僕がシルさんを連れてくるなら……僕が好きなものを知ってもらうなら、ここなのかなって」

『聖フルランド大精堂《だいせいどう》』は、とある英雄譚《たん》に基づく歴史的建造物の一つだ。

このオラリオの地で実際にあった物語であり、史実を証明する『古代』からの遺産。

この手の建物は実はオラリオの中にいくつもあって、積極的に保全されている。『バベル』なんかは最たる例だろう。

その中でも、今いる都市の北西区画には神時代《しんじだい》以前に造られた寺院や教会が多く存在している。何を隠そう以前まで【ヘスティア・ファミリア】の本拠《ホーム》だった『教会の隠し部屋』も近辺にあるのだ。あの教会も『古代』に作られた建物の名残だったのでは、と僕は考えている。

同時に、こんなに大きい『聖フルランド大精堂《だいせいどう》』もオラリオの中では存在が霞《かす》んでしまうというのだから驚きだ。巨塔《バベル》を始め、もっと高くて大きな建造物が他にもあり、迷宮都市がどれだけ巨大で雑多なのか痛感させられる。

『水と光のフルランド』っていう英雄譚があるんです。『迷宮神聖譚（ダンジョン・オラトリア）』にも載っている有名な物語なんですけど……」

「あ、そのお話、私も知っています。マリアさんのところの子供達にねだられて、読み聞かせてあげたことがあるんです」

実はこの大精堂には前にも何度か足を運んでいる。英雄達の記念碑（モニュメント）が奉られる『冒険者墓地』と並んで、この大精堂には前にも足を運んでいる。英雄達の記念碑が奉られる『冒険者墓地』と並んで、英雄達の記念碑（モニュメント）が奉られる外せない名地だからだ。

そして今日、特別に開放されているこの祭壇を、どうしても見ておきたかった。

「騎士様と精霊が力を合わせて、地から這い出る魔物と戦い、最後は結ばれるお話ですよね？」

「童話なんかだとそう描かれているんですけど、実際は違うみたいなんです」

「えっ？」

シルさんがこちらを振り返ったところで、別の人達がやって来た。

祭壇前を譲る形で、列の一番前、中央の長椅子（チャーチベンチ）に二人並んで腰かける。

「騎士フルランドは出会った時こそ精霊に愛を誓っていましたけど、ずっと前から彼を慕い、支え続けていた聖女との間で心が揺れ動いて……最後には、聖女を選びます」

「……そうなんですか？」

「はい。精霊は悲しみに暮れて、この土地を湖に変えるほどの涙を流し……愛に狂って、フルランドを殺そうとするんです」

涙の件《くだり》は流石に誇張だろうけれど、迷宮都市《オラリオ》から見て南西に位置する大汽水湖《ロログ》と、今も都市の中を走る水路の原型は、その精霊に由来するものとも言われてるらしい。

これは同じ英雄譚を読んだことのある春姫《ハルヒメ》さんと、一緒に調べて知ったことだ。

「最後は、どうなってしまうんですか？」

「僕が読んだ英雄譚には……騎士を殺そうとした精霊は、最後は愛する者を守ったって、そう書いてありました」

「守った？」

「襲いかかってきた魔物の牙《きば》から、身を挺《てい》してフルランドの命を救ったんです」

「……」

「フルランドは精霊の亡骸を抱き締め、誰よりも嘆いて、この大精堂《だいせいどう》を築いたと、本には書かれています」

その場面《シーン》が、頭上に描かれている騎士と精霊、聖女の天井画に当たる。

『水と光のフルランド』は悲劇寄りの物語だ。

『古代の大穴《ダンジョン》』の開拓とオラリオの前身である『要塞』の守りに貢献していた騎士は、華々しい栄光の一方で生涯を通して己の罪悪に苦しんだと記されている。愛する精霊を祀《まつ》るこの祭礼の廟《カテドラル》は、フルランドの罪の証でもあるのだ。

同時にこの物語は、『愛』は人も精霊さえも変えてしまうことを言外に語っている。

もしフルランドが聖女を選んでいなかったら、もし精霊と結ばれていたなら、誰も死なずに済んだのかもしれない。それともあるいは、聖女の方が破滅を呼び込んでしまっていたのか。

答えは出ない。

けれど今もこうして守られている精霊の棺が、この大精堂《だいせいどう》を築いたフルランドの全てのような気がした。

「僕の好きな英雄達にも失敗して、大切な人を守れなかった人がいて……でも『だから僕達《おまえ》はそうなるなよ』って、そう言ってもらえてる気がするんです。最後まで諦めるなって。それで、えっと、結局自分でも何が言いたいのかわからないんですけど……つまり、う～んと……」

「……ふふっ、大丈夫ですよ。ベルさんがここに連れてきてくれた理由、わかりましたから」

調子良く語っていたくせに話をまとめられない僕に、シルさんは微笑んでくれる。

「この大精堂《だいせいどう》も、他の英雄様のお話も、ベルさんの根源《ルーツ》なんですね」

「ええと……はい。そうだったら、いいなって」

シルさんは祭壇を見つめながら、しみじみと言った。

最後まで格好がつかなかったけれど、シルさんも喜んでくれているみたいで良かった。

彼女もここを好きになってくれたらという願いが、心の中にあったのかもしれない。

きっと、僕が他の人より上手《うま》く案内できるとしたら、それは英雄所縁《ゆかり》の土地くらいしかないから。

「あ、でも、ちょっと疑問に思ったんですけど」

「何ですか？」

「どうして騎士様の名前が、この大精堂《だいせいどう》についているんですか？　普通は祀《まつ》る相手の名前がつくものですよね？」

小首を傾げるシルさんに、あぁなるほど、と疑問に答える。

「フルランドと一緒にいた精霊は、最後まで自分の名前を明かさなかったそうなんです」

「えっ？」

「英雄譚にも水の精霊《ウンディーネ》としか書いてなくて……。だから、この大精堂《だいせいどう》を築いた騎士《フルランド》本人の名が引用されているんです」

あるいは別の名前があったのかもしれないけれど、後の人達は建造に至った背景からフルランドの名を用いるのが相応しいと思ったのだろう。

「名前を、明かさなかった……」

その時。

シルさんは動きを止めていた。

僕の説明を聞いて、まるで考えに耽《ふけ》るかのように。

薄鈍色の瞳が視線を遠ざけ、ここではないどこかを見つめている。

「どうして……精霊は名を明かさなかったんでしょうか？」

「えっ？」

「真名《まな》を……秘密を明かしてしまったら、全てが壊れる。そう思ったんでしょうか」

シルさんは前を向いたまま、言葉を続けた。

祭壇だけを見つめる眼差しは、棺の中で眠る精霊に問いかけているかのようでもある。ステンドグラスから差し込む眩《まぶ》しくも切ない光が、彼女の相貌《そうぼう》を照らす。

僕は息を止めていた。

その独白じみた疑問に答える術を持ち合わせていなかった。

その横顔に引き込まれ、声をかけることができなかった。

「ベルさん」

「な、なんですか？」

「もし、私がおかしくなったら、ベルさんはどうしますか？」

「……は？」

「ですから、棺の中で眠っている精霊様のように、何かを悲しんで、何かに怒って、誰かを傷付けようとしたら……貴方は、どうしますか？」

要領を得ない譬《たと》え話。

シルさんがなんて、あまりにも想像できなくて、一瞬口ごもってしまったけれど。

僕は考えることもなく、それを口にする。

「……止めますよ。シルさんが、誰かを傷付けないように」

未《いま》だ前を見つめ続け、こちらを見ようとしない横顔に、本心を告げる。

「誰かを傷付けて、シルさん自身が傷付かないように」

騎士が築いた大精堂《だいせいどう》に、静かな宣言が響く。

虚偽はない。欺瞞《ぎまん》もない。精霊を祀《まつ》るこの場所で、嘘《うそ》なんか許されない。

僕のその答えを聞いて、シルさんは唇を開いた。

「それだけですか？」

「へっ？」

「叱ってはくれないんですか？」

「えっ、えっ？」

「私をぎゅうっと抱き締めて『いけない子猫ちゃんだ。もう悪さをしないようにずっと見張っててやる。覚悟しなフフ』って耳もとで囁いて家に持ち帰ってはくれないんですか？」

「しませんよッッ⁉」

というか僕どんな色男《やっ》なんですかソレ⁉

厳粛な大精堂《だいせいどう》に似つかわしくない素っ頓狂な声で叫んでしまう。

そしてたちまち大声を上げた僕に非難の視線が殺到した。ギルド職員から、冒険者から、土精霊《ノーム》から。僕は立ち上がってぺこぺこと頭を下げた。

恥ずかしい思いをしながら腰を下ろすと、シルさんはくすくすと笑っていた。
し、真剣に答えたのに……。
「ベルさんは、本当に優しいんですね」
そう言って。
意地悪されて拗ねようとしていた僕の肩に、こてん、と。
シルさんは首を傾《かたむ》け、寄りかかるように頭を置いた。
肩と肩が密着する。
膝の上に置いた手に、彼女の手が重ねられる。
僕の頭は一瞬、真っ白になった。
「――嗚呼《ああ》、好きだなぁ」
そして。
その囁かれた声に、聞き間違いかもしれない言葉に。
ぐわっと体温が上がった気がした。
胸の真ん中あたりが熱くなる。声が出ない。息って、どうやってするんだっけ。
今度は僕が前を見つめる番だった。
すぐ近くにある温もりに、目を向けることができない。
薄鈍色の髪がさらとこぼれ、首筋をくすぐってくる。

ただ、彼女が目を瞑《つむ》ってほのかに微笑んでいる。それだけは気配でわかった。穏やかな彼女の鼓動を、僕の速い鼓動が塗り潰《つぶ》す、そんな錯覚。肌と肌がくっついていたら相手の心臓の音が聞こえるなんて迷信だ。そう笑い飛ばせたらいいのに。

大精堂《だいせいどう》に差し込む光がやけに眩しくて、でも全然気《き》にならなくて、ただただ彼女と感じる日だまりが暖かかった。そう思った。

僕達の視界を、時間をかけて、沢山の人が横切っていく。

祭壇を眺めながら、あるいはこちらを見やりながら。

そんな全ての光景が、違う世界の出来事のように見えた。

静かで、冷たく、暖かな大精堂《だいせいどう》で、二人しかいない。

相手のことしか感じられない。そんな緩やかな時間の感覚。

言葉を口にする必要すらない透明な時間は——頭上から響き渡る荘厳な鐘の音《ね》によって、唐突に終わりを告げた。

「……！　鐘楼……？」

いつまでそうしていたんだろう。

気が付けば、ステンドグラスに差し込む日の光は茜《あかね》の色を帯びていた。

大精堂《だいせいどう》の鐘楼が告げるのは日暮れの訪れだ。日はとうに西に傾いていたのか。

夢から目を覚ましたようにシルさんが肩から顔を上げると、僕は今更こみ上げてきた羞恥《しゅうち》を誤魔化すように、勢いよく立ち上がった。

「シ、シルさんっ！　僕、夕食の予約もしてるんです！　【フレイヤ・ファミリア】の人達には気を付けなきゃいけませんけど、は、早めに行っておいた方がいいかなって……！」

でも駄目だ。さっきの感覚は、だめだ。平静なんて装えない。

師匠《マスター》の教えをすっかり忘れて、言葉をまくし立ててしまう。余裕なんかない。

意識しないためにも、取り繕う暇すら惜しんで自分自身の動揺を必死に隅へ押しやる。

僕は一度逡巡《しゅんじゅん》した後、手を差し出した。

シルさんは透明の瞳で、じっとこちらを見上げてくる。

光に照らされ、顔が熱くなるのを感じながら待っていると、彼女はにっこりと笑った。

「はい」

彼女の柔らかい手が、もう一度僕の手と重なった。


出入り口の門をくぐると、やはり日は随分と傾いていた。

大精堂《だいせいどう》の中ではちっとも気にならなかった祭りの喧騒が、再び僕達を包む。

女神祭はまだ終わらないとばかりに人々の声と楽器の音色は賑々しい。

西日に照らされる街並みは黄金《こがね》色に輝いていて、麦の穂が風に揺れる、そんな豊穣の景色を連想させた。

「そこのお兄さん！　お嬢さん！　どうだい、見ていかないかい？」

「ん……？」

出入り口から少し進んだところだった。

大精堂《だいせいどう》前の開けた広場の端っこから、獣人の男性に声をかけられる。

外套の上にいくつもの小物を置いた、露天商だ。

「大精堂《だいせいどう》を見てきたんだろう？　だったらお土産の品なんてどうだい？　仲睦まじいお二人に似合う番《つがい》の装身具《アクセサリ》なんかもあるよ！」

「――番《つがい》？」

シルさんが食いついた！

制止する暇もなく「行ってみましょう、ベルさん！」と腕を組まれて連行されてしまう。

目の前まで行くと、沢山の銀の装身具《アクセサリ》を身に付けた狼人《ウェアウルフ》の青年が、調子良く喋《しゃべ》り始めた。

「細工師のゴードンとは俺《おれ》のこと！　銀細工の腕なら誰にも負けないと自負するこの俺が、お嬢さん達にぴったりの品を取り揃《そろ》えていますよっと！」

「ほうほう」

「お勧めはこれだね！　この二つの銀細工、こうしてくっつけると、ほら、一つになる！」

「ふむふむ」

「女の子だったらそのまま髪に飾れるし、男は胸にでも留めればいい！　お安くしとくよ！」

露天商が紹介するのは蒼の装飾が散りばめられた銀細工で、オカリナや、あるいは勾玉《まがたま》のような形状をしている。それを二つに繋げると、ちょうど満月型のペンダントとなる仕組みだ。番《つがい》の装身具《アクセサリ》とはよく言ったものだ。

「これは一種の魔除けでもあるのさ！」

「魔除け？」

「ああ、騎士と精霊のように悲愛を辿らないようにってね！　俺が念を込めて作ったんだ！」

細工師本人が念を込めても魔除けにはならないのでは、という僕の汗を他所《よそ》に、屈《かが》み込んだシルさんは興味津々のようだった。というか、目を輝かせているような……。

「お兄さんとお姉さんはお似合いカップルに見えるから、二つで二〇〇〇ヴァリスのところを一〇〇〇ヴァリスで譲ろうじゃないか！」

な、何も言ってないのに半額以下になった……。

僕が思わず絶句していると、

「じー」

隣にいるシルさんはこちらを見つめていた。

何かを期待する、わざとらしい視線に、僕の口が引きつる。

正直に言ってしまうと、あまり買いたくない。いやお金がないとか面倒とかじゃなくて……さっきのことを思い出しちゃって、変な気持ちになる。

……でも、師匠《マスター》も言ってたっけ。

想いさえ伴えば物にこだわる必要はないが、やはり形として残るものは、人を幸福にするのだと。

僕は溜息を何とか堪《こら》え、観念した。

「じゃあ、この装身具《アクセサリ》、ください」

「まいどありー！」

お金を支払う。

そして、シルさんに手渡す。

「どうぞ」

「わぁ……！」

銀細工を両手の上に乗せられたシルさんの喜びようはすごかった。

まさか本当に買ってもらえるとは思っていなかったのか、玩具《おもちゃ》をもらった子供のようだ。

一つになっていたそれを優しく分けて、表と裏を何度も引っくり返して、確認する。

「私、精霊の方を頂いていいですか！　ベルさんは騎士の方を！」

「ははっ……いいですよ」

騎士と水の精霊《ウンディーネ》にちなんで作られた装身具《アクセサリ》を分け合う。

番《つがい》の片割れを胸にぎゅっと抱いた後、彼女はそれを薄鈍色の髪に添えた。

「似合いますか、ベルさん？」

「はい……とても」

嘘じゃない。

証拠に僕も、露天商のお兄さんも、銀の髪飾りをつけた可憐《かれん》な姿に目を奪われている。

夕日を反射する蒼の輝きが眩しい。嬉しそうにはにかむ彼女の笑顔も。

髪飾りを上からそっと押さえながら、シルさんは顔を綻《ほころ》ばせた。

「大切にしますね、ベルさん！」

西の空に夕焼けの光が残る中、東からはゆっくりと宵闇《よいやみ》が近付いてくる。

夜の訪れに急かされるように、都市はぽつぽつと光を灯《とも》していった。街灯の他にも、くり抜いた南瓜《カボチャ》を被せた魔石灯が樽《たる》や木箱の上に何個も置かれている。

僕達は再び、都市南西区画に舞い戻っていた。

できる限り路地裏を経由して人の視線から逃れつつ、避けられない通りはもはや割り切って堂々と進む。コソコソしている方が【フレイヤ・ファミリア】の監視に引っかかってしまう。今頃《いまごろ》彼等は都市中に目を光らせている筈だから。ここまで来れば、もう運試しだ。

それに師匠《マスター》には予約したお店を伝えてあるし、誘導して、援護してくれるかもしれない……してくれたらいいなぁ。

最新の注意を払いつつ人込みに紛《まぎ》れる中、シルさんは僕が何も言わずとも自然体だった。

早速つけた髪飾りを見せて「似合いますか？」「どうですか？」と何度も同じことを僕に尋ねてきた。苦笑しながら似合っていますよ、綺麗ですよ、と答えると、

「えへへ……」

頬を緩ませ、はにかんだ。

か、可愛い…………じゃなくてっ。

普段との差だろうか、無防備に浮かれるシルさんの姿は、僕を変な気持ちにさせる。

師匠《マスター》に教わった先導《リード》の余裕なんて、もうすっかり残っちゃいない。

じゃれつきたい子犬のように、隙あらば腕を組んで体を預けてくるシルさんと慌てながら攻防すること数度、ようやくお店の前に辿り着く。

「これは……『船』？」

シルさんが目を丸くする。

その言葉の通り、目の前にあるのは岸に繋がれた巨大な船体だった。

「ベルさん、ここなんですか？」

「はい。『水船の匙《スプーン・アクア》』っていうお店です」

僕が予約したのは、『船上レストラン』。

今も驚いているシルさんが見上げるほど、純白の船は大きい。

豪華客船とまでは言わないけれど、全長は五〇M《メドル》以上はあるだろう。僕達の本拠《ホーム》『竈火《かまど》の館』がすっぽり収まってしまうくらい。お洒落できらびやかな横断幕を張る船は、幅広の水路に悠然と浮いている。

着岸している船にかかる桟橋の前には、姿勢のいい店員と『ようこそ！』と歓迎の共通語《コイネー》が記された小じゃれた看板が置かれていた。

「ボートレストラン、というやつですよね？　オラリオにはいくつかあるのは知ってましたけど……」

「そうですね。普段は岸に固定されているらしいんですけど、この時期だけオラリオの水路をぐるっと一周するんだそうです」

「それって……クルージングですか？」

僕は笑って頷く。

シルさんに語った通り、『水船の匙《スプーン・アクア》』は普段は岸に固定されていて、船上で食事を楽しむ場所だ。もともとは中古で買い取った船体を都市内に運び込み、組み立て直し、洒落た飲食店《レストラン》にしたらしい。

『交易所』が存在する現在地の都市南西から『繁華街』がある南まで、お店や施設がびっしり埋まって土地なんて余っていないから『陸《おか》がダメなら水の上で店を開くぞ!』ということなんだろう。流石に海の旅に繰り出すことはできないけれど、都市内の水路を巡るくらいなら十分なのだそうだ。

(お店選び、すっごく悩んだけど……)

デートの計画《プラン》を考えるにあたって、ここが一番の山場で、冒険だったかもしれない。

師匠《マスター》の鞭《むち》を浴びながら自分で必死に調べ、この『水船の匙《スプーン・アクア》』に辿り着いた。ご飯は美味しいらしいし、師匠《マスター》と一緒に得た軍資金のおかげで二人なら何とか入れる。

何より、『豊穣の女主人』でいつも働いているシルさんには、普通のお店では物足りないのではと思ったのだ。ミアさんのご飯は絶品だし、それなら雰囲気を味わう、という意味でも船の上の食事は新鮮なのではないかと。

必死に浅知恵を働かせた、僕の奇襲じみたお店の選択《チョイス》に……シルさんは相好を崩した。

「嬉しいです。ベルさん、私のために色々考えて選んでくれたんですよね? ダンジョンのことばっかりの、あのベルさんが! たくさん悩んでくれたんじゃないですか?」

み、見透かされてる……。

何か含みのある言い方に、僕は笑みを引きつらせるしかない。

でも、まぁ、喜んでもらえてるみたいだし……選んだ身としては冥利《みょうり》につきる、かな。

すっかりご機嫌になっているシルさんは、待ちきれないように僕の手を引いた。水面から六

M《メドル》ほどはある高い位置から伸びた木造の桟橋を二人で渡る。

船に入り、お店の人に名前を告げると、甲板《かんぱん》の席に案内された。

瀟洒《しょうしゃ》な白テーブルと椅子、あとは花瓶《かびん》。周りには同じような席がいくつか。

冒険者の酒場の料理くらいしかお世話になっていないこちらとしては、すごく場違い感がある。背伸びしてしまったことにちょっぴり後悔しつつ、色々叩き込んでくれた師匠《マスター》の教えを心の中で思い出そうと必死になった。

やがて夕日の名残は消え、空は完全に蒼い宵闇に包まれた。

同時に、船内から放送《アナウンス》が入る。

『これより水船《スプーン・アクア》の匙は出航します。短い時間ではありますが、船の上の一時《ひととき》をお楽しみください』

魔石製品の伝声管による短い挨拶《あいさつ》とともに、船はゆっくりと動き出す。

水面を切って岸から離れていく船体に、僕は内心でほっとしていた。

陸《おか》から離れてしまえば、流石に【フレイヤ・ファミリア】も襲いかかってくることはできないだろう。船体が船体だし、水船《スプーン・アクア》の匙は橋の下は通れない。運河のごとき広い水路の真ん中を進むのみ。陸地から飛び移ることは不可能だ。

……不可能な、はずだ。【フレイヤ・ファミリア】といえど……。

と、とにかく、クルーズが始まってしまえば、この食事の時間だけは安全に過ごせる。

（……でも、何だろう。既に複数の視線が……）

ウェイターが優雅にお酒と料理を運んでくる中、首の辺りがムズムズする。

殺意とかはないから——一部敵意があるような気がするけど——【フレイヤ・ファミリア】じゃないと思うけど……。

「ベルさん、どうかしたんですか？」

「えっ？　あ、何でもないですっ。あ、あははは……」

乾杯用のグラスを持つシルさんに、ぎこちない笑みを返す。

お酒をそそいでもらいながら、ただの勘違いだと、自分自身に言い聞かせるしかなかった。


「ベル君っ、いつの間にこんなお洒落なお店を知るお年頃に……！」

「船の上のご飯なんて、初めて……」

ヘスティアとアイズは食事をしていた。

他でもない、ベル達と同じ『水船の匙《スプーン・アクア》』の上で。

「君がどんな逃亡を図ろうとも、名探偵ヘスティアにはお見通しだぜ！」

「ヘスティア様、すごかった……」

ばくばくと料理を食べるヘスティアの対面で、魚のムニエルにナイフを入れるアイズはこくこくと頷く。食事を進めながら、彼女達はちらちらと視界の奥にいるベルを見やっていた。

ベルが魔道具《マジックアイテム》を用いて監視の目を振り切った後。

【フレイヤ・ファミリア】と同じようにベル達を見失ったヘスティアとアイズは、共同戦線を結んで少年達の足取りを追いかけた。

「ベル君のことだからデート先の資料《チラシ》を残している筈だ！」

広大なオラリオを無闇やたらに探すのは下策も下策。よって少年の行動・思考パターンを熟知する主神《ヘスティア》の行動は迅速だった。

アイズとともに『竈火の館《かまど》』へダッシュし、無断で少年の自室を物色したところ、予想通りこの『水船の匙《スプーン・アクア》』の資料を発見したのだ。ご丁寧に赤丸で囲まれていた。

「これだぁーーーーーーーー!!」とヘスティアは吠え、船に突撃。ドレスコードに阻まれ一度出直すことになり、へとへとになりながら、何とか先回りする形で乗り込んだのである。

「ヴァレン何某《なにがし》君がいてくれて助かったよ。ボクだけじゃこの船に乗り込めなかった」

「私はヘスティア様に付いてきただけで、なにも……。あ、ここのお金は、支払います……」

「え！　いいのかい!?」

ヘスティアの衣装は蒼海色《マリンブルー》のドレスで、アイズは薄い緑のドレス。

いつぞやの『太陽神《かみ》の宴』で着たものと同じだった。

クルーズディナーは人気で、予約していないヘスティアは本来ならば門前払いだったが、アイズがいたことで融通してもらったのだ——クルーズに限らず第一級冒険者が足を運んだという事実は何よりも得難い広告となる。

日が沈む前より潜入し、ベル達を待ち構え、そうして今。

とうとう目標《ターゲット》を発見したのである。

「けど、ボク達は船内でベル君達は外の席なんて……くそぅ、リッチじゃないかぁ。ベルくぅん、どこでそんなことを覚えたんだぁ〜。今度ボクも誘っておくれ〜！」

「ベル、なんだか、カッコいい……？」

「あ、こらっ、君までベル君に色目を使うのは禁止だぞ、ヴァレン何某君！」

ギャーギャー騒ぐヘスティアを抜きにしても、二人は注目を浴びていた。

奇妙な組み合わせとはいえ、あの【剣姫】と【ヘスティア・ファミリア】の主神だ。目立たないわけがない。仲が良いのか悪いのか、見目麗しい二人の容姿にも引かれ周囲の客の視線が集まるが、しかし二人は気にもとめていなかった。

二人の注意の先は、ベル達のみだ。

「しかし、相手の顔がよく見えないなぁ……」

彼我《ひが》のテーブルの間には、沢山の客と、船内を区切る窓硝子《ガラス》。

絶妙な位置で、ヘスティアはベルのデート相手を目視しづらかった。

正直ベル達のもとへさっさと突撃したいが、ここのご飯はすこぶる美味《うま》い。

全部食べ終えてから突撃しようと、貧乏性の女神は決めた。

「……」

はぐはぐとご飯を食べ進めるヘスティアを他所に、アイズは自分でもよくわからない気持ちで、どこか寂《さび》しそうに、ベル達を見つめていた。

「うニャ～。美味そうニャ～。この飯《めし》、食べちゃダメにゃあ？」

「ウェイターがつまみ食いすんなっ。さっさと運べって！」

アーニャ達は接客していた。

他ならない、ベル達とヘスティア達が同乗する『水船の匙《スプーン・アクア》』の上で。

「なんで酒場から逃げ出しといて給仕やってるかなー、私達」

「しょうがないニャ。シル達の夕食場所《ディナー》にもぐり込むにはこれしかなかったニャ！　ミャー達に給仕を快く譲ってくれたピーター達の男気を無駄にしてはいけないニャ！」

「しっかり暗剣《ナイフ》で脅してたじゃねーか」

厨房から出るルノアが、演技じみたクロエの涙を半眼で見やる。

慣れた動きで葡萄酒《ワイン》と料理を運ぶ彼女達の格好は、シャツとパンツの男性給仕服《ギャルソン》。

潜入の方法は、ルノアの言葉通り、お察しである。

「文句なら少年に言えニャー！　こんなクルーズディナーじゃなかったら無理矢理潜入《せんにゅう》する

必要もなかったのニャ！」

器用にルノア達にしか聞こえない声で喋りながら、クロエは訴える。

クロエ達が『水船の匙《スプーン・アクア》』に先回りすることができたのは単純明快、うおおおおと都市を駆け抜けるヘスティアとアイズを発見し、後を付けたからである。

クロエ達の生贄《いけにえ》として『豊穣の女主人』にいる筈のヘスティアが、確たる足取りで向かう場所など、可愛い眷族《ベル》のもと以外ありえないという推理からだった。

「それに、ミア母ちゃんのもとでしごかれたミャー達は一級の給仕にも劣らない女給仕《スペシャリスト》ニャ！店側も泣いて喜ぶ筈ニャ！」

「どのような理屈ですか……」

クロエのドヤ顔に、あまりにも暴論だ、とリューは嘆く。

私利私欲のために違法行為をしている自覚があるが、自分がいなければクロエ達が暴走するだろうことも事実だった。

溜息を堪えながら、窓一枚を隔《へだ》てた先、甲板席のベル達を見やる。

あちらには別のウェイター達が割り振られているので、船内ホール担当のリュー達が向かうことはできない。

「シル……ベル……」

リューは未だに判然としない感情を持てあましながら、二人を見つめた。

振る舞われる『水船の匙《スプーン・アクア》』の料理は評判通り、美味しかった。

オラリオ以外の品が多く集まる『交易所』から素材を仕入れているのか、魚介を中心にした料理の味付けは一風変わったものが多い。見たことのない青みがかかった食用油《オリーブオイル》に、匂いが独特な赤いカビのチーズ、極東原産だという山椒《サンショウ》の実。酸っぱかったり、しょっぱかったり、ほんのり痺《しび》れたりと、舌を楽しませてくれた。

世界中の珍味を迷宮都市《オラリオ》流に再構成《アレンジ》した、といったところだろうか。

シルさんも、へぇ、と頻《しき》りに感心しながら舌鼓《したつづみ》を打っている。

後でミアさんに料理の感想を報告でもするのかもしれない。

目玉であるクルージングも予想以上に素晴らしかった。

水路から眺めるオラリオの夜景は、普段メインストリートから眺めるものとは異なっていて、まるで異国に訪れたかのようだ。女神祭だから趣が違って見えるということも勿論あるんだろうけど、それを差し引いたって岸の奥、光溢《あふ》れる都《みやこ》は美しい。

きらめく水面が揺れる。

ささやかな水の音が聞こえる。

シルさんも目を細めて、眺めを楽しんでいた。

「なにか、聞きたそうな顔をしていますね？」

給仕が並べた梨とケーキのデザートを、シルさんはナイフとフォークを使って食べる。

ヘディンさんに教わった僕のような付け焼き刃の食事作法《テーブルマナー》じゃない。

見ているだけで惚れ惚れするような所作だ。

ただの街娘には、似つかわしくないほどに。

「……シルさんって、その……何者なんですか？」

何者、なんて口にするだけで違和感が拭えないけれど、僕は問うていた。

今日のデート中、心の片隅でずっと思っていた。

都市最大派閥《フレイヤ・ファミリア》から監視され、護衛されているこの人の素性は一体何なんだろうって。

ヘディンさんには詮索するなと言われたけど、一つの事柄に目を背《そむ》けながら向き合うという矛盾は、続けられそうになかった。

シルさんは、そうですねえ、と言ってナイフとフォークを置き、僕を見つめる。

「私の秘密を聞いても、何も変わらないでいてくれますか？」

「た、多分……」

「多分じゃダメで～す」

子猫のように目を細め、悪戯《いたずら》っ子のように微笑みかける。

もうすっかり、シルさんのペースだ。

デートの最初の方、握っていた主導権なんてどこにも残っていない。

頑張って苦手な甘味《デザート》を食べ終えた僕は、シルさんに苦笑しながら答えた。

「僕は、シルさんにどんな秘密があっても……今日まであったことはなくならないし、これからも変わらず過ごしていける……そう思っています」

百点満点の答えだったかはわからない。

けれどシルさんはこちらを見つめながら、顔を綻ばせてくれた。

そして彼女が唇を開こうとした時——ドンッ！　と。

「えっ⁉」

衝撃を受け、船全体が揺れた。

酷い衝撃じゃない。

精々、小型の船が横っ腹に突撃してきたような感じ。

給仕や他の客がざわつく中、僕は素早く衝撃が来た方向を振り返った。

僕達がいる甲板と真逆、船の側面にはなんと——

「——こ、氷の橋⁉」

水路の一部が細長く氷結し、それこそ橋となって船に接触している光景だった。

何が起こっているんだと動転していると、答えはすぐに『あちら』からやって来た。

「船を制圧しろぉぉぉぉぉ！」

物騒な雄叫《おたけ》びを上げる集団が──いや冒険者達が、船に乗り込んでくる！

「ま、まさか……【フレイヤ・ファミリア】⁉」

僕は卒倒しかけた。

船の上にいる僕達を見つけ、魔導士達の氷魔法で水面を凍らせて……船に直接乗り込むための『橋』を無理矢理作った⁉

「そ、そこまでするぅ⁉」


「きゃああああああああああああああああああああ⁉」

『水船の匙《スプーン・アクア》』は瞬く間に混乱に満ちた。

漆黒《しっこく》の兜《かぶと》に防具、一様の武具を纏う黒装の襲撃者達《ブラック・レイド》が大挙して押し寄せてきたからだ。

荒々しく、時には椅子やテーブルを引っくり返して進む冒険者達の姿はまさに襲撃者さながらだった。護衛対象《シル》をむざむざと奪われた冒険者達は怒りに支配され、客の顔を確かめるように突き進んでいく。

「な、なんだ、なんだ⁉　ていうかあの子達、前にボク達と剣姫《きみ》を襲った冒険者の装備と似てないか⁉」

「【フレイヤ・ファミリア】……？」

混乱の最中、ヘスティアとアイズも驚愕する。

「何が起こってるニャー⁉」

「ちょっとっ！　こういうのはミアお母さんの酒場だけにしてよ！」

アーニャ、ルノア達も混乱する。

食事と夜景を楽しむ筈の船上は、まさに『戦場の船』へと様変わりしていた。

「ちっ、間に合わなかったか」

――その光景を沿岸部から一人眺めるヘディンは、目を眇《すが》め、舌を弾いた。

指揮官の立場にある彼は、糞弟子見習い《ベル・クラネル》の願っていた通り自派閥《フレイヤ・ファミリア》の団員を裏で操《あやつ》っていた。

的確な指揮と思わせながら、捜索の手をベル達の居場所から正確に回避させていたのである。

ヘディンはよくやっていた。

船への強襲を止められなかったとはいえ、むしろその手腕は賞賛に値するものだった。

何せアレンやヘグニ、ガリバー四兄弟――暴虐無慈悲かつ我が道を行く第一級冒険者達を、この都市南西区画からことごとく遠ざけていたのだから。

『言うことを聞けだと？』『ふざけるな』『何か隠しているんじゃないだろうな』。常人ならば意識を飛ばす都市最強格の殺気と罵り、疑いの目を平然と受け流し、少年《ベル》の瞬殺を防いでいたのである。ヘディンがいなければシル達はすぐに拿捕《だほ》されていただろう。

そんな幹部陣の対応の代償は、たった一握りの末端部隊の取りこぼし。

ベル達を目視してしまった団員達の独断行動を、こうして許してしまった。

「動いたのはヴァンの部隊か……考えなしめ、フレイヤ様の顔に泥を塗る気か」

辺りの岸辺では、群衆が徐々に船の様子に気付き始めている。

この騒ぎが【フレイヤ・ファミリア】によるものだと知られたら目も当てられない。実態はどうであれ、美神の派閥が『品性』を疑われてはならないというのに。

【ファミリア】の理性を一手に担っている白妖精《ホワイト・エルフ》は、その理知的な相貌を歪《ゆが》めた。

「あの方を探せぇ！　盛った兎の手から一刻も早く奪還するのだ！」

派閥幹部《ヘディン》が悪態を放っていることも知らず、暴走するのは半小人族《ハーフ・パルゥム》のヴァンである。

ヴァンはキていた。

護衛任務《ミッション》を邪魔され、ベル・クラネルに一泡吹かせられる始末。

派閥に忠誠を誓う彼にとって、このままで終われる筈がなかった。

多少の手荒なことになっても娘《シル》を奪い返さんと、もはや躍起になっていた。

「手段は問わん、【白兎の脚《ラビット・フット》】を仕留めろ！　奴《やつ》がいればまた出し抜かれる！　必ずや駆除しろ！」

そんな彼の大声の指示に、ぴくりと反応する者が一人。

アイズだ。

眦《まなじり》を吊《つ》り上げるや否や、テーブルの下に隠していた護身用の愛剣を取って、斬りかかった。

「ぐっっ――――!?　な、なにっ、【剣姫】!?」

「ベルを仕留めるって、どういうこと？」

得物である双剣で何とか防ぐも、己の前に立ちはだかる女剣士に、ヴァンは驚倒する。

「き、貴様には関係ない！　それよりも邪魔立てするなぁ！　我々の派閥《フレイヤ・ファミリア》とことを構える気か!?」

脅しとも取れる激昂の文句に対し、アイズの返答は簡潔だった。

「そんなの知らない」

銀の剣《つるぎ》を振り鳴らし、これだけは確かな感情を発露する。

「あの子を苛《いじ》めるなら、貴方達を止める」

「ぶ……部外者が顔を突っ込むなぁぁぁぁ！」

第一級冒険者の存在に怯《ひる》むものの、憤激するヴァンと団員達は一斉に飛びかかった。

【剣姫】の参戦により、まさかの抗争もかくやといった交戦が船上で勃発する。粉砕されては斬り刻まれるテーブル、椅子の破片が弾幕のように飛び交い、乗員や客の悲鳴に収拾がつかなくなる。打ち鳴らされるのは楽器の音色ではなく、激しい武器と武器の打突音だ。

「お、おーいっ、ヴァレン何某《なにがし》くーんっ!?　本当にどうなってるんだー!?」

テーブルの下に避難し、一歩も動けないヘスティアの絶叫は、塗り潰されるのみだった。

「ホ、ホールで戦ってるのって、アイズさん⁉ なにっ、何が起こってるの⁉」

その船内の光景を甲板から認めるベルも絶賛混乱中であった。

すわ二大派閥の戦いに巻き込まれたのかと冷や汗を流すものの、

「あっちにベル・クラネルがいたぞぉ！」

「甲板へ向かえぇぇーー‼」

「ですよねー⁉」

こちらへ向かってくる黒装の襲撃者達《ブラック・レイド》を認め、悲鳴を上げた。

船の現在地は小さな湖にも匹敵《ひってき》する水路のド真ん中だ。誰も来られなかった筈の船の上は、今や逃げ場のない水上の孤島と化している。【フレイヤ・ファミリア】が架けた氷の橋を渡ろうとしても、未だに押し寄せる敵に踏み潰されて終わりだろう。

絶体絶命の四文字が過るベルはシルを背で庇《かば》いながら、ひぃぃぃぃぃ、と青ざめた。

しかしそこで、それまで傍観《ぼうかん》していたシルが、すぅと息を吸い込む。

「リューー！ みんなー！ ごめんっ、助けてーー！」

大きな声で、そう叫んだ。

「ニャー⁉ シルが呼んだニャ！」

「しっかりバレてんじゃんかっ、もー！」

名前を呼ばれたアーニャやルノアが飛び出し、冒険者達を足止めする。

ベルが驚きをあらわにする中、クロエ、リューも戦闘を開始した。

「全くもって状況ワケワカメだけど、とにかくシルを襲うのなら敵ニャ！」

「同感だ。シル達をつけてはいたが、決してこのような荒事など望んでいない！」

暗剣が閃《ひらめ》き、二刀の小太刀が疾走する。

甲板へ回り込もうとしていた襲撃者達はみな、給仕服に身を包んだリュー達に迎撃された。

「リューさん達まで……本当に、何がどうなって……⁉」

愕然とするベルを置いて、三つ巴《どもえ》の戦闘は拮抗《きっこう》状態を生み出した。

少なくとも【フレイヤ・ファミリア】、剣姫《アイズ》、『豊穣の女主人』の店員、ともに目の前の敵との交戦に精一杯となる。

「ベルさん、行きましょう」

「シ、シルさん？　どこへ行くつもりですか⁉　逃げ場なんてどこにも……！」

その中で、シルは可憐な靴《パンプス》を鳴らして駆けた。

夜の風を切る薄鈍色の髪をベルは必死に追う。なんでただの街娘が怯えもしないで戦場を横切る度胸があるんだ！　と胸の中で叫びながら。

少女と少年の動きに誰も気付かない。誰も気付く余裕がない。

辿り着くのは甲板の先。

船首部分。

後から追いかけてくるベルを待たず、シルは——「よいしょ」と。

なんと、落下防止用の柵を越える。

スカートを押さえながら跨いでしまった彼女に、ベルはあらん限りに目を見開いた。

「シ、シルさんっ⁉　まさかっ──⁉」

そのまさかだと。

こちらを振り返ったシルは、にっこりと笑った。

「あとはお願いしますね、ベルさん♪」

血相を変えて駆け出すベルを他所に、シルは体を後ろに倒した。

少女の姿が傾く。

背中から、足場などない宙へ引き込まれていく。

「きゃーっ」

そして、場違いな可愛らしい悲鳴とともに笑顔を絶やさない少女の体は——遥か下の水面へ

と落下した。

「う、嘘でしょおお⁉」

ためらうことなく、ベルも手すりを飛び越え、宙に身を投げた。

一歩、二歩、船の外壁を蹴《け》りつけて加速し、手を伸ばして、少女の体を捕まえる。
空中で覆いかぶさるように、頭と腰を抱き寄せ、胸の中に閉じ込めた。
ほどなくして、バシャァン！　と。
誰にも気付かれることのないまま、派手な水飛沫《みずしぶき》が上がるのだった。

Monologue IV

水の音。

水の感触。

ぼやけた月が視界の奥に揺らめく、水の世界。

数えきれない泡沫《ほうまつ》が生まれては消えていく中、隙間《すきま》がなくなるほど、彼に抱き締められる。

腰に回された、細くて、けれどたくましい腕。

頭の後ろを包む、小さくて、けれど優しい手の平。

ほう、という僅《わず》かな吐息がまた新たな泡沫へと生まれ変わり、そこに込められた狂おしい慕情《おもい》を水面へと連れて行く。

冷たい水に包まれている筈《はず》なのに、その胸の中は何よりも、温かかった。

胸が疼《うず》く。

瞳《ひとみ》がとろけそうになる。

溢《あふ》れ出る切ない感情が止められない。

気付けば、その両の腕は彼の背中に回っていた。

まるで私を安心させるように、彼も、体をかき抱いてくれる。

水の世界で、二人きり。
ゆっくりと沈んでいきながら、それでも互いの体だけは離さない。

嗚呼《ああ》。
溶ける。
意識が溶ける。
泡沫《うたかた》の夢のように、全てが溶けて消え、私が押し流されていく。
そして。
最後に残るのは、彼の胸の温もり。
それだけが、私の心を支配して、幸福にしてしまった。

五章『　　　　』の証明

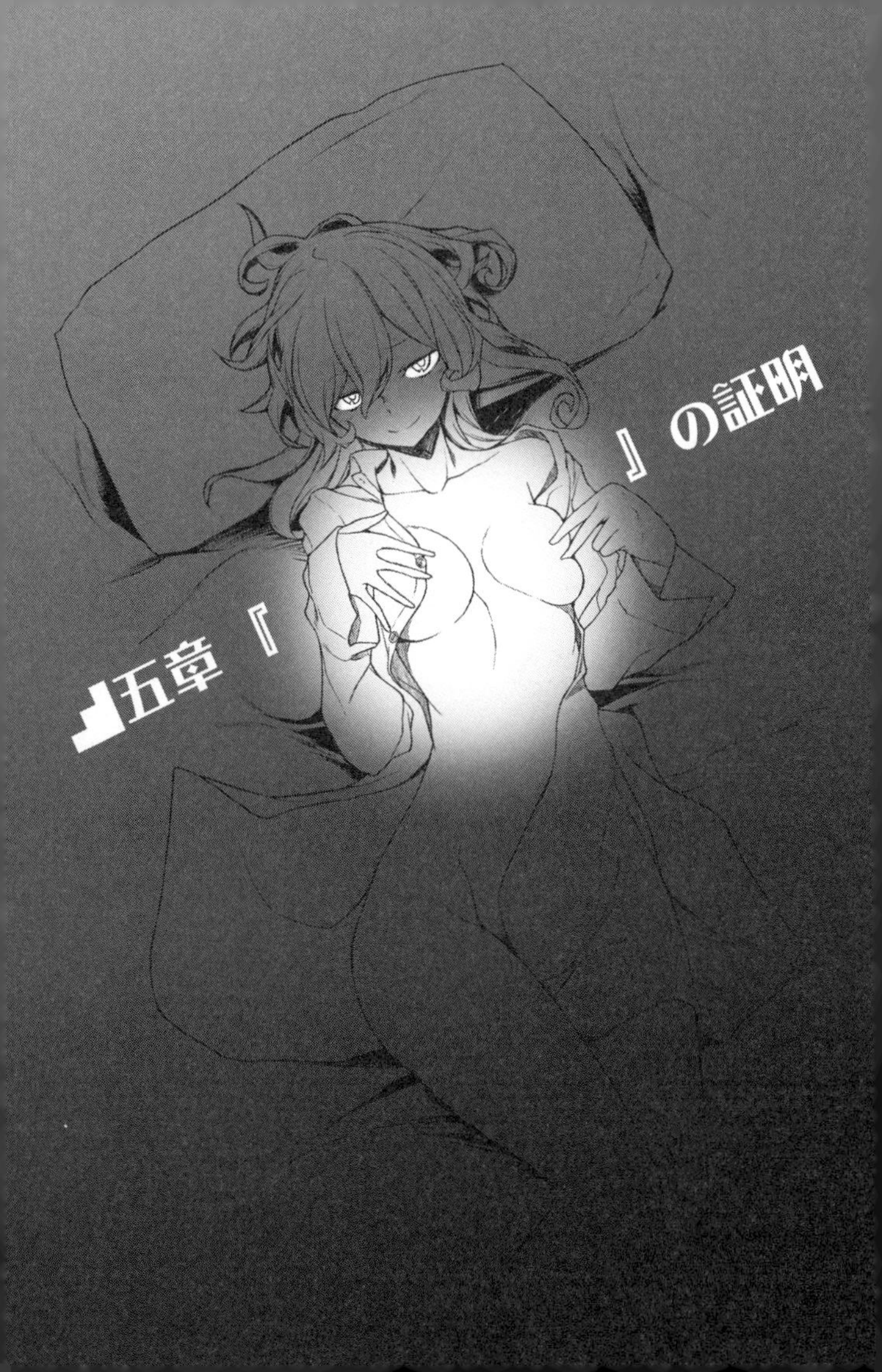

水面が揺れている。

遥《はる》か遠くに浮かぶ船から断続的な衝撃が伝わったかのように、岸部に波が寄せては返していく。音はせず、さざ波より小さかった。

――そんな水面を、勢いよく破る。

「ぷはぁ！」

空気を目いっぱい吸い込みながら、僕は岸辺に手をかけた。

溶けた鉛のように纏《まと》わりつく服を重苦しく感じながら、もう一方の腕で抱いた彼女を、思いきり引き上げる。

「こほっ、こほっ！」

「大丈夫ですかっ、シルさん……！」

二人して上半身だけ出した格好で、石で舗装された岸に捕まる。

小さく咳き込む背《せ》中を摩《さす》りつつ、僕は先に水面から上がった。

仰天したし、体力も使ったけど悲しいかな、こういうのはダンジョン探索の日々で慣れてしまっている。前回の『遠征』でも『水の迷都《みやこ》』に行ったばかりだ。靴の中まで水浸しになった感触に顔をしかめながら、手を伸ばしてシルさんの体を素早く岸に引き上げた。

側で膝《ひざ》をつき、へたり込むように足を崩す彼女の背中を支えながら、振り返る。

視界の奥に浮かんでいるのは、『水船の匙《スプーン・アクア》』。

魔石灯の光でライトアップされている巨大な船体は、戦闘がまだ終わっていないことを物語るように、今もずんっずんっと揺れている。距離がかなり離れているにもかかわらず、窓が割れるような音が聞こえた。伴って、誰かが吹き飛んだような悲鳴も。

何であそこに居合わせたのかは知らないけど……アイズさんやリューさん達に、後で謝らないと。

申し訳なさと感謝を交ぜた微妙な感情を胸に抱きつつ、追手が来ないことに安堵《あんど》する。

僕達がいるのは、【フレイヤ・ファミリア】の架けた氷の橋とは真逆側。

ちょうど都市西門の方角に背を向けている形だった。

人気《ひとけ》がない岸部は静寂に包まれており、街灯の光も届かない。

これなら船から脱出したことに誰にも気付かれることはなさそうだ。

甲板《かんぱん》から飛び降りて、水底まで沈んで、泳いで……シルさんを抱えながら、よくもまぁ辿《たど》り着けたものだと我がことながら思ってしまう。

「……、……っ」

「シルさん……？」

と、胸の中で肩を小刻《きざ》みに揺らすシルさんに気付く。

まさか泣いているのか。

うつむいている彼女に僕が慌《あわ》てると――

「――あははははははっ！」

堪《こら》えきれないように、笑い声を上げた。

僕は思わず目を白黒させてしまう。

体を揺するシルさんの発作はおさまらない。

片手で口を押さえ、お腹《なか》を押さえながら、今までだって聞いたことのないような無邪気な声を響かせる。

「初めて！」

「へっ？」

「こんなことしたのは、初めてです！」

顔を上げ、間近で僕を見つめながら、シルさんは笑みを弾《はじ》けさせる。

その頬《ほお》は興奮で彩《いろど》られ、薄鈍色《うすにびいろ》の瞳《ひとみ》は星のように輝いていた。

そんなシルさんの姿に、僕はがっくり項垂《うなだ》れそうになる。

そりゃあ、そうでしょう……。

普通の人は間違いなく、船から飛び降りて、追手から逃れたりなんかしない。

こちらを信頼してくれてのことなんだろうけど、やっぱり無茶苦茶だ。

どっと力が抜けてしまった僕は、シルさんに何か言おうと思ったけれど……今も子供のように笑う彼女に釣られるように、苦笑を浮かべていた。

「……立てますか？」

「はいっ」

手を差し出しながら、一緒に立ち上がる。

相変わらず服はぐしょぐしょで、脱いで絞りたい衝動に襲われる。

足もとには今にも水溜《みずたま》りができそうだ。

着ていた上着《ジャケット》は水中で脱いでしまった。流石《さすが》にあれを着たままシルさんを抱えて泳ぐのは、上級冒険者といえど不自由極まりない。そういえば魔道具《マジックアイテム》を入れた鞄《トランク》も船に忘れたままだ。

誰かが回収してくれたら助かるんだけど。

「――っ」

体にくっつく胴着《ベスト》を気持ち悪く感じながら、睫毛《まつげ》の辺りまでかかった前髪を除《よ》けていた時、気が付かなければ良かったのに、気付いてしまった。

目の前に立つシルさんの姿に。

当然のように、身に纏っているドレスはびしょ濡《ぬ》れだった。

限界まで水を吸った薄い布地は魅惑的な肢体《したい》に貼《は》りついている。

腿《もも》の線や、腰のくびれ、臍《へそ》の形、形のいい胸を覆う薄桃色の下着までくっきりと。

彼女も水の中で短上着《ボレロ》を失ったのか、華奢《きゃしゃ》な肩の輪郭が透けて見えた。細いうなじに伝う雫が背筋の奥へと消えていく。

絶句して、赤面してしまう。

水が滴《したた》るシルさんの体は清純で、だけど妙に艶《なま》めかしかった。

匂《にお》い立つばかりの美しさとは、こういうことを言うのだろうか。

僕は慌てて顔を背《そむ》けた。

そんなこちらの動揺に気付かず、シルさんは自分の髪に触れて、二人で買った髪飾りがあることに安堵の息をついていた。

そのまま水浸しになった可憐な靴《パンプス》を脱ぎ、内側の踵《かかと》部分に中指と人差し指を引っかける。

そして、

「ベルさん、行きましょう！」

「えっ？」

「ここから離れるんです！　誰にも見つからない場所へ！」

未《いま》だ自由の時間を楽しむように、そんなことを言った。

「せっかく逃げ出したのに、このままじゃまた追いかけられちゃいます！」

色々言いたいことはあったけれど、その意見は概《おおむ》ね正しい。

きっと追手は船に乗り込んできた冒険者達だけじゃない。『水船の匙《スプーン・アクア》』の方も僕達がいなくなったことに気付いたのか、何だか慌ただしくなった気がする。

……ああもう、こうなったら行くしかない！

くるりと背を向けて、斜面を描く堤防の階段を踊るように上っていく彼女を追いかける。

僕達は闇《やみ》に紛《まぎ》れるように、その場を離れた。


石畳の道を、二人で走る。

人の気配がない場所を選んで、求めて、宛てもなく。

人気《ひとけ》がないのならば、自然と街灯は姿を消していく。

僕達を照らすのは、いつの間にか星と月の輝きのみとなっていた。

細いふくらはぎがぺたぺたと音を鳴らし、子供のように先へ先へと駆けていく。

裸足《はだし》で走ったら怪我《けが》しちゃいますよ、と後ろから叫べば。

その時は貴方におぶってもらいます、なんて喜ぶ声が返ってくる。

両腕を広げ、走りながらくるくると回り、追いかける僕を見つけ、幸せそうに破顔して。

熱に浮かされるように、上がる息さえ愛おしそうに、彼女は思うがまま振る舞う。

誰も見咎《みとが》めない。誰にも邪魔されない。

星々が彼女の自由を祝福している。

月明かりを浴びる姿は可憐《かれん》で、精霊みたいだった。

あるいは、生まれたばかりの、いたいけな女神のようだった。

僕は誘《いざな》われるように、彼女を追いかけ続けた。

蒼《あお》い月夜の世界を、二人だけで駆けていく。

やがて。

「ここは……」

夢から目を覚ますように、僕達はその景色の前で、足を止めた。

それは巨大な石橋だった。

長さは六〇M《メドル》を優に超え、幅も一〇M《メドル》はある。橋を支えるいくつものアーチの下では水流が、かすかな音を立てて流れている。

無数の切石で造られた橋は、古めかしいだけで何の変哲もない架け橋に見えるだろう。

橋の上に並ぶ、三十一体もの彫刻さえなければ。

それらは全て『英雄の彫像』だ。

「『英雄橋《えいゆうばし》』……」

僕達《たち》冒険者は、いやオラリオの住人は、畏敬を込めてそう呼ぶ。

『古代』の時代に己《おのれ》の命を賭《と》し、『大穴《ダンジョン》』を塞《ふさ》がんと戦い続けた者達の系譜。

この橋に並ぶ彫像は真実、人類の砦《とりで》の礎《いしずえ》となった偉大なる英雄の御姿《みすがた》である。

『冒険者墓地』のような漆黒《しっこく》の記念碑《モニュメント》の代わりに彫像が設置されている『英雄橋』は、神時代《しんじだい》が始まる前より造られていたとされる。モンスターの襲撃、自然災害、人と人との抗争、幾度となく破壊されておきながら必ず誰かがこの橋と彫像を直し、今日《こんにち》まで受け継がれてきた。

『我等の誇りを失わせはしない』と、そう言わんがために。

僕とシルさんは石造りの橋塔をくぐり、『英雄橋』に足を踏み入れる。

魔石街灯が取り付けられていない橋の上は、しかし月明りによってはっきりと英雄達の顔が見て取れた。彫像は左右の欄干《らんかん》に等間隔で立っている。

このオラリオで活躍した英雄の中でも、最も華々しい偉烈を為《な》しえた三十一体。

順番は没年関係なく、ばらばらに並べられており、その中には騎士フルランドの姿もある。狼帝《ろうてい》の末裔《まつえい》サルオン、アマゾネスの女帝イヴェルダ、不死卿《ふしきょう》ガルザーネフ、覇《は》の槍《やり》シドゥ、精霊王朝スフィア、穢《けが》れ知らぬ妖精王《ハイエルフ》の聖女セルディア……。

多くの英雄の像の側には、偉業に助力したとされる大精霊が寄り添っていた。

「『英雄橋』……久々に来ました。ベルさんは来たことはありますか？」

「はい、何度か……でも、僕が来た時は人が沢山いて……」

「そうですね。私も、こんな静かな『英雄橋』は初めて……」

橋の位置は繁華街、そして交易所の反対側。

祭りで賑《にぎ》わうメインストリートからは縁遠く、宴《うたげ》の喧騒《けんそう》もまた遠い。

橋から望む対岸、街は無数の灯《あか》りによって、別世界のようにきらびやかに光り輝いていた。

静寂に沈む英雄達の橋に二人きり。

僕達は会話をするわけでもなく、像を見上げては先へと進んでいき──そこに辿り着いた。

「……」

橋の中央。

そこにたたずむ一人の英雄の前で、足を止める。

一振りの長剣。軽装の防具。長い襟巻《えりまき》。

精霊は、いない。

僕は、長い英雄史の中でも『最強の英雄』と謳《うた》われる彼の顔を見上げ、その名を呟《つぶや》いた。

「大英雄アルバート……」

六日前、アイズさんとの繋《つな》がりを求めて調べていた英雄の御姿《みすがた》を、まじまじと見つめる。

──大英雄アルバートの偉業は『古代』の終焉《しゅうえん》と同義だ。

彼の生と死は神時代《しんじだい》との表裏。

『迷宮神聖譚《ダンジョン・オラトリア》』の最終章に綴《つづ》られる、不滅の伝説である。

彼が為《な》しえた偉業とは──『黒竜』の撃退。

『大穴』より生まれ出《い》でた漆黒の厄災によって、あらゆるものが、あらゆる人が、この地にあった全てが崩壊する中、大英雄《アルバート》はたった一人で戦い、これを打ち払ったのだ。

己の命と引き換えにして。

英雄の剣《つるぎ》によって片目を奪われた竜の王――『隻眼の竜』は、世界に轟《とどろ》くほどの絶叫を上げて遥か北の大地に飛び去ったという。

彼の偉業を讃《たた》えてか、あるいは生ける終末の存在を危ぶんでか。

『黒竜』が去ってしばらく経《た》った後《のち》、最初の神様達が下界に降臨を果たし、今に続く『神時代《しんじだい》』は幕を開けた。

つまり、大英雄《アルバート》は古《いにしえ》の時代を終わらせ、下界の運命を新たな時代に繋げたのだ。

故《ゆえ》に、誰もが認める『最強の英雄』。

(……やっぱり、ここにもない)

アルバートの名が記される像の台座には、もう一つの名前――『傭兵王《ヴァルトシュテイン》』の名は残されていない。

貴方は一体誰なのか。貴方は彼女《アイズさん》の何なのか。

いくら問いかけても答えはない彫像を見上げていると、シルさんが口を開いた。

「大英雄様が気になるんですか？」

「あ、はい……ちょっと調べていることがあって……」

尋ねられ、咄嗟《とっさ》に上手《うま》く答えられない。

そんな僕をじっと見つめ、シルさんは言葉を続けた。

「ベルさん、知っていますか？　どうしてこの『英雄橋《えいゆうばし》』で、アルバート様の正面に、彫像が置かれていないのか」

「えっ？」

シルさんの視線を追いかけ、気付く。

左右の欄干に等間隔に立っている筈《はず》の彫像の中で、橋の中央、つまりアルバートの正面だけ英雄の姿はない。ぽっかりと空白になっている。

まるで彼と向き合うだけの資格を有する者は、未だいないと言うかのように。

「世界は、英雄を欲している」

その時、僕の耳を震わせた言葉は。

まるでシルさんじゃない、他《ほか》の誰かの声のように聞こえてしまった。

「アルバート様が守ったオラリオを……この下界そのものを、今度こそ救う『最後《さいご》の英雄《えいゆう》』を」

「最後の、英雄……？」

「古《いにしえ》の竜を打ち倒した『最後の英雄』が、空白の座に収まる時……ようやく、この『英雄橋』は完成するんだそうです」

その言葉を、その意味を、大英雄の前で理解する。

『古代』を終わらせ、『神時代《しんじだい》』に繋いだ大英雄と対をなすように。

彼が遺した『願い』を受け継ぐように。

世界を守った『最強の英雄』の前に立てるのは、世界を救う『最後の英雄《ラスト・ヒーロー》』に他ならない。

それは恐らく、きっと、一番最初の、始まりの英雄から続いてきた連綿たる『願望』であり、『悲願』でもある。

真の平和を。

生ける終末を乗り越えた、光に満ちた未来を。

「英雄達が散った『始まりの地』……英雄が生まれる、『約束の地』」

唇から落ちた呟きが、風の中に消える。

『挽歌祭《エレジア》』の時にも抱いた言葉を、想いを、僕は再び反芻《はんすう》した。

「ベルさんは、英雄はいると思いますか?」

しばらく像を見つめていた時だった。

意識を英雄達のもとへ馳《は》せていた僕は、シルさんの問いかけにはっとして、振り返る。

「ここに来ると、いつも不思議な気持ちになるんです」

「……?」

「英雄はいるのかなって。何でも助けてくれる、何でも救ってくれる……私の『願い』も叶《かな》えてくれる唯一は、いるのかなって」

素足で歩みながら、僕の視界を横切っていく。

シルさんはこちらに振り返った。

「私は『オーズ』に会いたいんです。かけがえのない私の英雄《えいゆう》に」

「オーズ……？」

「はい……私だけの、英雄《オーズ》」

聞き慣れない言葉に僕が呟くと、シルさんは笑った。

決して、そんなことはないのに。

その笑みは、どこか寂《さび》しそうに見えた。

「出会えたらいいなぁって……ずっと、そう思っています」

視線が絡《から》まる。

薄鈍色の眼が僕を見つめる。

その眼差《まなざ》しに、息が詰まった。

今もこちらを見つめるその瞳が、何かを訴えているようで、酷《ひど》く動揺した。

その何かに気付きたくなくて、必死に気付かない振りをしようと、心臓が盛んに喚《わめ》く。

足は動かない。前にも後ろにも進めない。

二人の時計の針だけが進まず、まるで止まっているかのようだった。

そして、僕の唇が何かを言おうとした、その時。

風が吹いた。

くしゅん、と可愛《かわい》らしいくしゃみの声が響く。

「だ……大丈夫ですか⁉」

「はい……体、冷えちゃったみたいですね」

「ずぶ濡れなんだから当たり前ですよ！」

あっさり言うシルさんに思わず叫びながら、側まで駆け寄る。

同じくずぶ濡れの僕に貸せる服なんてない。二の腕を擦《さす》る彼女に、早くどこか着替えられる場所へ行こうと提案しようとすると、

「ベルさん……あっちの方、騒がしくなってませんか？」

「えっ⁉」

指差す方向に弾かれるように振り向いて、昇華《ランクアップ》によって強化された耳を澄ますと、確かに聞こえてきた。

――シル様を探せ！

――まだこの辺りにいる筈だ！

そんなような、聞き間違いようのない追手の声が！

「うっ……⁉　に、逃げましょう、シルさん！」

「はいっ！」

『英雄橋』に来て、悠長にし過ぎた。

このままだと見つかる。暢気《のんき》に構えているわけにはいかない。

僕はシルさんの手を引いて、来た方角とは逆側の橋塔へ走り出す。

「でも、一体どこに行けば……！」

服を着替えられて、【フレイヤ・ファミリア】の追手もやり過ごせる場所？

そんなところ、本当に辺りにあるのだろうか？

「ベルさん、私に任せてください！」

そんな懊悩《おうのう》を感じ取ったのか。

僕が振り返ると、シルさんは頼もしい笑みを浮かべた。

「私に考えがあります！」

「本当ですか!?」

「ええ！」

僕はシルさんを信頼して、「お願いします！」と道案内を頼んだ。

——後になって思い返してみれば。

シルさんが浮かべたそれは、小悪魔の笑みに違いなかった。

路地裏を進み、シルさんに案内されたのは、雑多な宿だった。

シルさんが取ったのは、一人部屋だった。

「え?」

「え?」

その部屋に、寝台（ベッド）は一つのみしか存在しなかった。

「ゑゑゑ⁉」

堪（たま）らず絶叫を上げる僕に「しーっ、ベルさんっ」とシルさんは指を立てて口を塞いでくる。

いやいやいや「しーっ」じゃないですよ「しーっ」じゃあ⁉

追手の存在に、意識を割き過ぎていた僕が間抜けなのか。

あるいは『いやまさか』『そんなことあるわけないない』『ない、よね……?』とシルさんを信じるのみで口を挟めなかった優柔不断を呪（のろ）うべきなのか。

よりにもよって『宿屋』に二人きり——

「だって、しょうがないじゃないですか。あのまま逃げていたら捕まっちゃいますし、このままじゃあ風邪（かぜ）を引いちゃいます」

「だ、だからって……⁉」

「我ながらいい考えだと思ったんですけど。こんな宿に、私達が入るとは思わないでしょうから」

けろりとのたまうシルさんに、目をひん剝《む》く僕。

シルさんが案内したのは『交易所』外縁部に存在する商人宿だった。

その名の通り、本来ならば行商人が利用する宿だ。

普通に考えれば冒険者と街娘はまず利用しない。

全身ずぶ濡れの男と女。一目見て訳アリとわかるけれど、ドワーフの主人はあっさり貸してくれた。どうやら迷宮都市では『訳あり』なんて数えてたらキリがないらしい。

部屋は木張りだった。簡素な作りで、机の上の魔石灯を始め調度品も少ないけれど、商人が利用することも見越してか、狭いながら専用のシャワー室が存在する。そして、壁際に鎮座するのは一つしかない寝台《ベッド》。

やけに存在感を放つそれに、動揺が止められない。

他に選択肢はなかったのかと、とにかく挙動不審になっていると、シルさんが窓を指差す。

カーテンの隙間《すきま》から見えたのは黒い装備を纏った【フレイヤ・ファミリア】の団員達。素早く駆けながら「探せ！」『この辺りにいる筈だ！』と叫び合っている。

ひえっ、と悲鳴を呑《の》み込み、口を塞いで窓辺から後退《あとずさ》りする。

状況を受け入れるしかなくなった僕は立ちつくした。

しばらく奇妙な時間が流れていると、すぐ側に立っていたシルさんが、口を開いた。

「それで、どうします？」

「どうします、って……」
シルさんが顔だけを向けて、肩越しに見つめてくる。
僕達の正面には、寝台《ベッド》があった。
二人で寝るには狭い、けれど決して入れなくはない簡素な寝台《ベッド》が。
呆然《ぼうぜん》と寝台《ベッド》を眺めて、シルさんのもとに視線を戻して。
小振りで、瑞々《みずみず》しい彼女の唇は、薄く開いていた。
全然そんなことないのに、何故《なぜ》か、酷く、扇情的に見えてしまった。
不意に滴《しずく》が垂れた。
濡れた薄鈍色の髪から、彼女のドレスに。
引き寄せられるように視線を下げれば、今も透けて見える下着がある。
僕はバカみたいに真《ま》っ赤《か》になった。
「──さっ、先にっシャワーを浴びてください‼」
気付けば背中を向けて叫んでいた。動揺を剝き出しにした声で。
僕は後でいいですから、先に温まってください、そんな言葉は口ごもって続かない。
一拍を置いて、
「わかりました」
と返事があって、僕の背後から気配が遠ざかる。

シャワー室の扉が開き、閉まる音がした。

「…………」

緊張していた肩から、少しだけ力が抜ける。

しかし聞こえてしまった生々しい衣擦《きぬず》れの音と——間もなく響き始めた水滴《シャワー》が弾ける音に、再び緊張を纏い直す。

僕は真っ赤になることとさえ忘れ、思考を真っ白にさせた。

「…………き、着替えっ。着替えを、用意しなきゃ…………」

全く働かない頭の中で、それだけは思い至る。

僕達は当然、予備の服なんて持ち合わせていない。お湯で温めたところで着替えがなければどうしようもない。生まれたままの姿で毛布に包《くる》まるつもりだったのか。

馬鹿《ばか》な考えを蹴《け》り飛ばして、慌てて駆け出す。部屋を出る際、鍵《かぎ》を閉めるのを忘れない。商人宿ということで錠があるのは助かった。頭の片隅で唯一残された冷静な部分が安堵する。他の誰かがもし今、部屋に侵入したら僕はベル・クラネルを一生許さないだろう。

音も立てず一階のカウンターに下りた。呼び鈴を鳴らす間も意識は自分達の部屋に。誰かが僕達の部屋に近付こうものなら二秒で駆けつけられる算段をつけておく。第二級冒険者なら《ぼ》できる。僕は音速の兎《けもの》になれる。やがて出てきた主人に着替えを貸してもらえないかと交渉し、億劫《おっくう》そうな表情を浮かべられる前にポケットから有り金全部を長台《カウンター》に叩《たた》きつけた。ドワーフの主人はそれだけで、何も言わず奥から二人分の着替えを出してくれた。

麻の衣服を持って、部屋に舞い戻る。

解錠し、閉め直したドアのすぐ横。

薄い壁を隔《へだ》てた先で、まだ、シャワーの音は響いていた。

「…………………………」

着替えを寝台《ベッド》の上へ雑に放り、濡れるのも構わず、椅子《いす》に腰を投げた。

体はすっかり力つきたかのようだった。

三分にも満たない出来事なのに、今日一番の疲労を感じる。

シャワー室に背を向けた格好で、自然と椅子の上で前かがみになる僕は、両手を組み、床を見つめた。いや、床を見つめることしかできなかった。

そろそろ、今の状況と向き合わなければならない。

「ここで、シルさんと、一夜を明かす……？」

途端、首から上にぐんっと血流が集まった。

いやそんな必要なくない？　シルさんが出てきたあと着替えを渡して「じゃあ僕はこれでー」って言って一人で出ていけば良くない？　と思ったけどそんなことしたら何故か確実に疑いようもなく師匠《マスター》に焼殺されることを悟ってしまった。だって師匠《マスター》は超冷酷妖精《マスター》だから。そもそも女神祭《めがみさい》のデートっていつまで有効なの？　シルさんを勝手に放り出していいの？　あの人の見たことのなかった嬉《うれ》しそうな笑顔を踏みにじっていいの？　それに今更だけど【フレイヤ・ファミリア】の護衛対象を連れ回す真似《まね》して僕と【ヘスティア・ファミリア】に明日はあるの？　もはやどこに逃げても意味ないんじゃあ――。

『だって、今日は豊穣《ほうじょう》のお祭りでしょ？　一年の中でも、たくさんの人が子供を授《さず》かる日だってマリアお母さんが言ってたよ！』

不意に脳裏に過《よぎ》ってしまったのは、子供《フィナ》の無邪気な声。

やめて。変なこと言わないで。変な意識させないで。変な伏線を張らないでっっっ。

益体《やくたい》のない思考がぐるぐる回る。そんな時じゃないっていうのに考えがまとまらない。

混乱の一途を辿る僕は、もはや人生の先人に意見を仰ぐしかなかった。

心の中にいる師匠《マスター》――そして育ての親の祖父に助言を請う。

いったい、僕はどうすればいいんですか⁉

『宿に連れ込まれたなら大人しく流れに身を任せろ。いや――大人しく食われろ』

なんで言い直したんですかぁ⁉

『ベルよぉぉ、大人の階段をダッシュダーッシュダッシュ！　燃えろ駆け上がれぇぇぇぇ！』

やめてぇお祖父《じい》ちゃんっ！

ダメだった。参考にすらなりはしなかった。

本人が絶対に言いそうな返答に両手で頭を抱えまくる。

と、とにかく！　僕が変に意識しちゃダメだ！

春姫《ハルヒメ》さんの一件以来、そーいうことに鈍感のままじゃいられなかったからって、思考を暴走させてはいけない！　そもそもシルさんに他意がある筈なんてない！

僕は初心に戻るため、極東で言う『念仏《ネンブツ》』のように迷宮《ダンジョン》のモンスターの名を読み上げる。

(ゴブリン、コボルト、ジャック・バード、ウォーシャドウ、ダンジョン・リザード、キラーアント、ニードル・ラビット、オーク、インプ、ミノタウロス、ミノタウロス、ミノタウロスミノタウロスミノタウロスミノタウロスミノタウロスミノタウロスミノタウロスミノタウロス――!!)

直後、シャワーの音が止まった。

「ぎえっ⁉」

変な奇声を上げて体を跳ねさせる。

中途半端《はんぱ》な姿勢のまま腰を浮かせ、振り返ると……ギィ、と。

シャワー室の扉が、ほんの僅《わず》かに、開いた。

「ベルさん……着替えってありますか？」

はっとして、寝台《ベッド》の上の服をひっつかみ、走って、ドアの隙間から伸ばされる水滴《すいてき》まみれの手に渡す。

そして手渡す瞬間、扉の奥に薄鈍色の瞳が見えた。

鎖骨と、ほんのりと上気した卵のような肌も。

僕は無言で後ずさった。そのまま背を向ける。顔の色は、もはや言うまでもない。

その場から動けずにいると、しばらく経った後、彼女が出てくる。

「ベルさん、空きましたよ」

「…………は、入ります」

視線を床に縫い付けたまま、目を合わせることもできず、彼女のすぐ側を通ってシャワー室に入る。やはり簡素な石造りの室内には、水が飛び散った跡と、使ったばかりの布《タオル》が綺麗《きれい》に折りたたまれていた。彼女が脱いだ服は、どこにもない。

濡れそぼった衣服を床に脱ぎ散らす。

温水器の魔石製品と直結する弁《バルブ》をひねって、シャワーを全開にする。

水を頭から被《かぶ》る。

「…………別に、変なことをしようとしてるわけじゃない」

飛び散る水滴の中に呟きを落とす。そうやって、自分に言い聞かせる。

お湯ではなく、ひたすら冷水を浴び続け、心を落ち着けることができた。

なんだか嵌《は》められたような気もして、取り乱してしまったけれど、これは別に何でもない。

やむなき非常手段。無断外泊になってしまうけれど、明日神様達に死ぬほど謝ろう。

寝台《ベッド》をシルさんに譲って、僕は床で寝ればいい。

深層《ダンジョン》の37階層に比べれば冷たい床だって楽園だ。

──そう思っていたのに。

「…………」

体を拭《ふ》いて、服を着て、扉を開けると。

寝台《ベッド》の端に腰かけていたシルさんが、顔を上げる。

彼女は、下に何も履いていなかった。

前をボタンで留めた、ぶかぶかな麻のシャツ一枚。

柔らかそうな腿《もも》が、ほっそりとした脚が、麻のシャツの裾《すそ》から伸びている。

当然のように、下着は何も身に着けていないのだろう。

くらり、と僕は卒倒しそうになった。

「……服、どうしたんですか？」

「脚衣《ズボン》、履けませんでした。ぶかぶかで、落ちちゃって」

嘘《うそ》だ、と思おうとして、気付く。

慌てるあまり、僕が手渡したのは男性用の着替えだったのだと。今、自分が着ているものこそが女性用だ。女性物の大きさ《サイズ》でも着れてしまう貧相な体を恨み、己の失態を死ぬほど呪う。

シルさんは、髪を下ろしていた。

普段は後ろでまとめている薄鈍色の髪を、何も結わえず、背に流して。

思っていた以上に長い髪に驚き、見惚《みほ》れ、胸が暴れる。

その姿は別人のようで、あるいはそれはありのままのシルさんで、酷く息苦しくなった。

「……シルさん。僕は床で寝るので、シルさんが寝台《ベッド》を……」

「駄目です。一緒に寝ましょう？」

「……無理ですよ」

「どうして？」

「……無理だからです」

「どうしても？」

「……僕が、神様に怒られちゃいます」

「でも、私だけ寝台《ベッド》で寝たら、罪悪感で死んでしまうかもしれません」

「……嘘ばっかり」

自分でも何の会話をしているのかわからない。

僕は立ちつくし、シルさんは寝台《ベッド》に座って。

中途半端な距離を残して、見下ろし、見上げ、視線を絡める。

「座りませんか？」

動けず、立ったままでいる僕を気遣う声。

椅子を一瞥《いちべつ》する。濡れたドレスが干すようにかけられていた。使用できない。

薄鈍色の眼差しに屈し、彼女の隣に座る。

ただし、不自然なまでに距離を明けて。

「なにも、してくれないんですか？」

心臓が、弾けた気がした。

「……シ、シルさんが何を言っているのか、わかりません」

馬鹿な子供の振りをして、声を震わせる。

部屋に一度、静寂が訪れた。

窓の外ではまだ女神祭は続いていて、人々の笑い声が、楽器の音色が、花火の音が、うっすらと聞こえる。遠い場所にある喧騒が今、無性に恋しい。

今、この時、彼女を女性と意識してしまうのが怖かった。

それは、自分を違《たが》えることと同義のような気がした。

誰かを想う資格が一生なくなると、そう思った。

「……シルさん、どうして……」

そこまで口にして、散々ためらった後、言い直した。

「……どうして、デートしようなんて言い出したんですか？」

聞いてはいけないことを、聞いた。

逢瀬《おうせ》の理由なんて、他にある筈がないのに。

それでも僕は縋《すが》るように他の理由を探そうとしている。

最低な行為だ。そう心が罵倒する前に。

シルさんは、答えた。

「好きを、伝えたかったから」

「えっ？」

「私が貴方をどれだけ好きか、知らせたかった」

ううん、と小さく頭《かぶり》を振る気配の後に、彼女は囁《ささや》いた。

「証明したかった」

えっ？　と僕が聞き返す前に。

ギシッ、と寝台《ベッド》が鳴った。

はっとして顔を上げると、シルさんが目の前に迫っていて――

押し倒された。

背中から寝台《ベッド》に倒れ込み、視界が一瞬天井《てんじょう》のみとなる。

状況を認識した瞬間、反射的に、無条件に、すぐさま起き上がろうとした冒険者《ベル・クラネル》をとどめるように、肩へ優しく手を置かれる。僅かに震えていたそれの重みが、今の自分にはどんなものより重く感じられてしまった。

片方の肘をつき、中途半端に背中を浮かせ、目を見開く僕に、ギシリッと。

先程より大きく寝台《ベッド》を軋《きし》ませ、手と膝をついて、彼女が近付いてくる。

「証明、したかったんです」

瞳を揺らし、片方の手をこちらの頬に添え、かき消えそうな声で同じ言葉を繰り返す。

何かを間違えればあっさりと触れられる場所に、彼女の顔がある。

全てが真っ白になる僕の視界に、その小さな唇が飛び込む。

「これは『愛』なんかじゃなくて――」

その先の言葉ははばかられるように。あるいは自分でもわからないように。

言葉にならない答えと一緒に、僕の唇を塞ごうとした。

瞬間。

金の憧憬が頭を過った。

「――駄目だ!!」

彼女の両肩を、両手で掴《つか》む。

腹の筋肉だけで起き上がり、眼前から彼女の顔を引き剝《は》がす。

流されてはいけない。

そんなことは許されない。

憧憬《しょうけい》に背くことは、できない。

だって、じゃないと、でなければ――僕も彼女も傷付く。

ここで間違えてしまったら、いつか必ず、僕達は破綻する。その薄鈍色の瞳から涙がこぼれ落ちることになる。

精神を鋼にしろ。幻滅されたって構わない。どんなに罵られてもいい。

今ここで彼女を傷付けることに顔を歪《ゆが》めながら、その行為を制止する。

「……」

揺れる薄鈍色の髪が彼女の瞳を隠す。

僕の脚の上に尻餅《しりもち》をつく彼女は、静かにうつむいた。

今も相貌《そうぼう》にかかる前髪は、その表情を教えてくれない。

一瞬の沈黙。

永遠にも感じられた刹那《せつな》。

彼女は、顔を上げた。

「拒まないで」

その薄鈍色の瞳を『銀の光』に輝かせながら。

「受け入れて」

その輝きを至近距離で被視《ひし》した瞬間、体が壊れたように痙攣《けいれん》した。
いや違う。
いいや、違わない。
鼓動が乱れた。
自然の摂理に人が逆らえないように、その『銀の光』に全身が服従しようとする。
呼吸を奪われ、硬直する僕に、彼女は今度こそ顔を寄せた。
こちらの胸に両手を当てて、今度こそ唇のもとで『　』を確かめようとする。
けれど、何かに抗《あらが》うように、背に刻まれた神聖文字《ヒエログリフ》が燃焼する。
どんなに体が恭順を望んでも、その『憧憬』だけは、色褪《いろあ》せない。
僕は切なく双眸《そうぼう》を歪め、呟いた。
「――シルさん」
彼女の名前を呼ぶ。
目の前の瞳に訴えるように。
その時だった。
シルさんは電流を流されたように全身を震わせた。
それは娘《シル》という名前に反応したように見えた。
あるいは、僕の瞳の中に映る自分の顔を、見てしまったようにも思えた。
シルさんはばっと後ろに下がった。

『銀』に輝いていた瞳が薄鈍色の光を戻して、今《いま》犯した行動に自分でも信じられないように呆然としながら、その細い二の腕を両手でかき抱く。

「だめ、ちがう……こんなの、私《シル》じゃない」

シルさんは、何かを呟いた。

そして、僕から離れ、背を向けた。

「……シル、さん？」

「あっちを向いて」

「えっ？」

「見ないでください」

お願いだから、と。

かき消えそうな声で、そう懇願される。

彼女の背中をしばらく見つめていた僕は、言う通りに背を向けた。寝台《ベッド》の上で片膝を抱いて、体を丸める。部屋の外からはやはり祭りの喧騒が絶えない。それはまるで今の僕達を笑っているようにも聞こえた。

それから、どれくらい経っただろうか。

「……ベルさん」

「……なんですか？」

シルさんがおもむろに、言った。

「貴方が望まないことはしないと約束します。だから……一緒に寝てくれませんか？」

魔石灯の薄明かりが消えれば、室内は途端に暗くなった。

窓の外、カーテンの奥で点滅する明かりだけがぼうっと部屋を照らし出す。

僕とシルさんは、背中合わせで、狭い寝台《ベッド》に横になっていた。

眠れない。当然だ。

すぐ近くにシルさんがいる。温《ぬく》もりはすぐ側だ。

相手の息遣いも、鼓動だって、手に取るようにわかってしまう気がした。

「ベルさん」

「……はい」

「幻滅しました？」

「……いいえ。嫌いになんか、なりませんよ」

そんなことはない筈なのに。

なにか、残酷なことを、言ってるような気がした。

「ところで恋人が欲しくないですか？」

「いきなりなんですか!?」

「孤児院の子供たち、お父さんとお母さんが欲しいらしいんですよ」

「だから何の話⁉」

かと思えば空気が一瞬で破壊された。

僕の良心の呵責《シリアス》返してよ‼

なんか全然反省してないなこの人！

僕がつい突っ込んでしまうと、寝返りを打つ音が聞こえる。

そして、ごそごそ、と腕を体に回された。

思わず体を強張《こわば》らせる僕の背中に、シルさんはおでこをくっつける。

「まだ、こっちを見ちゃだめです」

振り向こうとするも、先に制されてしまう。

お腹に回される腕と、密着するシルさんの体に、身じろぎした。

「シ、シルさんっ、さっき何もしないって……！」

「寒いんです。だから」

体に回された手は、確かに冷えている。

「で、でも……！」

僕がそれでも抱擁《ほうよう》を解こうとしていると、くっついている背中から唇を尖《とが》らせる気配と、非難の声が伝わった。

「リューとは抱き合ったくせに」

「うっ……⁉」

浮気《うわき》を突き止められた人は、みんなこんな声を出すんじゃないかっていう呻《うめ》き声が、口から漏《も》れる。

「リュ、リューさんから、聞いたんですか……？」

「いいえ。誰にも、何も聞いていません。でも、今のベルさんの反応でわかりました」

深層《ダンジョン》から帰ってきてからずっと様子がおかしかったから。

そう告げられて、空笑いが止まらない。

簡単に引っかかる自分にほとほと失望してしまう。

「リューは私の大切な人なのに……いやらしいこと、したんですね」

「し、してないですよっ！　き、際どいことはしたかもしれないですけど……！　変なことは、絶対してませんっ！」

「本当に？」

「本当です！」

「じゃあ、私にもしないんですね？」

「し、しませんよっ」

「どうして？」

どうして、って……。

言葉に詰まった僕は、時間を置いて、答えた。

「シルさんは、シルさんだから……できません」

納得のいく答えではなかったのだろう。

シルさんは体に回している腕に、ぎゅっと、力を込めた。

「ばーか。ベルさんの、ばーか」

「な、なんですか、いきなり……」

「ばーか、ばーか」

文句を言って、ぐりぐりと額を押し付けてくる。

参りきった僕はもう何もできず、なされるがままだった。

腕を枕《まくら》にしたまま、寝台《ベッド》の横の壁だけを見つめることしかできない。

「ばーか……」

小さくなっていく呟きが吐息と一緒に、背中へ染《し》みる。

まるで子供のようだ。

今日は、本当に……僕が知らない沢山のシルさんを見てる。

依然速い鼓動の音は収まらない。でも先程までの空気は霧散していて、シルさんには悪いけれど、僕はほっとしていた。

二人の関係は何も変わらずに済むと、そう安心して。

――それがどれだけ酷いことなのか、全く考えようとしないまま。

「シルさん、どうして、僕にこんなこと……」

ためらいながら、言葉を変えて、さっきと同じことを尋ねる。

シルさんは額を押しあてたまま、ぽそぽそと答えた。

「他の人達と一緒じゃあ……リュー達と同じじゃあ、ダメだと思ったから」

「同じ……？　なにが？」

「お子様なベルさんには一生わからないことです」

少し強く突き放すように告げて、けれど間を置いてから、僕の背中に囁いた。

「……自分でも、わからないんです」

「えっ？」

「どうして、こんなにも必死なのか」

「必死……？」

「はい。手からこぼれないように、無我夢中で、頑張って、願って……」

言葉の欠片《かけら》が落ちていく。

背中に当たっては転がっていく。

まるで子守唄のようなそれは、僕ではなく、シルさん自身に返っていくようで――。

嗚呼《ああ》、そっか。

だから私、貴方を――。


小さな囁き声は、そこで途絶えた。

背中から瞼《まぶた》が落ちる気配が伝わる。

寝息は聞こえてこない。

けれど彼女はもう、この夜、僕の前で目を覚まさないことだけはわかった。

体を抱き締める細い手を見下ろし、温もりを背中で感じながら、僕もゆっくり瞼を下げる。

とても疲れた。ある意味、ダンジョンで冒険するよりも、ずっと。

彼女に抱かれたまま、ゆっくりと眠りに落ちた。


そして、寝息が聞こえるようになった。

時計の長針が二周もする頃《ころ》、シルはゆっくりと瞼を開ける。

少年を決して目覚めさせないよう、回していた腕を抜き、上半身だけ寝台《ベッド》の上に起こして。

よほど疲れていたのだろう。身を起こすシルには気付かない。いや、もしかしたら無意識で信用しきっているのかもしれない。約束を交わした少女は自分に何もしないと。

そのあどけない寝顔が恨めしくて、愛しくて、伸ばした手で髪や頰を触れることも、できなかった。

「……」

窓から差し込む月明かりに照らされる。

儚い光は既に十二時を過ぎている刻限を告げるかのようだった。彼女のもとに迎えの馬車はやってこない。

最後にもう一度、少年の顔を見下ろして、シルは静かに呟いた。

「明日、また会えたら……その時は……」

囁きの続きを聞いたのは、月の光のみだった。

音もなく寝台《ベッド》から下り、乾ききっていないドレスに腕を通し、支度を終えて部屋を後にする。

彼女はもう、振り返らなかった。

Monologue V

人の想いは残酷だ。

一途は美徳とされている。けれど、そんなひた向きな想いが何よりも酷薄なものになれることを、私は身をもって知った。

だってその想いは、別の誰かの想いを顧みることができず、報いることはできないのだから。繋《つな》ぎ止めるには、情か、肉欲しかない。

けれど、もし焦《こ》がれる存在が、将来傷付く二人を理解し、安易にその情を受け入れないほど優しい者だったとしたら。

白い精神を忘れず、欲望にすら溺れない透明な心の持ち主だったとしたら、どうすればいいのだろうか。

ただの子供だと笑うのは簡単だ。

だがそれが何よりも得難く、難しいことだと、年を経た者ほど理解している。

同情は毒だ。快楽も毒だ。共感したら最後、傷付き果てるまで二人は十字架を背負うことになる。

憧憬《しょうけい》を想う彼の心は決して揺らぐことはないだろう。彼が堕落《だらく》する時があるとすれば、それはすなわち力に屈した時で、その稚拙で気高い在り方は決して壊れはしない。あるいは汚《けが》されたところで、彼は想いを捨てず、影を背負いながらも貫くかもしれない。

そんな彼の心を、どうすれば手に入れることができるのだろうか。

私は答えを持ち合わせていない。

人の想いは、彼は残酷だ。

でも、いえ、だからこそ、私はそんな彼に感謝し――――憎んだ。

だって、そんな貴方の在り様が、『一柱《ひとり》の女神』さえ狂わせているのだから。

断章 Syrの始まり

雪が降っていた。

美しくも残酷な白の破片が天から、凍える体に積もっていく。

その身は孤独だった。

その身は寒かった。

抱き締めてくれる者も飢《う》えを癒《いや》してくれる者もいない。

凍《い》てついていく手足がどうしようもない現実だった。

汚らしい体が変わりようのない真実だった。

どうしてこんなにも汚くて、貧しくて、空っぽで、冷たいのだろうと、もはや何千にも及んでいる同じ疑問が灰のかかった心の海に浮かんでは消える。

どうすればこの身はこの身じゃなくなるのだろうと、儚くすり減っていく思考の片隅で、真剣に考え続けた。考え続けて、生きるのを止めようとした。

その時だった。

『──大丈夫？』

耳を癒すソプラノの声が響いたのは。

落ちようとしていた瞼《まぶた》をこじ開けて、『彼女』を見た瞬間、目は大きく見開かれていた。

どんなものより美しくて、富んでいて、満たされていて、温かなものが、そこにはあった。

こんなものが本当に世界に在るのだと、初めて知った。

『今から私は貴方を助けようと思うのだけれど……貴方は、何か望むものはある？』

まるで、いつもと趣向を変えるように。

あるいは、この身に宿る魂の輝き《ねがい》を見透かしているかのように。

目の前の存在はそんなことを尋ねてきた。

そんなものは、ある。

あるに決まっている。

これほどまでに美しくて、富んでいて、満たされていて、温かなものがあると知って、胸に抱くものは一つだけ。

それは羨望《せんぼう》でも憧憬《しょうけい》でも嫉妬《しっと》でもなく──『渇望』だった。


わたしは、あなたになりたいです。

わたしをやめて、きれいで、あたたかい、あなたになりたいです。


そんなことを言われるとは真実、思わなかったのだろう。

瞠目《どうもく》した彼女は、声を上げて笑い出した。

『神《わたし》になりたいですって？　貴方、どこまで欲張りなの！　そんなことを言う子、今までどこにもいなかった！』

彼女の愛に救われた者はいた。彼女に忠誠を誓った者はいた。
けれど、彼女になろうとした者など誰一人としていなかった。
彼女は笑う。
銀の髪の女神は笑い続ける。
おかしくてしょうがないと言わんばかりに。
興味が湧《わ》いたとばかりに。
『それじゃあ——をあげる。代わりに————を私にちょうだい？』
顎《あご》を微《かす》かに下げる。
そうして女神は、救いのない貧民街《スラム》で、手を差し伸べながら尋ねた。
『貴方の名前は？』
少女は、唇を震わせた。
『——シル』

それは『運命』の交換だった。
それ以来、私の定めは決定づけられた。

でも、それでも構わなかった。
あの凍えた街から解き放たれるのなら。
あの孤独と闇《やみ》から解放されるのならば。
あの美しくて、富んでいて、満たされていて、何より温かな存在になれるのならば。
そして私は変わった。

そう──私は『女神』に生まれ変わったのだ。

六章　望みの代償

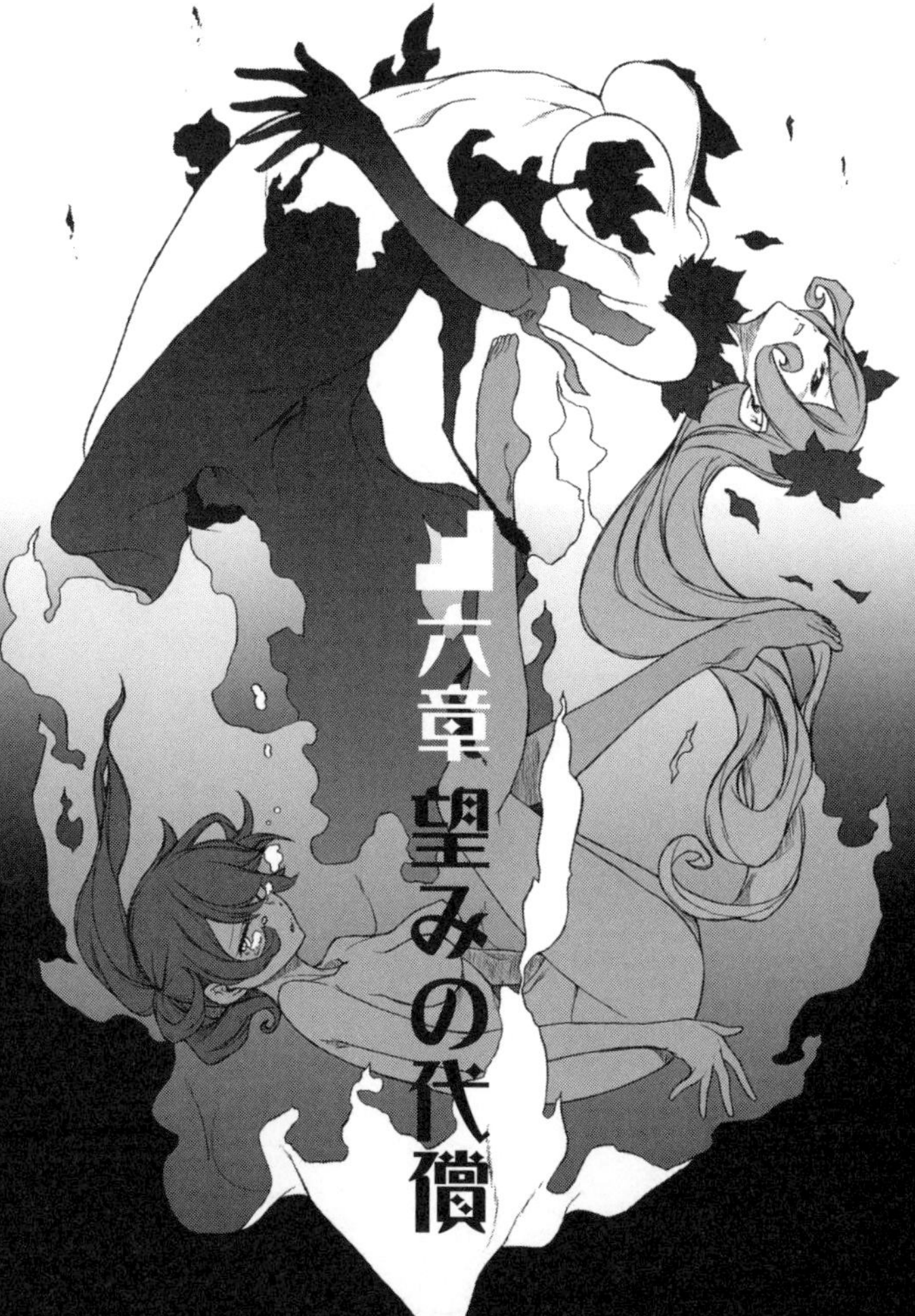

深い眠りから覚めていくのがわかった。

瞼《まぶた》を開ける。視界に映る見慣れない木張りの壁に、安物のカーテンに覆われた窓。

嗅ぎ慣れない建物の香りは、昨夜、自分がどこで夜を明かしたのか記憶を蘇《よみがえ》らせる。

「朝…………っ？」

そして誰と一緒にいたのかも。

「シルさんっ？」

そこでようやく、寝台《ベッド》に一人しかいないことに気が付いた。

隣で寝ていた筈《はず》の彼女がいない。起き上がって辺りを見回すと、椅子《いす》にかけられていた服も消えている。隣のシャワー室にもいなかった。一人で出ていった？ 疲れ果てていたとはいえ、上級冒険者が気付けないなんて何て間抜けなんだ。

でも、どうして？

本当に愛想《あいそ》をつかされた？

それともデートはもう終わりということ？

あるいは……【フレイヤ・ファミリア】に連れていかれた？

最後の想像に動じる。僕が無事なのだから可能性は低い。けどもしシルさんが僕を庇《かば》ったとしたら……。

憶測を暴走させている自覚はある。けれどそう考えたら居ても立ってもいられなくなった。

気持ち悪いのを我慢して、生乾きの服を急いで着る。

「……！」

慌《あわ》てて部屋を出る寸前、立ち止まる。

机の上に置かれているのは一つの装身具《アクセサリ》。蒼《あお》の装飾が散りばめられた、番《つがい》の片割れ。

僕はその銀細工をじっと見て、ポケットの中に押し込み、今度こそ部屋を飛び出した。

「シルさん、どこへ……！」

一階のドワーフの主人を呼び出して話を聞いても、彼女がどこに行ったのかわからない。

言伝《ことづて》も聞いていないらしい。僕はそのまま商人宿を後にした。

空は灰色に覆われていた。

女神祭《めがみさい》二日目は昨日と打って変わって生憎《あいにく》の曇り空。

雲が厚い。嫌な色だ。もしかしたら雨が降るかもしれない。

僕は突き動かされるように駆け出していた。

顔を左右に振りながら、昨日辿《たど》った道のりを逆行する。

英雄橋《えいゆうばし》、ずぶ濡《ぬ》れで上がった岸、クルージングした水路沿い。一悶着《ひともんちゃく》あった『水船の匙《スプーン・アクア》』は無事もとの場所に着岸していた。僕達がいなくなった後でアイズさん達と【フレイヤ・ファミリア】の衝突する理由が消失し、ことなきを得たのだろうか。昨夜見かけた従業員がいたのでここでも話を聞いてみると、シルさんの情報は得られなかったが、僕が忘れていった鞄《トランク》を返してくれた。中身の魔道具《マジックアイテム》も無事だ。お礼を言いつつ、捜索に戻る。

けれどやはり、でたらめに探し回っても見つかるものではなかった。

「シルさん、『豊穣《ほうじょう》の女主人』に戻ってるんじゃあ……」

自分で言っておきながら信じきれないけど、縋《すが》る思いで西の大通りに足を向ける。

まだ早朝と呼べる時間帯。でも今の今まで夜通し盛り上がっていた酒場も見受けられ、普段より多くの人がもう出歩いている。祭りの活気は夜が明けても冷めやらない。

西のメインストリートに出ると、げんなりしながら『豊穣の女主人』に入ろうとする男給仕《ウェイター》姿のヴェルフを見つけた。

「ヴェルフ！」

「ん？　って、ベル⁉　お前っ、昨日はどこに行ってた！」

振り返ったヴェルフは僕を見つけるなり、慌てて周囲を見回し、駆け寄ってきた。

「帰ってこないから心配したぞ。……で、昨晩はあの女と一緒にいたのか？　怒鳴り散らした後、青ざめて飛び出そうとするリリスケを止めるのに大変だったんだぞ……あとブッ倒れる狐《きつね》の介抱も……」

「ごめんっ！　それよりシルさん、戻ってきてない⁉　いきなりいなくなっちゃったんだ！」

まさにリリに見つかることを恐れているようなヴェルフの言葉を遮《さえぎ》り、問いただす。

瞬きを繰り返すヴェルフは、取り乱す僕に対し、表情を真剣なものに変えた。

「取りあえず、落ち着け。あっちへ行くぞ。話を聞かせろ」

『豊穣の女主人』脇の細い路地。

壁を背にするヴェルフに、僕は昨日から今朝《けさ》までのあらましを語った。

「【フレイヤ・ファミリア】に追いかけられて、朝起きたらいなくなってた、か……」

「うん。もしかして、どこかに連れていかれたんじゃないかって……」

不安を拭《ぬぐ》いきれない僕に、ヴェルフは組んでいた両腕を解いた。

「すまん、ベル。先に聞かせてくれ」

「えっ？」

そして、僕のことを真《ま》っ直《す》ぐ見つめてくる。

「お前、あの女を見つけて、どうするんだ？」

その言葉の意味が最初、わからなかった。

「どうする、って……」

「俺《おれ》も女の機微なんてものには疎《うと》いと思ってるが……あの酒場の女が、お前に好意を寄せているのは、間違いないぞ」

「……！」

「友人とかの意味じゃない。男としてだ」

息を呑《の》む僕に、ヴェルフは眉《まゆ》を吊《つ》り上げ、語気を強める。

「だから聞かせろ。お前は探し出した後、どうするつもりだ？　何も知らない風を装って、いつもの関係に戻るつもりか？　答えを出さないっていうのは、酷だぞ。俺でもわかる」

「……ぼ、僕のことなんかっ……」

「自分のことなんか好きになる筈がない。そう言うつもりか？」

ヴェルフは僕の言い逃れを許さない。

お前自身気付いているんだろうと、目で訴えてくる。

「ここでも鈍感を気取るようなら、俺はお前を軽蔑《けいべつ》するぞ」

そう、はっきり告げられた。

左右の瞳《ひとみ》が揺れる。

ヴェルフは決して責めてるわけじゃない。けれど、胸を鎚《つち》で殴られたようだった。

……気付いていた。

思い上がっちゃだめだ、勘違いだったらみっともないし恥ずかしい。今までそう自分に言い聞かせてきた。いや、きっと、自分を騙《だま》そうとしてた。

けれど、昨日のデートで薄々と、そして決定的に、シルさんの想いに触れてしまった。

『好き』という言葉を聞いてしまった。

有耶無耶《うやむや》にすることは……もう、できないところにいる。

僕は何も言えず、うつむいた。

「謙虚なことは悪いことじゃない。自信が持てなくて身動きが取れないっていうのもわかる。けどな……自分に嘘《うそ》をつこうとするな。女に恥をかかせたままで終わるな」

「……」

「朝いなくなってたのも、本当ならお前に愛想がつきて、っていう理由が一番しっくりくる」

惨《みじ》めなくらい何も言い返せない。

そこまで言ったヴェルフは、おもむろに、溜息《ためいき》をついた。

「……この調子じゃあ、お前を好きになった連中は大変だな」

「えっ⁉」

「あ、いや、あれだっ、上級冒険者になれば色目も使われるだろう？　っていう意味だ。気にするな」

思わずばっと顔を振り上げた僕に、口を滑らせたとばかりにヴェルフは左手で口もとを覆った。そして誤魔化《ごまか》すように苦笑を浮かべる。

「別に思い上がれって言ってるわけじゃない。好きと伝えもしないで『気付け！』って思ってる連中の方が傲慢だ。少なくとも、男の俺は女の方にも責任があると思う」

「……」

「ただ、好意を伝えてきた相手からは……逃げるな」

相棒には筋を通したヤツでいてほしい。

鍛冶師《おれ》の我儘《わがまま》だけどな。

そう言って笑ってくれるヴェルフに、僕は申し訳ない気持ちでいっぱいになった。

【ファミリア】の長兄の助言、全てが胸に響く。

「僕は……」

もし。

もし、答えを出さなければいけない時が来たら、その時は──。

「……腹は決まったか？」

「……うん。もう、逃げない」

「なら、俺はもう何も言わない」

「ううん……。こっちこそ、ごめん、ヴェルフ。……ありがとう」

僕がか細い声で言うと、ヴェルフはやっぱり、お兄ちゃんみたいな顔で笑ってくれた。

すぐに「話を戻すぞ」と言って、それまでの空気を入れ替えてくれる。

「あの女がどこに行ったかは知らないが、【フレイヤ・ファミリア】と関係があるのは確定なんだろう？　なら、もう接触するしかないんじゃないか」

「【フレイヤ・ファミリア】と……？」

「ああ。躍起になって探し回ってる上級冒険者の目を、ただの街娘《まちむすめ》が一人でかいくぐれるとも思えない」

　ヴェルフも僕と同じ考えのようだった。保護という言い方はおかしいかもしれないけれど、シルさんは既に【フレイヤ・ファミリア】に捕まってる可能性が高いと。

　確かに、彼等に直接問いただすのが一番手っ取り早い気はする。

「不用意に接触すれば、俺達に迷惑《ファミリア》がかかるとかは考えなくていいぞ。間違っても抗争になんかはならないだろう。……多分な」

「う、うん、多分……」

「俺も手伝ってやりたいが……悪い、リリスケ達と一緒に今日一日は動けそうにない。酒場《ここ》で強制労働だ……」

「きょ、強制労働？」

「あの猫人《キャットピープル》達が出ていったせいで、とばっちりを食らった。あの女主人《ドワーフ》の目を盗んで逃げることができない……いや本当に」

　どうやらヴェルフ達は昨夜、強引《ごういん》に酒場の離れに泊められたらしい。

　ミアさん曰《いわ》く、馬鹿《ばか》娘どもの代わりに泊まり込みで働け、とのことだ。

　先程やけにげんなりしていたのはそれか、と思わず悟ってしまう。

　そういえば昨日、リューさん達は『水船の匙《スプーン・アクア》』にいたけど……もしかして、僕達を見張っていたのだろうか？

「リューさん達も、帰ってないの？」

「ああ。ついでにヘスティア様もな」

肩を竦《すく》めるヴェルフに、わかったと頷《うなず》く。

とにもかくにも、選択肢は限られてる。だったら虱潰《しらみつぶ》しに当たっていくしかない。

持っていた鞄《トランク》を預かってくれるヴェルフに、背を向けて、振り返る。

「ありがとう、ヴェルフ。行ってくる！」

「ああ、行ってこい」

僕はヴェルフにもう一度お礼を言って、路地から駆け出した。


「冒険者として成長したと思ったら、こっちは子供のままか……」

遠ざかっていく背中に、ヴェルフは呟《つぶや》いた。

異端児《ゼノス》の事件を皮切りに顔付きが変わった彼の相棒は、冒険から離れてしまえば年相応な顔を見せる。むしろ純粋過ぎると言ってもいい。

それもいいところなんだけどな、と笑みをこぼすヴェルフは、しかしそこで顔をしかめた。

「都市最強《フレイヤ・ファミリア》に守られている店員……雇ってる店側と、あの女主人《ドワーフ》は知ってるのか？」

いや、そもそもこの店こそが『美の女神』の息がかかっているのでは――。

『豊穣の女主人』の看板を睨《にら》みつけるヴェルフは、限りなく『真実』に近いところにいた。

人々とすれ違いながら、西のメインストリートを走る。

女神祭に彩《いろど》られた大通りにはギルド職員の姿が多く見受けられた。すっかり空っぽになった木箱に麦や果物など、新たな収穫物を補給している。ずらりと並ぶ出店も準備を始めていた。

その光景を脇目に、【フレイヤ・ファミリア】との接触の算段を考えていた僕は、ふと気が付いた。

「監視の『目』がない……？」

昨日シルさんとのデート中、あれだけ僕を串刺しにしていた見張りの視線が感じられない。

宿に泊まった僕を見失っているのか、あるいは他《ほか》の対応に追われているのか。

【フレイヤ・ファミリア】はもう僕の監視を解いている？

師匠《マスター》と……へディンさんと接触するのが理想的だったんだけど——

（——いや、いる）

一人だけ。

恐ろしいほど巧妙に気配を殺しながら、こちらを窺《うかが》っている人物が、いる。

他者の視線だけにはすっかり敏感になってしまっている僕は、一度足を止め——次には電光石火の速度で疾走した。視線の出所、大通りを折れた路地奥の建物に向かって。

身を隠すのを許すまいと駆けた僕は跳躍し、別の建物の壁を蹴《け》り付け、目標の屋上へと勢いよく躍り出る。

「……！」

高い建物の屋上で、視線の人物は逃げも隠れもしていなかった。

漆黒《しっこく》の外套《がいとう》を風になびかせる、一人の黒妖精《ダーク・エルフ》。

ヘディンさんと並ぶ【フレイヤ・ファミリア】の第一級冒険者。

それをすぐさま理解した僕は、ごくりと喉《のど》を鳴らした。

何でわざわざ、やけに気取っている背中をこっちに向けてるんだ……？

……けど、あれ？

「灰の空に白き獣《ケモノ》が訪れたか――風《かぜ》が哭《な》いている」

んんっ……？

「何の用だ、招かれざる客人よ。今日の天《ソラ》は機嫌が悪い。狂乱の宴《うたげ》に巻き込まれたくなければ、即刻去れ」

言ってることは全くわからないんだけど……んんんっ？

ファサファサと風に揺れる外套は孤高っぽくて、その後ろ姿も決まっていてカッコイイ。

でも、なんか、そこはかとなく、本当によくわからないけど、かぐわしい香りが……。

この人、もしかして――。

「あの……神様達の言う、『チューニ病』ってやつですか？」

「――忌《い》まわしきその名で呼ぶなッ!!」

尋ねた瞬間、黒妖精《ダーク・エルフ》――【フレイヤ・ファミリア】第一級冒険者ヘグニ・ラグナールは、弾《はじ》かれたように振り返った。

恐ろしく整ったエルフの相貌《そうぼう》の中で、吊り上がった若葉色の瞳は、半分涙目だった。

「我が身は病《やまい》になどかかっていない！　神々の風土病《エンデミック》などに罹患《りかん》しては……！」

「ご、ごめんなさいっ」

「――ううう、やめてくれよぉ。そんな目で見ないでくれよぉ、その厨二病《なまえ》で呼ばないでぇ。意味はわからないけど、すごく馬鹿にされてる気分になるんだよぉぉぉ」

「…………す、すいません」

「初対面、ほんとムリっ。恥ずかしい、死にたいっ。……ぐうっ、我が漆黒の仮面《ペルソナ》が剝《は》がれ落ちる……！」

えっと、うん……。神様達の言う人物像《キャラ》っていうのは、よくわかった気がする。

多分アイズさん以上に口下手《くちべた》で、緊張体質なんだなって。

そのせいで、言動をこじらせちゃってるだけなんだなって……。

そういえば、つい出来心でヘディンさんに第一級冒険者《おなかま》のことを尋ねたら、他の人のことは全然教えてくれなかったけど「ヘグニはただの馬鹿だ」って吐き捨ててたっけ……。

「……あ、あのっ。シルさんがどこに行ったか、知りませんか？」

目もとをぐしぐしと拭う姿に罪悪感を抱きつつも尋ねると、ヘグニさんは瞳を細め、先程までの雰囲気を纏《まと》い直した。

「……聖なる姫君の行方《ゆくえ》は我々も追うところ」

「は、はいっ？」

「数多《あまた》の眷族《けんぞく》は汝《なんじ》の獄牢《ごくろう》を解放し、福音たる足跡《あしあと》を追い求めている。大いなる都《みやこ》の中で、まさに嵐《あらし》の如《ごと》く。そしてこの身は万の一を憂《うれ》う、兎《うさぎ》を戒めるための永遠の縛鎖《ばくさ》……そう、我が名は審判の理《アールヴ》」

あ、相変わらず何を言ってるかわからないけど……なんとなく意味は感じるっ。

昔、お祖父《じい》ちゃんも似たような言葉を口走ってた時があったし！

つまり、ほとんどの他団員《フレイヤ・ファミリア》は僕を放って、どこかに消えてしまったシルさんを躍起になって探している。ヘグニさんはもしもの時のために僕を見張っている。そういうことだろう。

【フレイヤ・ファミリア】もシルさんを見失っている……。

本当に、シルさんは一体どこへ行ってしまったんだ。

焦《あせ》りにも似た感情が生まれていると、それまで虚空を眺めていたヘグニさんは、そこでじっと僕のことを凝視してきた。

「……美しき悠久《ゆうきゅう》の記憶……色褪《いろあ》せぬ思い出は築いたか？」

「えっ？」

「惜別《せきべつ》の時は許されない。故《ゆえ》に、別離は済ませたか？　そう尋ねている」

一瞬、何を言われたかわからなかった。何を喋《しゃべ》っているのかもわからなかった。

ただ耳朶《じだ》を震わせた単語に反応し、僕は声を張り上げていた。

「思い出……？　別離っ？　何を言っているんですか⁉」

「女神ではなく、娘《むすめ》がお前を誘《いざな》った。いかなる選択をしようとも、待ち受ける運命は変転を迎えず。我が叡智《えいち》はそう予見した。……少なくとも俺は、そう理解した」

変わらず要領を得ない。翻訳も意訳もできない。全く言っていることがわからない。

だが、まるで『あの人がいなくなる』ようなその口振りに、僕は激しく動揺した。

「シルさんに何かあったんですか⁉　シルさんに、何が待ってるんですか⁉」

「ひいっ⁉　せせせせっ、迫るなっ⁉　そんな近くに来られたら、視線が怖いっ。あ、だめっ
——逃げるっ」

「あっ⁉　ま、待って！」

身を乗り出した僕にびくりと怯《おび》え、なんとヘグニさんは屋上を飛び降りてしまった。

手すりに駆け寄った僕も、はためく外套が消えた路地裏へと跳躍する。

シルさんがいなくなる？　お別れをする？

どういうことだ！　どういう意味なんだ‼

路地裏に着地した僕はヘグニさんを必死に追った。見え隠れする外套を追い、入り組んだ辻《つじ》を駆け抜けて、時にはすれ違う人達に黒妖精《ダーク・エルフ》を見なかったか尋ねながら。

だが、相手はやはり第一級冒険者だった。

Lv.4の追跡など難なく振り切られ、見失ってしまう。

「はぁ、はぁ……！　どこに……⁉」

辿り着いてしまったのは中央広場《セントラルパーク》。

都市中央には既に沢山の人で溢《あふ》れ返ろうとしていた。

何も知らない群衆は二日目の女神祭を楽しもうとしている。

人込みに紛《まぎ》れているのか、それとも広場自体にいないのか。

焦燥ばかりが募り、必死に周囲を見回していると──その『祭壇』が目に入った。

『豊穣の塔』。女神祭の象徴たる存在を祀《まつ》るため築かれた、四本の石柱。

僕は半ば無意識のうちに、四本あるうちの一柱《ひとはしら》、昨日『美の神』を見た北の柱を見やる。

「────」

そしてそこで、一人の猪人《ボアズ》と目が合った。

巌《いわお》のような巨軀《きょく》の武人。

僕でさえ知っている、『都市最強』の冒険者。

彼はまるで待っていたかのように、静かな眼差《まなざ》しで僕を見下ろしていたかと思うと、ゆっくりと丸太のような太い腕を上げた。

その指で、都市の北東を示す。

「っ……？」

意図はわからない。その真意だって。

ただ『行け』と、そう言われている気がした。

呆然《ぼうぜん》と立ちつくしていた僕は、塔の上の猪人《ボアズ》と示される方角を見て、つま先を向けた。

灯台が照らす先へ導かれるように、あるいは灯台の光に縋るしかない船のように。

自信がない。不安もある。それでも、直感に従うしかない。

人込みを除《よ》けて、中央広場《セントラルパーク》を後にし、指し示された方角へ。

都市北東は魔石製品が生産される『工業区』。

普段は職人や労働者が行き交うこの場所も、祭りの風景を広げている。

何度も方角の目印を更新し、僕は『工業区』の中を進んでいった。

そして、

「――シルさん！」

見つけた。

破棄された乗合馬車の停留所。

小さな廃屋にも見える四阿《ガゼボ》のような場所で、彼女は長椅子に座っていた。

停留所は寂《さび》れていて、汚い。人々の記憶から忘れ去られたそこは、それこそ周囲の建物の死角も手伝って、宛てがなければ見つかりっこない場所だった。

「……！　ベルさんっ！」

僕の声にはっと肩を揺らすシルさんが、勢いよく立ち上がる。

まるで、念願が叶《かな》ったかのように感極まって。

「──っ？」

潤む薄鈍色《うすにびいろ》の瞳。

胸もとに押し当てられている手。

儚くも見える笑み。

その彼女の姿を前にして、酷《ひど》くうろたえた。

泣き出してしまいそうな彼女が、今、僕に向けた『感情』は──。

「……嬉《うれ》しい。また会えるなんて。貴方に見つけてもらえて」

「……どういう、意味ですか？」

「……ごめんなさい。聞かなかったことにしてください」

そんなこと、できるわけがない。

状況を全く理解できていない僕が詰め寄ろうとするも、彼女は、いきなり周囲を見回した。

何故《なぜ》かはわからない。けれどその横顔に、まるで『契約』に背《そむ》くような決意を垣間見《かいまみ》たような気がした。

とある一点を見つめ、まさに決心したように、ぎゅっと唇を結ぶ。

「ベルさん……付いてきてください」

「えっ？　あ、あの⁉」

「ここを離れたい……いいえ、行きたい場所があるんです」

手を握られ、引っ張られる。

声をかけるも取り合ってもらえない。

薄鈍色の髪が翻《ひるがえ》り、同色の瞳がこちらを振り返り、笑みを見せた。

「昨日は、ベルさんの行きたい場所に連れてってもらったから。今日は、私の望む場所に行かせてください」

――お願いだから。

あたかも一生の願いのように、そう懇願された。

頭上を塞《ふさ》ぐ灰色の雲を見て、オラリオに住まう多くの者が思った。

ひと雨来るかもしれない、と。

それを残念がる者、嘆く者、雨が降り出す前に祭りを楽しもうとする者、様々な反応に分かれる。

「…………シル、ベル…………。どこにもいない……どこにも帰っていない……二人だけで夜を？　……朝帰り？　……馬鹿な……嘘だ……婚姻もまだなのに……」

そんな中、憂うでもなく嘆くでもなく、絶望する者がいた。

リューである。

場所は北のメインストリート。

船上の騒動の後、シル達を見つけられず今日を迎えてしまった彼女の顔は、限界まで青ざめていた。ちなみに夜通し探し回った後である。

潔癖かつ貞操観念の塊《かたまり》であるエルフの性《さが》を発揮し、虚無の呟きを落としていく。

「リューー！　通りのド真ん中で機能停止するんじゃないニャアー⁉　周りに超見られてるニャー‼」

往来の中で立ちつくし、この世の終わりのような表情を浮かべるリューを引っ張っているのはクロエ。「ツッコミと苦労人キャラはルノアの仕事ニャーッ！」と悲鳴を上げ、エルフを再起動させようと必死になる。

「おーい！　シル達、見つかったよ！　アーニャが冒険者君の匂《にお》い、嗅ぎつけた！」

「ニャんと⁉　でかしたニャ、アーニャ、ルノア！」

そこで、群衆の注目はばからず大声を響かせるルノアの朗報に、クロエは歓呼した。

「聞いたかニャ、リュー！　早くシルと少年を追うニャ！」

「まだ森で愛を誓い合っていない……森でなくてもせめて神の前で宣誓を……」

「ダメだ壊れてるこの妖精《ポンコツ》ー⁉」

猫語尾《くちぐせ》も忘れて叫喚《きょうかん》を打ち上げるクロエに、「あーもうぐずぐずするなって！」とルノアが割って入る。

「リュー！　さっさと正気取り戻せえええええッ！」

「──っは⁉」

襟《えり》を掴《つか》んだルノアの往復ビンタがリューの両の頬《ほお》を打撃した。

強烈な痛みに細長い耳を揺らし、制服姿のエルフはようやく我に返る。

「ルノア、クロエ……私は一体……」

「だからシル達が見つかったって言ってるの！」

「──‼　ほ、本当ですか！」

「何べんも言わせせんじゃないニャア！　さっさと行くのニャー！　そして少年のお尻《しり》の貞操が守られているか確認するのニャー‼」

「「シルは貴方《おまえ》じゃない‼」」

「リュー、ルノア、クロエ～～！　何してるニャ、早くするニャー！」

鼻息荒いクロエに決まる手刀と裏拳。

一悶着ありつつ、リュー達は大きく手を振るアーニャのもとへ駆け出すのだった。


「頼むぅぅぅぅぅ、ヘルメスゥゥ～～～～～～～～!!　力を貸してくれええええええっ！」

「おい、よせっ、服を引っ張るなヘスティア⁉」

酒場の店員達が慌ただしく動き始めた同時刻。

東のメインストリートでは、女神と男神の叫び声が木霊《こだま》していた。

「ベル君がっ、本拠《ホーム》に帰っていないんだぁぁぁぁぁぁぁ！　もしかしたらシル何某《なにがし》君に美味《おい》しく頂かれてしまったかもしれないんだああああああああ!!　頼むから探すのを手伝ってくれえええええええええええええ！」

「もうアスフィを探しに向かわせたっ！　だから手を放してくれええぇ！」

脚衣《ズボン》の腰部分を両手で摑んで泣き叫ぶヘスティア相手に、ヘルメスが必死に脱がされまいと下半身の守りを死守している。

朝早くからベルを探し続けていたヘスティア、そしてアイズがヘルメス達に出くわしたのが数分前。どこかの妖精《エルフ》と負けず劣らず蒼白《そうはく》となって混乱《パニック》を引き起こしていた処女神は、彼を見つけるなり飛びついた。そして感情を激発させた。

自分達がどれだけ探しても見つからないのなら、広い情報網を持つ【ヘルメス・ファミリア】に頼るしかないと結論したのである。

了承の声を聞いて、脚衣《ズボン》を掴んで伸びきっていたヘスティアの両腕がべちゃり！　と石畳の上に墜落する。拘束から解放されたヘルメスが肩で息をする中、側で見守っていたアイズが申し訳なさそうに声をかける。

「ごめんなさい、ヘルメス様……ベル、見つけられなくて……」

「ああ、アイズちゃん……別に構わないさ。ヘスティアが君と共同戦線を張ってる時点で結構な大事《おおごと》だしね。それに、オレもベル君達が気になっているんだ」

地べたにうつ伏せて「ベルく～～～～んっ」と嗚咽《おえつ》を漏《も》らす幼女神の背をさするアイズは、息を整えるヘルメスの返答に首を傾《かし》げた。

「ヘルメス様も、ベル達が……？」

「正確には、シルちゃんが、かな」

細められる橙黄色《とうこうしょく》の瞳に、アイズは今度こそ怪訝《けげん》な表情を作る。

言及しても、男神《おとこ》は『バベル』を見つめるのみで、それ以上の説明はなかった。

それからしばらくした後、

「ヘルメス様、ベル・クラネル達が見つかりました。都市の北東、第二区画を移動中です」

「おお、でかしたアスフィ！」

僅《わず》かなそよ風が吹いた瞬間、虚空から溶け出すようにアスフィが突如として現れる。

魔道具《マジックアイテム》の飛翔靴《タラリア》、そして漆黒兜《ハデス・ヘッド》の組合《コンボ》。一般人に気取られないよう透明化しながら、空から目を光らせることでベル達の行方を摑んだのである。

「——都市北東！　第二区画！　そこにベル君がいるのかい⁉」

「はい。リオンの同僚……シル・フローヴァと行動中です」

「ついに見つけたぞぉ！　行こう、ヴァレン何某君‼」

「は、はい」

がばっ！　と地面から起き上がるヘスティアが、アイズを連れて猛進を開始する。

それを横目に、アスフィは嘆息した。

「休養の筈だったのに……私はまた面倒事を押し付けられているのですが、ヘルメス様？」

「メンゴ‼」

「あとでその顔、殴らせてください……」

満面の笑みを浮かべる主神に拳《こぶし》を握り締めながら、もう一度溜息を挟んで、アスフィ達もまたヘスティア達の後に続くのだった。

道を折れ、蜘蛛《くも》の巣のように入り交じる裏通りを、小走りで進む。

目抜き通り《メインストリート》から離れた第二区画の奥深く。まるで何かから逃げるように、先へ先へと。

手を引っ張られる僕は、目の前で揺れる薄鈍色の髪に声を投げかける。

「あ、あのっ、説明をしてもらえると……！」

「すいませんっ、今だけは先へ……！　できる限り遠くに……！」

身に纏っているドレスが跳ねる。

昨日見たものと同じ、小さな手提げ鞄《ハンドバッグ》が音を鳴らす。

その唇は息を切らし、やがて、体力の限界を告げるように可憐な靴《パンプス》が立ち止まった。

「はぁ、はぁ……！」

上へ伸びる幅広の階段、橋になっている頭上のアーチ、鉄柵の扉、乱雑に置かれた木箱と樽《たる》。

さっきから同じものを見ている気がする煤《すす》けた看板。土地勘がなければもはや迷路に等しい、裏通りの中でも奥まった場所。

誰もいないそこで胸を押さえる彼女の呼吸だけが響いていく。

戸惑いを隠せないまま、彼女の姿を眺めていた僕は、そっとポケットに触れた。

こんなところで言うか言うまいか、逡巡《しゅんじゅん》を何度か経た後、思いきってそれを取り出す。

「あの、これ」

「あ……！」

宿のテーブルの上から持ってきた『銀細工』を差し出す。

蒼の装飾が施された装身具《アクセサリ》――番《つがい》の片割れを見て、彼女は動きを止めた。

僕の手の上にあるそれを見つめる。

あたかも一度は決別した存在を前にしたかのように。

やがて、彼女はゆっくりと、その装身具《アクセサリ》を手に取った。

「ごめんなさい……部屋を出る時、忘れちゃったみたいです」

「……酷いですよ。シルさんにねだられて買ったのに」

「ふふっ……本当に、ごめんなさい」

髪飾りとして、身に付ける。

薄鈍色の髪に映える蒼の装身具《アクセサリ》は、やはり昨日と同じく美しかった。

その一方で、彼女が浮かべる笑みは儚いまま。

――もうあっても意味はないと思ったから。

唇が、確かにその囁《ささや》きを落とした瞬間。

彼女は、僕の胸に飛び込んできた。

「なっ……⁉」

「お願いします、ベルさん。これで最後にしますから」

僕が咄嗟《とっさ》に肩を受け止めると、胸もとでうつむいた彼女は絞り出すように言う。

顔が上げられ、息を呑む。

熱に浮かされたような頬。しっとりと潤んだ瞳。

あたかも恋する少女のように、あるいは抗《あらが》えない衝動の傀儡《かいらい》になるかのように。

その薄鈍色の双眸《そうぼう》は、僕のことだけを見つめていた。

「私にはもう、今しかないんです。この時を逃せば、私の望みは一生叶わない」

「……なにを、言って……」

「それが『契約』だから。私は『交渉』してしまったから。貴方から絶対に引き離される」

切なく、縋るように、弱々しく。

僕の顔を見上げながら、必死に言葉を並べてくる。

そして、踵《かかと》を上げ、顔を近付けてくる。

びくりと震える僕は、肩を押さえて押しとどめようとするけれど――

「お願い……拒まないで」

――昨夜とは違う。

あの夜、シルさんはこんなにも必死じゃなかった。

避けられない『期限』が迫っているかのごとく、『運命』から逃れたいがためのように、彼女は望んでくる。

僕にはそれが、泣いているようにも見えた。

やがて、彼女はゆっくりと唇を寄せて――

「【宴《うたげ》終わるその時まで――殺戮せよ】」

詠唱が響き渡った。

その瞬間。

「――」

時と時の狭間《はざま》。

永遠に圧縮された刹那《せつな》の中でそれを知覚した直後。

絶叫を上げる本能に突き飛ばされるように、僕は、地を蹴っていた。

「【ダインスレイヴ】」

駆け抜ける猛烈な一閃《いっせん》。

全てを断ち切る漆黒の斬撃。

頭上から迫りくるその一撃に反応できたのは、奇跡と言って良かった。

彼女を引き寄せ、なりふり構わず跳んだ一瞬後、石畳が爆砕する。

「〜〜〜〜〜〜〜〜〜〜〜〜〜〜〜〜〜〜〜〜〜〜〜〜〜〜〜〜〜〜〜〜〜〜〜っっ⁉」

余波に殴り飛ばされ、何度も地面を削った後、ようやく停止したところで顔を振り上げる。

一秒前まで立っていた場所は粉々に破砕されていた。まるで竜の爪《つめ》を振り下ろしたがごとく地盤がめくり上がっている光景に、どっと顔中から汗が噴き出す。

驚愕《きょうがく》の眼差しを向ける先、舞い上がる砂塵《さじん》の奥にたたずむのは……一人の黒妖精《ダーク・エルフ》。

僕は、喉を震わせた。

「……ヘグニ、さん？」

はためく黒の外套《がいとう》、禍々《まがまが》しい漆黒の剣《つるぎ》、常人には発散することのできない威圧感。

僕を撒《ま》いた後、視線を向けずに再び尾行していたのか。まさに【フレイヤ・ファミリア】の第一級冒険者を名乗るに相応《ふさわ》しい存在が、二人しかいなかった筈の裏通りに姿を現す。

——誰だ。なんだ。

様子がおかしい。本当にあれは、先程僕《ぼく》が接触した黒妖精《ダーク・エルフ》と同一人物なのか。

それほどまでに纏う空気が豹変《ひょうへん》している。

何が起こっているのかはわからない。

間違いないのは、第一級冒険者に僕が斬りかかられたということだ。

（いや、今のは——）

あの斬撃は僕を狙《ねら》ったものじゃなかった。

あの漆黒の剣は、彼女を狙った⁉

「──何のつもりだ」

底冷えする声が辺りに響く。

鋭く、怒りに支配された声が。

振り返る黒妖精《ダーク・エルフ》の双眼が、僕の腕の中で青ざめる少女を、真っ直ぐ射抜いた。

「白き兎は女神の供物。小娘、貴様が犯していい道理などある筈がない」

兎？　僕のこと？

それに女神の供物？

ヘグニさんは、一体なにを言っているんだ⁉

動転する僕を他所《よそ》に、圧倒的な『殺意』を放つ目の前の存在は、はっきりと宣告をなした。

「貴様を始末する」

血の気が引く。

指の先が痙攣《けいれん》しかける。

弾かれるように立ち上がると、僕のすぐ側で薄鈍色の髪が震えた。

「へ、ヘグニさん……私は……！」

「聞く耳持たん。俺が目にしたものは許されざる一つの事実のみだ」

膨れ上がる第一級冒険者の殺気を前に、僕は反射的に腰から《神様のナイフ》を引き抜いていた。

黒妖精《ダーク・エルフ》は厳しい視線のまま、こちらを射竦《いすく》める。

「どけ、兎。其《そ》の小娘は愚かにも女神との『約定』を違《たが》えた。ならば斬るしかあるまい」

「なにを……何を言ってるんですか⁉」

「お前の背後にいる存在を葬ると言っている」

脅しじゃない。

本気だ‼

「全ては女神のために。──死ね、娘《おんな》」

外套《がいとう》を翻し、漆黒の妖精は僕達に斬りかかった。


Lv.4の動体視力を歯牙《しが》にもかけないほどの加速。

接近と同時に斜めに振り下ろされる超速の斬撃に、初動が遅れた僕にできることは、身を挺《てい》して彼女を庇うことだけだった。

「邪魔だ！」

「ぐうッ⁉」

斬撃の通過線上にナイフごと体を割り込ませた僕を、黒妖精《ダーク・エルフ》の剣士は容易《たやす》く弾き飛ばす。

ぶつかり合う漆黒のナイフと漆黒の剣、手の骨が砕けかねない途方もない衝撃。

凄《すさ》まじい震動が視界を襲う中、横合いに吹き飛ばされる僕は、咄嗟にドレスの肩部分を摑んでいた。

「きゃあ⁉」

無理矢理引き寄せ、彼女とともに飛ばされる。

痛烈な攻撃の反動を利用し、無様に地を転がりながら、再び距離を離すことに成功した。

が、全く安心できない。素早く立ち上がると同時に流れるのは尋常じゃない冷や汗だ。

たった一度の攻防で、彼我《ひが》の力の差を認識させられる。

――反撃はおろか、碌《ろく》な防御も許さず敵はこちらを瞬殺できる。

鍛練や異端児《ゼノス》達の事件の際、常に加減しながら戦ってくれていたアイズさんの時とは違う。

これが第一級冒険者……これがLv.6！

覆《くつがえ》しようのない力量の持ち主！

「潰《つい》えろ！」

再び黒妖精《ダーク・エルフ》の姿が霞《かす》む。

地面を蹴り、頭上を飛び越え、あたかも蝙蝠《こうもり》のように襲いかかってくる。

素早く、そして後方からの一撃に再び自分の身を盾《たて》にすることしかできない。

凄まじい衝撃。ナイフから火花が散る。

みっともなく体勢を殺されるも、片足一本、死ぬ気で踏ん張って体勢を立て直す。

そこからヘグニさんは怒涛《どとう》のように攻撃を仕掛けてきた。

「ぐうううううううう!?」

右、左、頭上、下段。繰り出されては突き込まれる苛烈《かれつ》な剣撃を、何度も防ぐ。

何度も防いで——恐ろしい勢いで体力が削られていく！

「退《の》け、兎！　我が剣に断たれたいか！」

「ッ……!!」

「それ以上、苛《いら》つかせるな！　手もとが狂う、押さえきれん！　貴様の首を落としてしまうだろうに!!」

斬撃に負けず劣らずの激しい罵倒が僕の頬を殴りつけてくる。

先程、対人が怖いと泣きべそをかいていた面影《おもかげ》など一切《いっさい》ない。

鋭い剣幕、弱気など欠片《かけら》も見受けられない語気。

怒りに支配されて、と言っても限度がある。

（これじゃあ、まるで『別人』だ！）

襲われる前、確かに僕は詠唱を聞いた。確かな『魔法名』を耳にした。

何らかの『魔法』が発動している？

攻撃魔法や付与魔法《エンチャント》でもない、もっと別の特殊魔法《なにか》が……！

「……っ？」

あっという間に刈り取られていく体力を他所に、僕はあることに気が付いた。

──もしかして、僕に攻撃できない？

樹上の中から葉の一枚を正確に狙って斬れるであろう、凄まじいまでの精密斬撃が故に、逆に見抜くことができた。

敵の狙いは、僕が今も背で庇っている『彼女のみ』。

誰かの指示なのか、ベル・クラネルには傷一つ負わせられないらしい。

それを察した僕は、積極的に自分の身を盾にした。

「ちッ」

読み通り、斬撃の効果範囲に無理矢理飛び込んでくる僕に、ヘグニさんはやりづらそうに舌打ちする。

本来ならば第一級冒険者の攻撃なんて凌《しの》ぎ切れず、最初の一撃で終わっていただろう。自分から果敢に斬られにいくなんておかしいにもほどがあるけど、それが現状で僕に許された唯一の抵抗だった。

ヘグニさんの間合いを狂わせるように、何度も斬撃圏内に飛び込む。

勢いが削がれる長剣を何とか見切り、どうにかナイフで弾くこと数度、黒妖精《ダーク・エルフ》は外套を翻して後方へ跳んだ。

「はぁ、はぁ、はっ……！」

「小癪《こしゃく》。俺を縛る枷《かせ》に縋《すが》るとは。Ｌｖ．４の名が泣くぞ」

「っ……！」

「貴様は崇高《すうこう》なる女神の寵愛《ちょうあい》に応《こた》えなければならぬ身。あまり幻滅させるなよ――本当に殺してしまう」

既に盛大に呼吸を乱している僕を、汗一つかいていないヘグニさんが零度《れいど》の眼差しで貫く。

僕は震えた。唾棄《だき》され、その威圧に圧《お》されたから、じゃない。

今も細められている妖精の双眼が、背後で怯えている少女にひたすら殺意をそそいでいるからだ。

（昨日まで、【フレイヤ・ファミリア】はシルさんを守っていたのに……！）

それはきっと、目の前のヘグニさんも同じの筈だ。

それが何故、いきなり襲いかかってくるんだ！

『約束』を違えた？　『違反』を犯した？　言っている意味が全くわからない！

別れ際、ヴェルフは【フレイヤ・ファミリア】と抗争になんてなる筈がないと言った！

その通りだった！

代わりに――一人の女の子が狙われている!!

一体、何が起こっているんだ！

「すぐに喧《やかま》しい『四つ子』と凶暴な『猫』が来るだろう。奴等《やつら》に引き裂かれるくらいなら、我が一撃こそ慈悲そのもの。逃げるな。止まれ。受け入れろ。死の刹那を永遠の冥福《めいふく》に変えてやる。――故に兎、貴様と戯《たわむ》れる暇などない」

逃げなくては。彼女を殺させないために。

そう思っていても、隙《すき》が見つからない。

僕が必死に突破口を探っていた時、だらりと両腕を下げたヘグニさんの体が――沈んだ。

「貴様には、もう何もさせない」

そして、知覚を振り切られた。

「――――」

神速の初動。視界外にかき消える動き。

凍りつく時間の中で、外套のみが残像を残し、そしてその残像だけを捉《とら》えることができた瞬間、黒妖精《ダーク・エルフ》は横手にそびえる建物の壁を蹴っていた。

正面にいたにもかかわらず、真側面からの強襲。

跳弾のごとき出鱈目《でたらめ》な不意打ち。

凍結していた時間を砕き、振り向きざま手を伸ばすも、間に合わない。

硬直する彼女の胸を漆黒の剣《つるぎ》が貫く、

「──はぁあッッ！」

その直前。

横から割り込んだ疾風の一撃が、ぎりぎりで漆黒の剣を阻んだ。

「なにっ？」

「ぁ……リューさん！」

二刀の小太刀を構えるエルフが、僕達を背で庇う。

剣突の軌道をずらされ、脇手の地面を削って一走するや否《いな》やヘグニさんは素早く間合いを取った。生じた凄まじい風圧が酒場の制服をなびかせる中、まさかの援軍の姿に僕は思わず歓呼の声を上げる。

「ベル……！　これは一体、どういうことですか……！」

が、颯爽《さっそう》と現れた筈のリューさんの顔は強い焦りに歪《ゆが》んでいた。

正面に立つ同胞から視線を外すことができず、僕達を見ないまま声を放つ。

「何故【フレイヤ・ファミリア】が貴方達を！」

【疾風《しっぷう》】と呼ばれていたリューさんでさえ動揺を隠せない中、彼女に続くように三つの影が頭上より現れる。

「ちょっと！　これ、どういうこと⁉」

「まともじゃない争音《そうおん》が聞こえてくると思ったら、シルと少年を巡って修羅場ニャー⁉」

「……っ！」

ルノアさん、クロエさん、アーニャさんが勢いよく着地する。

僕達を庇うように囲む彼女達の中で、アーニャさんだけはヘグニさんを見て絶句していた。

「どけ、小娘ども。我が剣《つるぎ》でその娘《おんな》を断《た》つ、それだけのことだ」

「はあっ⁉　ふざけんなっ！」

「激強《げきつよ》の冒険者が一般人相手に殺気全開とか大人げなさ過ぎニャ〜。頭冷やしてトイレでも行ってくるニャア。──というか行ってくださいお願いします後生ですから」

ヘグニさんの言葉に激昂《げっこう》するルノアさんも、軽口を叩《たた》くクロエさんも、既に肝を冷やしているることがわかる。

無言を貫くリューさんだって臨戦態勢を解除できない。

三対一。いや、僕も入れれば四対一。

にもかかわらず、僕達はたった一人の冒険者に気圧《けお》されていた。


「「「「何をしている、ヘグニ」」」」


更に、凶報を畳みかけるがごとく。

呼吸を停止させる僕達のもとへ、四つの声が同時に響いた。

「その娘《おんな》はもう要らない」

「女神の絶対の神意《しんい》に抵触した」

「ならば咎人《とがびと》も同然。主神《あるじ》の声を仰ぐまでもない」

「血祭りだ。お前が悠長するなら我々が処分する」

目を閉じていれば、まるで一人の人物が話しているようにすら聞こえる、全く同じ声音。

身に纏うのは画一的な砂色の鎧《よろい》と兜《ヘルム》。

その手が携えるのは、矮軀《わいく》に不釣り合いな長槍《ちょうそう》、大鎚、大斧《おおおの》、大剣《バルウム》。

こちらを包囲するように、四方の建物の上に立つ四人の小人族は、冷酷な眼差しで僕達を見下ろしていた。

「【炎金の四戦士《ブリンガル》】……ガリバー四兄弟」

ルノアさんが、顔から色を無くしながら、その名を呼んだ。

明るく快活な彼女は、今まで一度だって見せたことのない怯えをあらわにしている。

震えかける四肢を押さえ込むルノアさんは、あらん限りに唇を噛《か》み締め、僕へ告げた。

「冒険者君。シルを連れて逃げて」

「えっ!?」

「一分。それしか持たない」

その断言に、絶句する。

僕に一瞥《いちべつ》もくれないルノアさんの横顔は、口答えを許さなかった。

反論を押さえ込む余裕すら、そこには存在しなかった。

だから行け。さっさと行け。限界まで逃げろ。早く。

でなければ瞬く間に『全滅』する。

第一級冒険者の包囲網とは、つまりそういうことだった。

「行って‼」

ルノアさんの言葉に突き飛ばされ、僕は走り出すしかなかった。

迷いなど微塵《みじん》も許さない『処刑場』から一人の女の子を守るため、躊躇《ちゅうちょ》さえする暇もなく、彼女の手を握って。

背を向けた瞬間、膨れ上がる戦意。

漆黒の外套が翻り、四つの影が頭上より落下する。

リューさん達もまた地を蹴り、『一方的な蹂躙《じゅうりん》』が幕を開けた。


繰り出される凄まじき斬撃の渦。

本来ならば何が何でも離脱しなければならない絶死の領域に、リューは身を置き続けなければならなかった。

何故ならば己《おのれ》のすぐ背後ではルノア、クロエ、アーニャが恐ろしき小人族《パルゥム》の四戦士を食い止めている。ならばリューも一人で目の前の敵を──黒き同胞《エルフ》を食い止めなくてはならない。

「邪魔するな、同胞。誇りごとその耳を断《た》たれたいか」

「【黒妖の魔剣《ダインスレイヴ》】ヘグニ・ラグナール……！　Ｌｖ．６の第一級冒険者‼」

その称号が意味するところは、【疾風】を優に凌ぐ絶対的強者。

両手に持ち、高速で取り扱う《小太刀・双葉》が絶叫を上げている。漆黒の長剣と触れ合う度に甲高《かんだか》い金属音を放ち、減退できない衝撃をリューの体へ伝えてきた。

（速過ぎる‼　重過ぎるッ──‼）

機転、経験、閃《ひらめ》き、全てを駆使しても攻勢に転じることができない。まともに防いでは両断される斬撃をずらし、躱《かわ》し、回避に専念することしか許されない。反撃の糸口などことごとく褫奪《ちだつ》される。

先程のベルと全く同じだった。少年に『技』と『駆け引き』で勝るリューでさえヘグニの前では同じ稚児である──正確には『技と駆け引き《そ　れ》』がなければリューはとうに絶命していた。

一秒でも伸びる交戦の継続時間は、彼女が理不尽と不条理に立ち向かってきた熾烈《しれつ》な戦闘経験の裏付けである。

絶対的な能力《ステイタス》の差。

それがリューとヘグニを隔絶させる。

白《ホワイト》の自分とは異なる、黒《ダーク》の妖精剣士に戦慄《せんりつ》を禁じえない。

けれど同時に、それでも目の前の敵をここから通すわけにはいかないと、リューは逆境の中で気炎を上げる。

「──そうか。貴様は、いや貴様もあの方の『お気に入り』か」

そこで、あることに気付いたかのように、ヘグニは目を眇《すが》めた。

「なにっ？」

「あの兎と同じ。我が一存で葬ることはできない。実に面倒極まる」

リューの疑問に答えることなく、ヘグニは一層激しく斬り結んだ。

捌《さば》いた一撃目から手を痺《しび》れさせる苛烈な斬撃に圧されながら、それでもリューは二刀を駆使して敵の速度に追随せんとする。

制服を何度も裂かれ、白い肌に血が滲《にじ》む中、敵の斬撃の渦の中で踊るように防ぎ続ける。

(敵の真意はわからないっ、だが攻撃が四肢を狙うようになった！　相手は私の命を奪うことはできない！　加減など屈辱に違いないが、しかしそれならば希望はある！)

正確に敵の剣技の変化を感じ取り、ベルと同じようにヘグニの『縛り』を見抜いたリューは拮抗《きっこう》状態を望んだ。自分が倒れることなく、少しでも長くヘグニをこの場に縫い付けることができれば、ベル達を逃がすことができると。

しかし、

(右下段からの斬り上げ――後退で往《い》なせる！)

リューの目論見《もくろみ》は、

「――眼《め》が良い者ほど奈落の餌食《えじき》となる」

ヘグニの『必殺』により、あっけなく踏みにじられた。

「⁉」

禍々しき漆黒の長剣、その斬撃距離《リーチ》が――伸びた。

服の一部を掠《かす》め取るに終わる筈だった剣先が、リューの胸を易々と切り裂いたのだ。

(剣が伸長――いや――)

決定打の一撃に時が圧縮される中、リューは悟る。

(斬撃範囲が拡大した！)

剣が伸びたのではない。

まるで真空の刃が発生したように、『斬撃の効果範囲』が拡張したのだと。

己の体が夥《おびただ》しい鮮血の花弁を吐き出す中、その答えに辿り着く。

「呪武具《カースウェポン》――‼」

胸を裂かれ震慄《しんりつ》するリューに、すかさず回し蹴り。

風を巻き込みながら外套とともに鋭く一回転したヘグニの視界の端で、翅《はね》をもがれた妖精が壁に叩きつけられる。

「がは、ぁ……!?」

「我が愛剣《ヴィクティム・アビス》……同じ剣士を幾人も屠《ほふ》ってきた『前衛殺し』だ」

肺から空気を引きずり出され、苦悶に満ちるリューに対し、ヘグニは剣を振り鳴らし、彼女の血を飛ばす。

凄まじい切れ味を誇る第一等級武装にして、とある呪術師《ヘクサー》が制作に関わった曰く付きの特殊武装《スペリオルズ》――《ヴィクティム・アビス》。

リューが見抜いた通り、生粋《きっすい》の殺戮属性《ソード・マーダー》を秘める呪武具《カースウェポン》である。

圧倒的な力の差を見せつけ、ヘグニは悠然とその場を去っていく。

その光景を止めることもできず、無念に身を焼かれながら、リューは倒れ伏した。


「「「「見たことがあるな、貴様」」」」

重なり合う小人族《パルゥム》の四つの声に、ルノアは顔を歪めに歪めた。

「あれは何年前だったか」

「まだ闇派閥《イヴィルス》の屑《くず》共がいた『暗黒期』だ」

「身の程知らずにも襲いかかってきた『賞金稼ぎ』がいたな」

「顔など記憶にも留めていないが、その『拳』の戦い方だけは覚えている」

こちらを嘲笑《あざわら》うような声。

事実、四つ子は嗤《わら》っているのだろう。

既に戦闘は始まっており、ルノアが殴りかかっているにもかかわらず、鉄をも砕く拳はことごとく空《くう》を切っている。両手に嵌《は》めた拳具が、虚《むな》しい空振りの音をかき鳴らす。

当たらない。四つもある的《まと》に一つも命中させられない。特別速い動きをしているわけでもないのに、明らかに手を抜かれているというのに。まるで四人同時に動くことでルノアの意識が、集中が、狙いが、全て『攪乱《かくらん》』されているかのようだった。

あの時と同じだった。

豊穣の酒場に拾われる前、血生臭い仕事に身をやつしていた『賞金稼ぎ』時代。依頼を受けて、とある小人族《パルゥム》の四戦士を襲い、笑ってしまうほど『惨敗』したあの時と。

「くそおおおおおおおっっ⁉」

同じ姿、同じ眼差し、同じ影。どこを見ても同じ、悪夢のような光景。

兜《ヘルム》のバイザーの奥からこちらを見る四対の瞳に、当時の屈辱と恐怖を喚起され、ルノアは叫んだ。

絶望に吞まれまいとする、必死の抵抗だった。

「突っ込むんじゃないニャ！　踊らされてる！」

「ルノア、ダメニャ！　この四人は……！」

クロエとアーニャの制止の言葉も意味をなさない。

ルノアを援護しようと二人も攻撃を仕掛けるが、やはり捌かれる。

『敏捷』に優れるクロエの暗剣も、彼女から譲り受けたナイフを閃かすアーニャの一撃も、四つ子の小人族《パルゥム》達には当たらない。掠りもしない。

間もなく、彼等は静かに武器を鳴らした。

「もういい」

「「「倒れろ」」」

長男のアルフリッグが告げた後、三人の弟の声が重なる。

その後は、一瞬だった。

アルフリッグの長槍が薙《な》ぎ払われ、ルノアの拳具を、クロエの暗剣を、アーニャのナイフを同時に弾き飛ばす。三人同時に時を止める中、末弟の大剣《グレール》がルノアの胸部を切り上げ、次男の大鎚《ドヴァリン》がクロエの胴体に叩き込まれ、三男の大斧《ベーリング》がアーニャに一閃される。

肉が裂かれる音、骨が砕かれる音、血飛沫《ちしぶき》が散る音。

目をあらん限りに見開くルノアが、口から血を吐くクロエが、衝撃に屈するアーニャが、三者三様の方向へと吹き飛ばされる。

宙を舞ったヒューマンは地に叩きつけられ、二匹の猫人《キャットピープル》は資材置き場を粉砕して、土煙を上げた。

「ちく、しょぉ……!?」

同時迎撃、同時接近、同時撃破。

彼女達が許された戦闘継続時間は、五十秒。

一瞬で三人まとめて倒されたことに、石畳に血溜《だ》まりを広げるルノアは震えながら首だけを起こし、悔しさと痛苦の呻吟《しんぎん》を漏らす。

ガリバー四兄弟。

Lv.5でありながらLv.6以上の冒険者にも引けを取らないと言われている彼等の強さの秘訣《ひけつ》は、会話はおろか視線さえ交わさず、零秒《ノータイム》で以心伝心を行う四重攻《カルテット》にある。

都市最高峰とも称される『無限の連携《パルゥム》』。

種族の優劣《ハンデ》など意に介さない小人族の四戦士を前に、ルノアの意識は途絶えた。


「あ、ぎっ……ニャ、ァ……!?」

震える手をついて、アーニャは起き上がった。

がらがらと積まれた木箱や樽が崩れる中、出血する肩を押さえ、ふらつきながら歩み出る。

「何をやってる、ベーリング」

「仕留め損ねているぞ」

「ああ、失態だ。……そういえば、元団員だったお前には、我々の連携を何度も見られていたな」

四兄弟の声のうち、ベーリングの声がアーニャに投じられる。

呼吸を乱すアーニャは、周囲を見回し、呆然とした。

「ルノア、クロエ……リュー……」

同僚達は無残にも再起不能に陥《おとしい》れられていた。

アーニャはもう一人だ。

五対一。敵は全て第一級冒険者。

絶望が身を巣食い、膝《ひざ》が折れそうになる。

「まだ歯向かうのか、【戦車の片割れ《ヴァナ・アルフィ》】」

「っ……！」

アルフリッグが呼んだその二つ名に、アーニャの耳が動揺するように揺れる。

「派閥内競争に脱落した負け犬、いや負け猫か」

「捨て猫の間違いだろう？」

「フレイヤ様に野へ打ち捨てられた雑種が」

「う……うるさいっ、うるさいっ、うるさいニャア！　ミャーは【戦車の片割れ《ヴァナ・アルフィ》】なんかじゃないニャ！　ミャーは『豊穣の女主人』のアーニャだニャア!!」

小人族《パルゥム》の弟達の、過去を抉《えぐ》り出す容赦《ようしゃ》ない言葉に痛みを堪《こら》えながら、目を瞑《つむ》り、顔を振って、雄叫《おたけ》びを上げる。

それは彼女の心を守る最後の砦《とりで》だった。

捨てられた彼女の寄る辺《べ》であり、アーニャ・フローメルの存在証明そのものだった。

奇《く》しくもベル達が逃げた路地を背にする彼女は、相対する黒妖精《ダーク・エルフ》と小人族《パルゥム》を睨みつける。

「ミャーが守るっ……！　シルを……家族をっ……！」

無手の中で、爪を立てる猫のように五指に力を込める。

恐怖に抗いながら、『家族』というその言葉をもって、己を奮い立たせる。

しかし。


「何をしてやがる、愚図《ぐず》」

その凍《い》てついた声に、彼女の『家族』への決意は脆《もろ》くも崩れ去った。


「――――――」

凍結するアーニャの視線の先。

彼女にとって、五人の第一級冒険者と立ち向かうより過酷な存在が、たった一人の猫人《キャットピープル》が姿を現した。

「に……兄様《いい》……」

アーニャ・フローメルは、たった一人の肉親を呼ぶ。

【女神の戦車《ヴァナ・フレイア》】の二つ名を持つ実兄、アレン・フローメルを。

「……な、なんでっ、兄様が……！」

よく見れば彼女と彼は似ていた。

瞳の形も、薄い黄金《こがね》の色がかかった虹彩《こうさい》も、色こそ異なるがその毛並みも。

二匹の猫には、類似点が多過ぎた。

「問い返すんじゃねえ。聞いたのは俺だ」

「ごっ、ごめんなさいっ⁉ ごめんなさい、兄様！」

明るく、暢気《のんき》な酒場の店員は姿を消していた。

声も体も震わせ、必死に兄の怒りを買うまいとするその姿は、ただの『愛』に餓えた惨めな捨て猫だった。

「ミャ、ミャー達はっ、シルを守りたくて……！ 大切な家族を、死なせたくないのニャ！ だから兄様っ──」

「──そのふざけた口調を止めろッ‼」

「ひっ⁉」

アーニャの必死の弁明が、怒号に遮られる。

アレンは殺気を募らせながら吐き捨てる。

「どれだけ同じことを言わせれば気が済む？　てめえの足りない頭じゃあ、言葉の一つも理解できねえのか。……つくづく苛立《いらだ》たせやがって」

「ぁ、ご、ごめんなさいっ!!　わ、私《わたし》……！」

アーニャの歯が鳴る。悲しみと恐怖で、身も心も過去に刻《きざ》まれた傷を思い出す。

兄の失望の眼差し、言葉、全てがアーニャの体を穿《うが》つ。

「邪魔だ。失《う》せろ。俺の槍《やり》がてめえの頭を吹き飛ばす前に」

「ま、待って……待って、兄様っ！　私はどうなってもいいからっ、シルだけは……！」

「黙れ」

必死に縋ろうとするアーニャは、何てことのないその一言で、反抗の意志を根絶やしにされた。

「脳無しが。てめえとこうして問答している意味さえねえ。道を開けろ」

アレンが近付いてくる。

アーニャの眼前に迫ろうとしている。

「私は……わたし、は……シルを……家族を……」

瞳に涙を溜めながら、譫言《うわごと》のように言葉を繰り返す。

その震える体は、せめて自分の背に控える道だけは守ろうとしたが、

「どけ」

目の前で見下ろす兄の眼に、逆らうことはできなかった。

「…………はい、兄様」

瞳から涙がこぼれ落ちる。全身から力が抜ける。

道を譲る自分に失望して、アーニャの膝は崩れ落ちた。

戦意を根本から挫《くじ》かれた彼女の顔は涙を流す人形のようだった。

そんなアーニャに一瞥もくれず、アレンは目の前を通り過ぎる。

ヘグニとガリバー兄弟も続く中、アーニャは声を上げず泣き続けた。

涙を流し続けた。

陽気な猫などどこにもいない。

たった一人取り残される彼女の姿は、まさに何もかも失った『迷子の子猫』のそれだった。


まるで冒険者の直感が嘶《いなな》いたかのように。

アイズが反応を示したことに、ヘスティアは気が付いた。

「ど、どうしたんだい、ヴァレン何某君？」

「……この先で、誰かが戦っています」

「ええっ⁉」

曇天の下、ヘスティア達はベル達のもとへ向かっている途中だった。

東のメインストリートから真っ直ぐ北上し、今はアスフィがベルを視認したという都市北東区画の中心に差しかかったところだ。

「祭りの喧嘩《けんか》とかじゃなくてかい⁉」

「はい……そんな『遊び』じゃない」

「……アスフィ。透明にでもなって偵察するつもりはあるか？」

「御免被《ごめんこうむ》ります。私ですら嫌な予感がひしひしと伝わってきます。……想像の埒外にいる、い、い、怪物が暴れているかのような」

アイズの鋭い眼差しと、アスフィの冷や汗に、ヘスティアは息を呑んだ。

耳を澄ませば確かに伝わってくる。壁や床に何かが叩きつけられるような音と僅かな震動。

そして意識しなければ楽器の演奏のようにも聞こえただろう、間断なく打ち合う刃と刃の甲高い金属音が。

何の変哲もない街路の真ん中で、目の前に結界が張り巡らされているかのように、ヘスティア達の足は完全に止まってしまった。

「はぁ、はぁっ……！　……えっ？　神様⁉　それにアイズさん、ヘルメス様達も⁉」

その時だった。

探していた少年が息を切らして現れたのは。

そして『ソレ』が、ヘスティアの視界に飛び込んできたのは。

「────」

ヘスティアは時を凍結させ、発する言葉を焼失した。

視線が交わる薄鈍色の瞳。

こちらに気付いた少女は、『ずっと避けていた事態』が訪れてしまったことを悲しむかのように、目を伏せた。

彼女はベルの背に身をずらし、少しでも体を隠そうとする。

「ベル、何があったの？」

「……【フレイヤ・ファミリア】に……第一級冒険者達に襲われました。リューさん達が食い止めているんですけど……」

「なんですって!? リオン達が!?」

本来なら無視できない危険過ぎる情報に、ヘスティアは反応さえ示せない。

なんだ、彼女は。

いや、なんだ、コ、コレは。

ヘスティアの衝撃を知ってか知らずか、ヘルメスが歩み出て、口を開く。

「……君が狙われているという認識でいいのかい、シルちゃん？」

片方の二の腕を掴み、己の体をかき抱いていた少女は、意を決し、身を乗り出した。

「お願いします、ヘルメス様！　助けてください！」

「……」

「これっきりでいい、どうか私に時間を！　たとえ神意に背いているとしても、まだ女神との契約は続いている！」

「……わかった。頼まれよう」

少女の懇願に、ヘルメスは神妙な顔で頷いた。

「アイズちゃん、力を貸してくれないかい？　第一級冒険者達を足止めするだけでいいんだ。ロキとフレイヤ様の抗争には絶対に発展させない。調停者《ヘルメス》の名に懸けて」

「……わかりました」

「アスフィ、お前もアイズちゃんを援護しろ」

「ちょ、ちょっと、ヘルメス様！　第一級冒険者の戦いに巻き込まれるなんて、私は――!!」

「お前もリューちゃん達が心配だろう？」

「……っ！　ああもうっ！」

従うしかなくなったアスフィの頭を、ヘルメスは詫《わ》びるようにぽんぽんと叩いた。

アスフィは恨みがましい目でその手を払いのけ、走り出すアイズの後に続く。

その後ろ姿を見送った後、ヘルメスは最後に、呆然としているベルに向き合った。

「多勢に無勢といっても、アイズちゃんとアスフィならしばらく足止めできるだろう。行け、ベル君。……彼女を守ってやってくれ」

「……はい、ヘルメス様」

少年は頷いた。

少女の手を取って、その場を駆け出していく。

「ぁ――ま、待つんだ、ベル君⁉」

思考を停止していたヘスティアははっとするが、遅かった。

声が届く前に、ベル達はヘスティアの視界から姿を消す。

「……ヘルメス」

「なんだい、ヘスティア」

ヘスティアは未《いま》だ思考の整理が追い付かない顔で、憎らしいほど平然としているヘルメスに振り返る。

「なんだ、彼女は……？」

「……」

「どういうことなんだ……一体なんなんだ、アレは⁉」

震えていた声は叫びへと変わる。

ヘスティアの乱れる心を更にかき乱すように、激烈な剣戟《けんげき》の音が鳴り始める。剣姫と第一級冒険者達の衝突を告げる武器の旋律。しかし、今ばかりはそれにも意識を割けない。

動揺が抜けきらない形相で詰め寄る彼女に、ヘルメスは初めて感情を見せた。

疲れきったような、老人のような顔だった。

「実のところ、オレも彼女のことは……シルちゃんのことは判然としていない。取るに足らない憶測はあるが、見極められないんだ。彼女が何なのか、彼女が『誰』なのか。他の神々もそうだ。その上で彼女との一時《ひととき》を楽しみ……怯えている」

全てを見通しているのはロキくらいかな、と。

己の推理を語るヘルメスに、「そんなことを聞きたいんじゃない！」とヘスティアは激しく頭《かぶり》を振る。

だってヘスティアは知らない。

自分の記憶にはない空席の存在を。

法則からも摂理からも逸脱した理外《りがい》の理《り》を。

あそこまでの『下界の未知』を——異常《イレギュラー》の塊を。

「あれは、本当に女神なのか!?」

灰の空が唸《うな》る。

まるで女神の乱心と同調するように、立ち込める暗雲が軋《きし》みを上げた。

駆け抜ける。

都市北東から南下し、隘路《あいろ》じみた裏道を駆使して、雑多な『工業区』を突っ切っていく。

側にいる彼女を、死なせないために。

「ごめんなさい、ベルさん……！　私のせいで……」

弱々しく、儚い呟きは罪悪感にまみれていた。

後ろを一瞥すれば薄鈍色の目は伏せられ、痛々しい。

僕はそんなシルさんの声を聞きたくなくて、そんなシルさんの表情を見たくなくて、声を荒げていた。

「そんな顔、しないでください！　そんな顔、見たくない！」

「ベルさん……」

「自分のせいとか、言わないでください！　みんな貴方のために力を貸してくれてる！　だから諦《あきら》めるなんて、絶対に駄目だ!!」

「……！」

「後でリューさん達にも、アイズさん達にもたくさん謝らないといけないんですから！」

手をぎゅっと握り、思い浮かんだ言葉を片っ端から吐き出す。

自分でも何を言っているのかわからない。それでもすぐ後ろの気配が下を見るのを止めて、手をぎゅっと握り返してくる、それだけはちゃんとわかった。

考える。今の状況を。

【フレイヤ・ファミリア】は本気だった。

本気で、彼女を殺そうとしていた。

何が起こっているのか。シルさんを取り巻く状況はどうなっているのか。

確かめなければならない。

状況を理解しなければ、このままでは埒《らち》が明かない！

「どこかに、隠れる場所があれば……！」

絡《から》み合う二人の息は上がりきっている。加減されていたとはいえ第一級冒険者の強襲に晒《さら》された僕の体は深く消耗していた。どこかで体を落ち着かせる必要がある。

「私っ、隠れられるところ、知ってます……！」

「本当ですか⁉」

「はい！　この先に……！」

もはや選《え》り好みできる段階じゃない。

僕はその提案に飛びついた。

「お願いします！」

はい、と。
目の前にある彼の笑みに、彼の眼差しに、私は大きく頷いた。
――炉の女神と出会ってしまった。
――彼の主神と邂逅《かいこう》してしまった。
『出会ってはいけない』とあれほど言い含められていたのに。
私はもう咎人だ。
言い逃れのしようもなく、あらゆる罪状がこの身には刻まれている。
女神の言いつけを破った罪。
女神との『契約』の裏で企図を走らせていた罪。
企図を実行に移し、女神が見初めた存在を、こうして奪おうとしている罪。
眷族達《かれら》が激するのも無理はない。この命を摘み取ろうとするのは至極当然のことだ。
約束された女神の所有物を、私は掠め取ろうとしているのだから。
私にもはや救いはないだろう。
けれど。

それでも。
こんな私のためにも彼はその白い想いを燃やしてくれる。
純粋な透明の心の一部を分けてくれる。
呼吸が乱れている。胸が熱い。頬が上気している。
女神が彼を見初めた本当の理由が、ようやくわかった。
だって彼は、私の心までこんなにもおかしくする。
細く、けれど力強い彼の手が、私の手を引く。
それは女神が愛した手だ。
本来、女神だけが有する筈のその手を、その指を、今だけは私が独占する。
——ごめんなさい、ごめんなさい、ごめんなさい。
女神と、彼女に忠誠を誓う眷族達に心の中で何度も謝る。
許しは請わない。けれどどうか、遂げさせてほしい。
この『望み』を。
彼とともに結ぶ、私の『大罪』を——。

案内されたのは、『工業区』の片隅に存在する廃墟《はいきょ》だった。

何らかの工場だったのか、放棄された巨大な箱型の建物は緑の蔦《つた》に埋めつくされている。出入り口は全て厳重に封鎖されていたけれど、蔦の滝に隠れるように崩れた壁の一角があった。

確かにこれなら、侵入してしまえば中に僕達がいるなどまず誰にも気付かれないだろう。

腰をかがめ、崩れた穴をくぐり、短い通路を進むと、視界が開けた。

「広い……」

廃墟内は何千もの人を楽に収容できる広さを誇っていた。

火災があったことを物語るように、半分より奥の壁や床には焦《こ》げた跡が目立つ。金属の柱は折れ曲がり、地面に頭を付けていた。床を走る貨車《トロッコ》の線路《レール》も地面ごと一部ごっそりとなくなっている。多くの設備は撤去され、隅に固まっているのは再利用することもできないガラクタの塊だ。

上を見上げれば、灰色の空が見えた。

ぽっかりとした穴が複数、屋根に空いている。

「孤児院の子達にせがまれて、『ダイダロス通り』の外へ出た時……見つけたんです。危ないから、訪れたのは一度きりでしたけど……」

その説明に納得する。確かにここは『秘密基地』といった趣があった。

ライ達がはしゃぐ姿が目に浮かぶようだ——そんなことを思いながら、振り返る。

こちらを見つめる彼女と、向き合う。

「……どうして【フレイヤ・ファミリア】に狙われているのか、教えてくれますか？」

「……それは、貴方が『女神様』に……フレイヤ様に見初められているから」

「……僕が？」

「……はい。だから、あの人達はあんなにも怒った。フレイヤ様の寵愛が向く先を知っておきながら……私が、貴方を奪おうとしたから」

ひんやりとした廃墟内の空気が、二人を包む。

打ち明けられる内容に僕は少なからず動揺した。

同時に、そんなまさかと否定することも咄嗟《とっさ》にはできなかった。

――『愛してる』。

銀髪の女神様が、僕に向かって確かにそう囁いたのを、思い出したからだ。

「私は貴方に話していないことが沢山ある。私は貴方に、嘘ばかりついている。でも、こうなった今、貴方から引き離されるのは本当《ほんとう》！」

「……」

「私には!!　……今しかない」

この想いを遂げるには、と。

吐き出すように一頻《ひとしき》り叫んだ後、触れば消える雪の結晶のような声で、彼女はそう呟いた。

うつむいていた薄鈍色の瞳が、こちらを見る。
今という時間を惜しむように、こちらに近付いてくる。
僕の前で立ち止まった彼女は、言った。
「哀《あわ》れみでもいい、同情でも構わない。私を受け入れてくれるなら、どうか――」
それは哀願だった。
紛れもなく、疑うことのできない、切なる『望み』だった。
僕はその姿を前に、一度、静かに瞼を閉じた。
彼女が最後の距離を埋める。
どさっ、と持っていた手提げ鞄《ハンドバッグ》が落ちる。
こちらの背中に、手を回そうとする。
そして、僕は――

静かに瞑った瞼を、彼は開いた。
その深紅《ルベライト》の双眸を見る度に、胸が疼《うず》く。
ずっと前、『女神』が語ってくれた話を思い出す。

彼女の言った通り、彼の紅《あか》い瞳も、その汚れを知らない透明の魂も、美しい宝石のようだ。

それが『女神』と私を惹《ひ》きつける。

それが『女神』と私を狂わせる。

引き寄せられるように、私は最後の距離を埋めた。

震える胸と胸がすぐ側にある中、唇を近付ける。

もう用をなさない手提げ鞄《ハンドバッグ》を足もとに落とす。

ゆっくりと、手を持ち上げる。

――どうして、先に『女神』が貴方と出会ってしまったのだろう?

私が先に出会っていれば。

こんな未来を知っていたなら。

何かが変わっていたかもしれないのに。

胸を焦がすのは一つの想い。溢れようとしているそれを、いけない、いけない、と何度も必死に呟いて堪《こら》えようとする。嗚呼《ああ》、でも、認めなくてはならない。目の前の存在に、ずっと惹かれ続けていたことを。彼を見初めた『女神』と同調するように。まるでそれは『女神の鏡』のように。だからこそ、だからこそ。私はこの衝動を抑えることができない。抱いてはいけない禁忌《きんき》であることは理解している。それが私を救ってくれた『女神』への裏切りであることも知っている。けれど、この感情をとどめる術《すべ》をこの体は知らないのだ。そう、私は、彼を――

許せない許せない許せない許せない許せない許せない許せない許せない許せない許せない許せ
ない許せない許せない許せない許せない許せない許せない許せない許せない許せない許せない
許せない許せない許せない許せない許せない許せない許せない許せない許せない許せない許せ
ない許せない許せない許せない許せない許せない許せない許せない許せない許せない許せない
許せない許せない許せない許せない許せない許せない許せない許せない許せない許せない許せ
ない許せない許せない許せない許せない許せない許せない許せない許せない許せない許せない
許せない許せない許せない許せない許せない許せない許せない許せない許せない許せない許せ
ない許せない許せない許せない許せない許せない許せない許せない許せない許せない許せない
許せない許せない許せない許せない許せない許せない許せない許せない許せない許せない許せ
ない許せない許せない許せない許せない許せない許せない許せない許せない許せない許せない
許せない許せない許せない許せない許せない許せない許せない許せない許せない許せない許せ
ない許せない許せない許せない許せない許せない許せない許せない許せない許せない許せない
許せない許せない許せない許せない許せない許せない許せない許せない許せない許せない許せ
ない許せない許せない許せない許せない許せない許せない許せない許せない許せない許せない
許せない許せない許せない許せない許せない許せない許せない許せない許せない許せない許せ
ない許せない許せない許せない許せない許せない許せない許せない許せない許せない許せない
許せない許せない許せない許せない許せない許せない許せない許せない許せない許せない許せ

ない許せ許せない許せ許せない許せない許せない許せない許せない許せない許せない許せない許せない許せない許せない許せない許せない許せない許せない許せない許せない許せない許せ許せない許せない許せない許せない許せない許せない許せない許せない許せない許せない許せない許せない許せない許せない許せない許せ許せない

――そう、決して許せるものか‼

貴方と出会ってしまったがために女神は穢れた！

貴方のせいで、女神は堕《お》ちようとしている！

私はわかる！　私にだけはわかる！　あの方さえ知りえない神の御心《みこころ》を、私だけが悟ることができる！

だからこそ、憎い憎い憎い憎い憎い憎い憎い憎い‼

貴方が、いやお前が、あの崇高なる女王を変えたのだ！

――どうして先に女神がお前と出会ってしまったのだろう！

私が先に出会っていれば！

こんな未来を知っていたなら！

女神と出会う前に、私がお前を殺していたのに‼

嘆きは何も生まない。怒りは何も鎮めることができない。憎しみは何も取り返すことができない。知っている。わかっている。理解している。

だから、だから、だから。

私は、女神を裏切る。

『交渉』の中に隠した真意をもって『約定』を違え、『禁忌』を犯す。

女神への『愛』をもって、女神の『　』を踏みにじるのだ。

それが私の望み。
それが私の懇願。
それが私の忠誠。
それが、目の前の男にくれてやる紅い手向けの花束。
もはや眷族の邪魔も入らない！
私が遂げる『大罪』の象徴は目の前に在る！
錯覚しているお前への『好意』も、私を止める剣《つるぎ》にはなりはしない！
女神に罵られようとも！
罪人の烙印《らくいん》を押されようとも！
襤褸《ぼろ》のように打ち壊され、彼女のもとから打ち捨てられたとしても！
女神の悪夢は私が必ず晴らしてみせる！
彼女を惑わす『英雄《オーズ》』など——女神の心を奪う『伴侶《オーズ》』など、必要ない!!

彼女が最後の距離を埋める。

どさっ、と手提げ鞄《ハンドバッグ》が落ちる。

こちらの背中に、手を回そうとする。

そして、僕は——そんな彼女の細い肘を摑み、告げた。


「それじゃあ、貴方は誰なんですか？」


その問いかけに、静寂が生じた。

耳を貫く沈黙が二人の間に流れる。

目の前にある薄鈍色の瞳は、見開かれていた。

時を止める彼女の腕は、動かない。

その腕の先にある、右手が握るナイフで、僕の背中を穿つことができない。

時の凍結を砕き、彼女がぐっと腕に力を込める。

無駄だ。僕の両手が彼女の両の肘の内側を押さえている。冷え冷えとしたナイフを、背中越しに心臓へ突き立てることは不可能だ。

封鎖されたこの廃工場に僕達がいることは、まず誰にも気付かれない。

つまり誰にも治療できない。誰にも助けられない。

この廃墟は、彼女が用意した『僕の棺桶《かんおけ》』だった。

「……なにを、言っているんですか？」

「貴方は、シルさんじゃない。そう言っています」

唇と、声を震わせる彼女に、はっきりと告げる。

今度は僕が両手に力を込める。目の前の顔が歪み、ナイフを手から取り落とした。

カラン、と刃が地面に落ちる甲高く乾いた音。

拘束を解放すると、彼女は両腕を押さえながら僕から後ずさった。

床に落ちていた手提げ鞄《ハンドバッグ》が——凶器を隠していた入れものが、彼女の履く靴《パンプス》に当たり、舞い上がる埃《ほこり》を被《かぶ》る。

「……ベルさん、何でそんなことを言うんですか？　私はっ、私ですよ？　貴方だって今日、ずっと私を守ってくれたじゃないですか！」

「はい、守っていました。何が起こってるのか、わけがわからなくて……誰にも死んでほしくなかったから。たとえ、貴方がシルさんじゃなかったとしても」

必死に笑顔で取り繕《つくろ》おうとする彼女が息を呑む中、僕は『それ』を告げる。

「僕は、貴方のことを……一度も『シルさん』と呼んでいません」

そう。

最初から、気付いてしまっていた。

今日、いなくなったシルさんを探して、彼女を見つけて。

その瞳を、その顔を見て、息を呑んだあの瞬間から、『違和感』を抱いた。

彼女はいつも豊穣の酒場で働いている店員じゃない。

彼女はいつも僕に昼食を渡してくれるあの人じゃない。

彼女の笑みは、いつも僕に笑いかけてくるシルさんの笑顔ではなかった。

なぜなら出会った時、彼女はその『殺意』を一瞬漏らしてしまった。

『違和感』が『確信』に変わったのは、どんな窮地に陥《おちい》っても例の手提げ鞄《ハンドバッグ》を手放そうとしなかったことだ。正確には、肌身離さず持っていた鞄《かばん》の中で刃特有の金属音——恐らく凶刃《ナイフ》と金具が擦《こす》れ合った音——が鳴るのを、昇華《ランクアップ》で強化された聴覚が聞き取ってしまった。

状況が状況だったから、助けにきたリューさん達も気付かなかったのだろう。

いや、そうでなくても気付けなかったかもしれない。

それほどこの人の姿は、声は、仕草《しぐさ》は、シルさんに瓜二《うりふた》つだった。

だから——そんなシルさんの声は聞きたくない。そんなシルさんの表情は見たくない。

同じ声、同じ顔をしていても、『彼女』はシルさんじゃないのだから。

「貴方は最初から、僕を殺すつもりだった」

彼女はきっと、僕がヘグニさんに追跡されていることを知っていたのだろう。

そこで一《いち》か八《ばち》かの賭けに出た。

あえて第一級冒険者達を激怒させる真似《まね》をして、僕の前に集め、逃げおおせることで追跡の手を遮断《しゃだん》しようとしていた。この廃墟で、僕と二人きりになるために。

「……っ！」

僕の淡々とした指摘に、彼女はたじろぐ。

床に転がっているナイフは殺意の証。

故にその白刃は彼女がシルさんじゃないという動かない証拠——というわけじゃない。

「ひょっとしたら、シルさんが僕を殺したいほど憎んでいる可能性は、あるのかもしれない。そうだったら悲しいですけど、誰かの胸の内まではわからないから。——でも、貴方は違う。シルさんじゃない」

「ど……どうしてっ？　何で私がシルじゃないって、そう決めつけるんですか⁉」

その仮面の内側を暴くために、僕は『証拠』を突き付けた。

「『髪飾り』」

「えっ？」

「今日、僕が渡した『髪飾り』……今も貴方が付けているのは、シルさんのものじゃない」

薄鈍色の髪に添えられた蒼の髪飾りが、震える。

僕の言葉に彼女は絶句した。

「それは、僕の、も、の、で、す」

番《つがい》の装身具《アクセサリ》。

宿を出る時、机に置いてあったのは、二つあるうちの僕のものだけだった。

本物のシルさんは番《つがい》の片割れを持って、僕の前から姿を消した。だから――

「貴方がシルさんの偽物なんじゃないかって思って、確かめるために渡しました。本物のシルさんが持っている筈のそれを、持っていない貴方は……僕の言葉を信じて、受け取った」

「……!!」

「騙される筈のない言葉に、騙された」

震える彼女の手が、髪飾りを外す。

その裏に記されているのは、『騎士』を示す共通語《コイネー》。

――『私、精霊の方を頂いていいですか！　ベルさんは騎士の方を！』

シルさんが選んだのは『精霊』の装身具《アクセサリ》。

僕のものを受け取ってしまったという事実が、もはや覆《くつがえ》しようのない『証拠』だった。

「貴方は多分、シルさんのことを何でも知ってる。でも、それもきっと完璧じゃない。髪飾りが僕のものだって、疑えなかったから」

記憶、あるいは視界の『共有』。

あまりにも突飛な話だけど、それでも『魔法』か、あるいは魔道具《マジックアイテム》なら不可能じゃない。

それこそ『共有する対象をたった一人に絞る』という『制限』があるのなら。

目の前にいる彼女は恐らく、その『制限』の中で、髪飾りの情報を見落としていた。

「だから、貴方はシルさんじゃない」

もう一度告げた確信の声が、全てを終わらせた。

目をあらん限りに開いていた彼女は、首を折るように項垂《うなだ》れる。

手の中から蒼の装身具《アクセサリ》が落ちた。

音を鳴らして足もとに転がって来るそれを、僕は拾い上げる。

長い沈黙。

廃墟の真ん中で対峙《たいじ》する中、『彼女』は、ゆっくりと口を開いた。

「最初から気付かれていたなんて……度《ど》し難《がた》いほど愚か」

シルさんの声音でありながら、酷く冷たいその声に、僕は確かに怯《ひる》んだ。

うつむいていた顔が上がる。

僕を見つめる薄鈍色の瞳は、暗澹《あんたん》たる光を宿していた。

決してシルさんが向けてこない、淀《よど》んだ双眸。

「何も気付かなければ、優しく抱き締めて、私の腕の中で殺してあげたのに……」

ぞっとするほどの無機質な言葉。明確な敵意と殺意。

先程の【フレイヤ・ファミリア】の殺気が可愛《かわい》く思えるほどの。

臓腑《ぞうふ》を氷の掌《てのひら》で鷲摑《わしづか》みにされるような錯覚を覚えながら、僕は静かに尋ねる。

「貴方は、誰なんですか……？　どうして、シルさんと同じ姿をしているんですか？」

「知る必要はありません。私は、あの方との『賭け』に負けたのだから」

そう言って、彼女は諦めたように、告げた。

「私でさえ介することのできない記憶の場所に……貴方とだけの思い出の場所に、シル様はいます。行ってください」

僕とシルさんだけの、思い出の場所……？

それを聞いた瞬間、反射的に一つの光景を思い出す。

僕とシルさんしか知り得ない記憶の情景を。

立ちつくしていた僕は、目の前に立つシルさんではない誰かを見返す。

「……貴方は、行かないんですか？　このままじゃあ、【フレイヤ・ファミリア】に……！」

「……偽物とわかっていながら、私の心配ですか。どこまでこの身を惨めにすれば気が済むのでしょう。本当に、酷い偽善者」

「っ……」

「貴方がいなくなれば、私が殺されることはありません。あの方を裏切っていたとはいえ、私が貴方を手放せば、罰は受けても命までは取られない」

「……本当に？」

「ええ、とても虚しいことに。──だから、早く行ってください」

彼女にもはや何の意志も感じられない。殺意も敵意も、全てが霧散したかのように。

僕は、彼女の言葉を信じることしかできなかった。

感情が抜け落ちた相貌に口を引き結んだ後、廃墟を後にした。


少年が廃墟からいなくなる。

その気配が遠のいていく。

それを感じる娘《シル》の姿をした少女は——次の瞬間、こめかみに槍の柄《え》を叩き込まれていた。

吹き飛ばされる。

決河の勢いで、柱を粉砕し、壁に激突して。

凄まじい砂塵と轟音《ごうおん》が上がる中、銀槍《ぎんそう》を薙ぎ払った張本人、アレンは舌を弾いた。

「独断に、茶番……あまつさえ護衛の任さえ放棄しやがって。結局なにがやりたかったんだ、てめえは」

苛立ちの言葉が投じられる先。

壁から体を引き剝がし、床に崩れ落ちる少女は、手を痙攣させ、虫の息であった。

しかし、常人ならば首の骨が折れるどころか頭部が爆砕しかねないほどの攻撃をもらってもなお、彼女の肉体は原型をとどめていた。

娘《シル》の相貌を大量の血で汚し、肢体《したい》を傷だらけにして、重傷を負いながら、生きていた。

「死ぬ前に答えろ、ヘルン」


その名が契機だったかのように。

あたかも鏡が溶けるかのごとく光の膜が娘《シル》の全身を覆い、無数の光粒となって砕け散る。

上限を超えた損傷《ダメージ》による『魔法』の解除。

光の粒子が消失した先に横たわっていたのは――色素が抜け落ちた灰色の髪、宵《よい》の闇《やみ》に覆われたかのような漆黒の左眼を持つ、美しい少女だった。

「侍従頭が聞いて呆《あき》れる」

「神意に背いておいて、何が『女神の付き人』だ」

アレンと同じように、穴が開いている屋根からガリバー四兄弟、そしてヘグニが廃墟内に着地する。

小人族《パルゥム》のドヴァリンとグレールの唾棄に――ヘルンは、震える唇を開いた。

「弁明は、ありません……。私が犯したことは、まさに背神《はいしん》の行為……許されるものではない……」

顔の右半分を隠す長い髪を揺らし、喘《あえ》ぐように罪を認める。

それに瞳を細めるヘグニが、やはり厭忌《えんき》の感情を吐いた。

「小娘ごときの策略が上手《うま》く行き過ぎている……我が宿敵ヘディン、そしてオッタルとも手を結んでいたか」

その通りだった。

正確には、参謀《ヘディン》と団長《オッタル》も騙した上で、ヘルンと呼ばれる少女は少年《ベル》を殺そうとした。

一日目は本物の娘《シル》。

二日目は偽物の娘《シル》。

だから、アレン達は激怒した。

女神の所有物として決定づけられている少年を、独断で好きにしようとするヘルンを。

もしヘルンが協力を募ったとしたら、その時点で彼女の計画は彼等の手で粉微塵《こなみじん》に破壊されていただろう。いわゆる『過激派』に属するアレン達は、主神の神意に背く要素をとことん排除する。

全ては女神のために。

「てめえ、端《ハナ》から俺達に殺されるつもりだっただろう」

アレンは怒りの剣幕を浮かべ、見抜く。

少女の計画は最初から自分自身の犠牲に基づく行為であったことを。

「……女神を想い、女神に忠誠を誓うべく、女神を裏切った。ならば私の『望み』が叶おうとも叶わずとも、この拾われた命、女神にお返しするまで……」

震える手を床につき、上体を起こすヘルンは、たどたどしく答える。

苦しみも恐怖もなく、血で化粧をした少女の相貌は、まさに殉教者のそれであった。

「てめえの薄汚ぇ自己満足《いのち》をあの方に押し付けるんじゃねえ、屑が」

アレンはそれを、一蹴する。

一度項垂れるヘルンは、次には顔を振り上げて、叫んだ。

「確かに私は、女神の心を奪うあの少年を憎み、嫉妬《しっと》していました！　……けれど、それだけじゃない！　私は危ぶんだ‼　女神が変わってしまうことに！　唯一無二の女王が、このままでは穢《けが》れて堕落《だらく》することに！」

「……」

「貴方達にはわからない！　けれど私だけにはわかる！　だから、だから、だから‼　私がやらねばならなかったのです！　あの方が望まれなくとも、永久に憎まれようとも！　あの方のために私が犯さねばならなかった！　女神は女神で在り続けなくてはならない！」

アレン達が黙って見つめる中、少女は凄絶《せいぜつ》な笑みを浮かべる。

「そう──ただの『小娘』になど、成り下がっていい道理などない‼」

はははははははははははははははははははははははははははは──……と。

壊れた自鳴琴《オルゴール》のように、少女の喉から哄笑《こうしょう》が迸《ほとばし》り、壊れた屋根から空へと上っていく。

その笑い声は己の忠義を疑っていない。

その闇の色の瞳の輝きは、主《あるじ》の永遠の栄光を夢見ている。

彼女を構成する全ては、彼女が崇《あが》める女神のみに捧げられている。

「てめえは女神のお付きじゃねえ」

やがて、アレンは吐き捨てた。

「てめえは、ただの『狂神者《きょうしんしゃ》』だ」

その言葉に。

少女は否定も肯定もせず。

目を細め、一筋の血を頬に伝わせながら、ただただ笑った。


雪が降っていた、あの日。

美しくも残酷な白い破片が天から降りそそいでいた、あの夜。

私を見つけてくださった女神は、言った。

『今から私は貴方を助けようと思うのだけれど……貴方は、何か望むものはある？』

私は答えた。

私を止め、美しく温かな貴方自身になりたい、と。

『神《わたし》になりたいですって？　貴方、どこまで欲張りなの！　そんなことを言う子、今までどこにもいなかった！』

私の傲慢な『渇望』にあの方は笑ってくださった。

そして、おっしゃったのだ。


『それじゃあ名前をあげる。代わりに貴方の名を私にちょうだい？』


それは『運命』の――『真名』の交換だった。

この肉体と魂が、孤独で薄汚れた小娘じゃなくなる、神聖な儀式にして契約だった。

『シル』という名前を献上し、『ヘルン』という神の名を頂戴したのだ。

そして、あの方の眷族になった瞬間。

己の渇望が『神の恩恵』によって具現化した時、私は歓喜した。

【唯一の秘法《ヴァナ・セイズ》】――その効果は『変神《へんしん》魔法』。

唯一人《ただひとり》の女神になるためだけの秘術。

発動している間、私はあの方と五感を共有し、想いをも一方的に受信する。

彼女が感じたものを、彼女に関わるありとあらゆる万物を、私は識《し》ることができる！

『神の力《アルカナム》』を使えないことを除けば――私は体も、心まで女神になったのだ！

身に余る光栄。迸る絶頂。地の汚物でしかなかった小娘は天の祝福を浴びた。

嗚呼!!

私は女神《ヘルン》の娘！

ただの娘《シル》を返上し、『神々の娘《むすめ》』となった存在！

未来永劫《えいごう》、あの方の腕となり足となり、鼻となり耳となり瞳となり、女神の一部として運命を共にする！


なのに！　なのに！　なのに！


あの少年が現れた！

あの男が!!

崇高なる女神を、何よりも美しい女神を惑わす存在が！

発現した『秘術』を使い、女神になっている間、あの方の想いを知覚できる私だけがわかる！　私だけにしかわからない！

女神は、女神でなくなろうとしている！

超然にして高尚、人智など及ばない天上の支配者は、取るに足らない大地の染《シミ》の一つに成り果てようとしている！

女神がただの『小娘』に成り下がるなど——そんなことはあってはならない！


だから！

そう、だから‼


私は決意するしかなかった！

自分は間違っていないと『衝動』の言いなりになるしかなかった！

神意にそぐわぬ決断をもってしても、『少年の暗殺』に臨むしか！

日常の中で殺害を断行するのはもはや不可能だった。あの少年は私が懊悩《おうのう》している間にも成長を続け、既に強くなり過ぎた。たとえ一人きりの時を狙っても今の私では寝首を掻《か》くことすらできない。そして私には協力者などいない。他の眷族達は少年を妬《ねた》んでいても、命を奪おうなどとは露ほどにも思っていない。私は孤絶していた。

あの方から『女神祭』の『誘いの文』を少年に届けてくれと言われた、あの日。

どのような感情が私の中で渦巻いたのか、誰も知りはしないだろう。

引鉄《ひきがね》が砕け、もはや暴走するしかなくなった情動が私を決断させるに至ったことも。

屋敷《ホーム》の前であの少年と初めて出会った、あの日。

途方もない殺意を必死に抑え込みながら、あの方の想いと同調することで目の前の存在を愛しく感じてしまった私が、どれだけ不安定になっていたか、誰も知らない!!

だから、この『女神祭』を利用するしかなかった！

あの方と入れ替わり、あの少年に近寄ることのできる機会を手に入れ、彼の懐《ふところ》にもぐり込むことができる唯一の時を！

『少年への好意』という名の感情に肉も魂も犯されながら、しかし私の『忠誠』は揺らがなかった。私の信仰はくだらない想いを塗り潰し、淘汰《とうた》し、この身を使命の業火《ごうか》で焼いた。

女神を必ずや呪縛から解き放たなくてはならない。

穢れを洗い流す禊《みそぎ》は私の命をもって完遂される。

そう。

女神は、女神のままでなくてはならないのだ！

女神は、女神こそが――!!

けれど。

もう私の『望み』は叶わない。

激しい怒り、冷たい悲しみ、そして穏やかな喜び。女神が強過ぎる感情を得た際、それは時に逆流を起こし、神の自我は卑小な私の意識を呑み込んでしまう。大精堂《だいせいどう》での出来事を断片的にしか捉えられなかったことが私の敗因——いや、言い訳をするつもりはない。

私は彼に敗けたのだ。

自身の正体を看破され。

彼を殺すことはできず。

彼を止めることもできず。

私は、勝負《ゲーム》に敗れたのだ。

『交渉』の中で、あの方が絶対順守を課した条件。

——もし貴方の『嘘』が見破られた時、貴方の『負け』を認めること。

——その時点で貴方はもう、あの子に何もしてはならない。

今《いま》思えば、女神は私の真意を見透かしていたのだろう。

『少年への好意』を隠れ蓑《みの》にし、真実の中に混ぜた『殺意』を。

同時に猛者《あのかた》は少年を試し、白妖精《あのかた》は女神のためだけに動いた。

結局、私は女神の手の平の上で踊らされ、彼に返り討ちにあった。

なんて惨めで、なんという愚かな幕引き。

道化にすら至らなかった私は結局、あの方がおっしゃった通り、誰にもなれはしなかった。

　でも、それでも、いい。

悔しいけれど。とても悲しいけれど。

あの方を『悪夢』から覚ます方法は、まだ残されている。

私は、あの方を傷付けたくなかったから強硬手段をとった。

私が、全ての罪を背負って命で償えばいいと思った。

崇高な女神に『傷』の一つでも味わってほしくなかったから、やろうとしたのに――。

あひっ、ひひひっ、ひひっ！

結末は変わらない！

あの少年の目がどこを向いているのか！

ああまで透明になるほどの想いは、どこまで一途なのか！

どんなに願っても、狂おしくても、結果は変わらない！

これで彼女は呪縛から解き放たれる！

他ならない彼の手によって！

純粋たるが故に、あの白い少年こそが、女神の『望み』に引導を渡す！

それを知っているのは私だけでいい!!

そう。

この頰に伝う涙の意味を、知っていいのは私だけ。


走る。

走っていく。

記憶を頼りに、本当に合っているのかもわからない、けれど何となく確信している、二人にとって縁がある場所へ。

まるで僕の予感を後押しするように、進むごとに次第に人気《ひとけ》は薄れていき、喧騒《けんそう》は離れ、静寂だけが深まっていった。

迷路の森を行《ゆ》き、段差の崖を越え、壁の谷を下りる。

灰色の空が唸り、厚い雲が移ろう中……僕は見覚えのある、小さな庭園に辿り着いた。

場所は迷宮街『ダイダロス通り』。

そして彼女は、煉瓦《れんが》の長椅子《ベンチ》に座り、信じるように目を瞑って誰かを待っていた。

「シルさん……」

初めて、彼女に『好き』と言われた場所。

沢山のことがあり過ぎて、僕が罅《ひび》だらけになっていた時、彼女が助けてくれた庭園。

──『私は……走り続けている貴方が好きだから』。

お互いの心が一番近くに寄り添った、二人だけしか知らない記憶の揺り籠《かご》。

「！」

庭園の入り口で立ち止まっていた僕は、はっと頭上を見上げた。

石造りの建物の上、そこに立っているのは師匠《マスター》……ヘディンさん。

護衛の位置にたたずむ彼は、これまでのような命令も、強制も、何も告げてこない。

何を考えているのかわからない珊瑚《さんご》朱《しゅ》色の瞳で僕をただ見つめ、役目は終えた、そう言うかのように身を翻した。

去っていくエルフの姿を眺めて、視線を彼女のもとに戻す。

小さな風が吹く。

立ち止まっていた僕は、促されるように庭園へ足を踏み入れた。

植栽とともに植えられている花が、白い小輪を揺らす。

彼女はゆっくりと瞼を開け、僕を認めて、口もとを穏やかに曲げた。

「見つけてくれたんですね、ベルさん」

「……シルさんにそっくりな人に、教えてもらって」

「もう。そういう時は、ここにいるような気がした、って言うんですよ？」

子供を咎《とが》めるように注意される。

その声音はちっとも本気じゃなくて、優しかった。

彼女が立ち上がり、庭園の真ん中に導かれるように、僕達は向かい合う。

昨日と変わらないドレス。

薄鈍色の髪には、僕が贈った蒼の装身具《アクセサリ》。

騎士と精霊の運命を象《かたど》る番《つがい》の髪飾り。

「どうして」

口を開いたのは、僕だった。

「どうして、こんなことをしたんですか？」

他に尋ねることはいっぱいあった筈なのに、そう問いかける。

「昨日、言いましたよ」

シルさんは微笑《ほほえ》む。

「私の想いを伝えたかった。私の想いを、確かめたかった」

そっと右手を伸ばし、髪飾りに触れながら。

「貴方を好きな人が他にいても、それでも私を見つけてくれたら、少しはうぬぼれてもいいのかなって」

「……」

「あとは、今の精一杯を尽くそうって。何もせずに時間が過ぎ去るのは嫌だと思ったんです」

「……」

「何より、退屈を嫌っているくせに今の停滞を願っている私がいて、怖くなりました」

一方的に彼女は喋った。

それは弁明でもなければ釈明でもなく、共感を求める訴えですらなかった。

「でも、自分でもよくわからなくなっちゃった」

彼女自身、言葉の海の中で本当の自分を探しているように、僕の目には映った。

「私は今、自分のことが一番わからない」

なんてことはない見慣れた彼女の笑みが、どうしてか、泣いているように見える。

何も知らない子供が立ちつくしている。

愛を送り、愛をねだる存在が、途方に暮れている。

そんな風に。

「きっと、多分、どんなことを試してみても……この苦しみから解放されるには、私の本当《ぜんぶ》を告白するしかないんだって、ようやくわかりました」

今になって気付いた。

声が震えている。

あの彼女が気丈に振る舞っている。

目の前のことに怯えながら、それでも勇気を振り絞ろうとしている。

何故か、膝が揺れた。

手が痙攣しそうになる。

歯が震えかける。

関係の維持を許さず、避けられない分岐点が訪れてしまう。

そして、彼女は告げた。


「好きです、ベルさん」


胸を両手で握り締め、身を乗り出して。

「貴方のことが好き。ずっと一緒にいたい。私を選んでほしい」

薄鈍色の双眸が潤む。

「苦しいの。抱きしめてほしいの。もう明日《あす》を不安に思うのは嫌」

どうして滴《しずく》が溜まるのか、その瞳《ひとみ》自身もわかっていない。

「こんなこと知りたくなかったのに、それでもこの想いの先を知りたいって、そう思ってしまうの！」
身を引き裂くような切実な響きを伴って、僕の全身を揺さぶる。

「貴方が、好き……ベル」

胸がわなないた。
音が聞こえなくなる。
彼女しか瞳に映さなくなる。
世界が、二人だけになる。
訪れるのは耳を貫くほどの静寂と、永遠のような一瞬の沈黙だった。
隠したかったもの。
誤魔化したかったもの。
怖くてしかたがなかったもの。
全てを曝《さら》け出して、全てをぶつけられた。
逃避は許されない。対価を払わなくてはならない。僕の本当《ぜんぶ》を捧げなければならない。
胸が軋む。
眉が歪んだ。

喚《わめ》き立てる心臓を握り潰したい。
こんな苦しいことは止めて、彼女の想いを受け入れて、楽になってしまいたい。
いい、いい、
それでも。
いい、いい、
それでも。
いい、いい、
それでも——。
思い出す。
ヴェルフと交わした言葉を。
確かめる。
今、自分の心の中にある存在を。
問いかける。
自分が何に憧《あこが》れ、何を求め、何を誓って走り出したのかを。
答えを出す。
——真性の馬鹿野郎《ベル・クラネル》は、嘘をつくことはできない。
ぽつ、と滴が肩を叩いた。
空が涙の気配を孕《はら》む。
僕を見つめる彼女と、彼女を見つめ返す僕。
二人の間に残っている僅かな距離が、二人の結末を象徴しているようだった。

知らなかった。

知らなかった。

好意を拒むということが――こんなにも辛《つら》いことなんて、知らなかった。

「ごめんなさい……」

空は静かに、泣き始めた。

エピローグ "Alea iacta est II"

空が泣いている。

大粒の涙を流し、それ以外の音を消し去って、哀《かな》しみに暮れるように。

視界を埋めるほどの雨は街から喧騒《けんそう》を奪った。

多くの者が屋根の下へ急ぎ、人の姿は消えていく。真っ暗な海に塞《ふさ》がった空は酷《ひど》く冷たい。

誰もが頭上を見上げ、それを憂《うれ》う。

天を衝《つ》く白亜の巨塔さえ霞《かす》んで見えた。

都市から、豊穣《ほうじょう》の祝福が途切れる。

そんな中、ぴしゃり、ぴしゃり、と。

シルは一人、歩いていた。

傘もささず、雨を浴びて、その服も、肌も、髪も、全てを濡《ぬ》らしながら。

いつの間にか靴《パンプス》はなくなっていた。

傷だらけになった彼女の足は自分が走ったのかどうかも思い出せない。ただ、ふと気付けば景色は変わっていた。そして目の前から少年は消えていて、雨音に交じる独《ひと》りだけの足音が事実となっていた。

裸足《はだし》で水溜《みずたま》りを震わせる。

幾重《いくえ》もの波紋を広げて。

誰もいない通りを歩きながら。

瞳《ひとみ》を隠す前髪から頻《しき》りに滴《しずく》が溢《あふ》れ、幾筋もの滴が頬《ほお》を伝う。
ややあって。
寄り添う雨に導かれるように、誰もいない『アモールの広場』に辿《たど》り着く。
少女が誰かと待ち合わせをした場所。
神々の言葉で『愛』の名を冠する園《その》。
たたずむ女神の銅像も今ばかりは空の慟哭《どうこく》に晒《さら》されている。
シルは歩いた。
何も言わず、何も感じず。
幽鬼のように、迷子のように。
使者のように、あるいは聖女のように。
彼女は広場の中心で足を止めた。
依然降りしきる雨は、シルの体から全てを洗い流すかのようだった。
悲しみも苦しみも。
静かに、彼女はうつむく。
顔に張りついた薄鈍色《うすにびいろ》の髪の上で、蒼《あお》い髪飾りが雨を反射する。
間もなく、その細い体はゆっくりと震え出した。
雨に打たれながら、まるで寒さを堪《こら》えるように、次第に震えは大きくなっていく。

そして、

「オッタル」

呼んだ。

天の慟哭に満ちる世界の中で。

少女の声音を忘れた、晴れ晴れとした女神の声音をもって。

「はっ」

いつの間に現れたのか。

彼女の背後に立っていたのは、巌《いわお》のような猪人《ボアズ》の武人だった。

自らも雨に打たれながら、忠実な従者のごとく次の言葉を待つ。

「準備をして。あの子を盗りに行く」

声に躊躇《ちゅうちょ》はなかった。

温度はなく、慈悲もなく、ただ当然の摂理を語るように言い渡す。

「よろしいのですか？」

男はそれだけを尋ねた。

「何が？」

少女はそれだけを尋ね返した。

そして男は、非礼を詫《わ》びるように口を閉じた。

雨が揺らぐ。

悲しみに暮れる天の涙は、今や怯《おび》える獣の唸《うな》り声となっていた。

そのたった一つの存在を恐怖するように、空がざわめいていく。

「娘《シル》の時間はもう終わり……最初から、こうすれば良かった」

清々しい。

胸がすく思いだ。

想いなんてものから解き放たれてしまえば、簡単だった。

どうしてああまでこだわっていたのか、自分でもよくわからない。

だって今、自分はあれほどこだわっていたモノに、こんなにも無関心になれている。

少女は死に、彼女は笑った。

「遊びはここまでね」

唇《つ》が吊り上がる。

魔女のように、絶対の支配者のように。

前髪をかき上げ、結わえていた長髪を解き、背に流す。

たちまち体から、押さえつけられていた『神威《しんい》』が立ち昇り、唯一の存在が産声を上げる。

薄鈍色の髪は『銀の髪』に変わり。

薄鈍色の瞳は『銀の輝き』を纏《まと》い直して。

瞳の奥に飼っていた――瞳の奥に隠していた『神実《しんじつ》』をあらわにし、『女神《フレイヤ》』は笑った。

「誰にも渡さない。ベル、貴方は女神《わたし》のモノにする」

ステイタス

Lv.4

力：A843　耐久：A812　器用：A881　敏捷：S928　魔力：B767

幸運：F　耐異常：G　逃走：I

《魔法》

【ファイアボルト】
・速攻魔法。

《スキル》

【憧憬一途《リアリス・フレーゼ》】
・早熟する。
・懸想《おもい》が続く限り効果持続。
・懸想の丈により効果向上。

【英雄願望《アルゴノゥト》】
・能動的行動《アクティブアクション》に対するチャージ実行権。

【闘牛本能《オックス・スレイヤー》】
・猛牛系との戦闘時における、全能力の超高補正。

≪番《つがい》のペンダント≫

・二つを合わせて一つになる銀細工《アクセサリ》。
・裏面にはそれぞれ『騎士』と『精霊』の陰刻《インタリオ》と共通語《コイネー》が刻まれている。

『嗚呼《ああ》、フルランド。私達は順序を違《たが》えた。
愛の次に得たもの。それが彼女を壊してしまった』

・水と光のフルランド六章七節『聖女の独白』より抜粋。

【ベル・クラネル】

所属：【ヘスティア・ファミリア】

種族：ヒューマン

職業：冒険者

到達階層：37階層

武器：《ヘスティア・ナイフ》《白幻》

所持金：44444ヴァリス

≪ラファルトのオートクチュール≫

- オラリオ北のメインストリート界隈に存在する服飾店の中でも、最高級仕立て店『ラファルト』の特注品《オーダーメイド》一点もの。
  ヘディンの自腹でありシルとのデートのためだけに用意した、
  言わばシル専用デート決戦装備。視覚による奇襲を狙《ねら》ったフォーマルタイプ。
- 価格9200000ヴァリス。ベルの防具一式より高い。
- 水路で上着《ジャケット》を脱ぎ捨てた白兎《しろうさぎ》は、後で値段を知って卒倒した。

あとがき

ラスボスがアップを開始しました。

本巻は内容に触れるのが難しいので、ラブコメ（哲学）について語ろうと思います。『ラブコメは奥が深い』と本編八巻のあとがきにも書いたのですが、やはり今回もとても苦労しました。どんなお話が楽しいラブコメなんだろう？　どうすれば読者の皆さんに喜んでもらえるんだろう？　大切なのは萌《も》えなのか、ニヤニヤなのか、ドキドキなのか。「このラブコメ最高！」と言われるには？　沢山のライトノベルを購入してデートシーンを読み漁り、本当に色々悩みました。で、最高のラブコメを書くのは結局むりでした。

だから、どうすればヒロインが喜んでくれるんだろう？　とそのことだけを考えて執筆しました。

限りなく主人公の男の子に目線に立って、あーでもないこーでもないと、一人の女の子を笑わせるために色々なことを練って計画しました。その逆もまた然りです。僕《ベル》のことを知ってもらいたいというエゴを出しつつ、私《シル》は貴方《あなた》とこんなことをしたいという我儘《わがまま》をぶつけました。この十六巻は読者の皆さんや、ましてや神様のためではなく、一人の女の子のためだけに上梓しました。これが現時点での私のラブコメ（哲学）の答えというか、精一杯となります。

そしてこのラブコメの先は、エゴとエゴのシーソーゲームです。

愛か、あるいは別の何かのために血や涙を流す物語が待っています。

シリーズ最大の『爆弾』が炸裂し、投げられた賽《さい》も粉微塵《こなみじん》に砕《くだ》け散りました。

これは作者のエゴになりますが、どうか最後まで続きを見守って頂けたらと思います。

それでは謝辞に移らせて頂きます。

担当の松本様、北村編集長、今回は締め切りを守ったゾと調子に乗ってマウントを取って次回の締め切りで土下座をしている光景が目に浮かぶようでした。ヤスダスズヒト先生、素晴《すば》らしいイラストをありがとうございます！　と同時に凄まじい点数の扉絵を書かせてしまい、申し訳ありません……！　関係者の皆様にも深くお礼を申し上げます。そしてシリーズ全体を通してちょうど三十冊目になる本書を手にとってくださった読者の皆様、本当にありがとうございます。

次の十七巻はどうしてもこの十六巻と同じタイミングで出したかったのですが、難しそうです。誠に申し訳ありません。もう少々お待ちください。

ここまで読んで頂いてありがとうございました。失礼します。

大森藤ノ

ファンレター、作品の
ご感想をお待ちしています

〈あて先〉

〒105-0001
東京都港区虎ノ門2-2-1
SBクリエイティブ(株)
GA文庫編集部 気付

「大森藤ノ先生」係
「ヤスダスズヒト先生」係

本書に関するご意見・ご感想は
右のQRコードよりお寄せください。

※アクセスの際や登録時に発生する通信費等はご負担ください。

https://ga.sbcr.jp/

ダンジョンに出会いを求めるのは間違っているだろうか 16

発　行　2020年10月31日　初版第一刷発行
　　　　2024年9月30日　第四刷発行

著　者　大森藤ノ
発行者　出井貴完

発行所　SBクリエイティブ株式会社
〒105-0001
東京都港区虎ノ門2-2-1

装　丁　ヤスダスズヒト
FILTH

印刷・製本　中央精版印刷株式会社

ISBN978-4-8156-0756-2
Printed in Japan　GA文庫

刊行中!!!
16
ダンジョンに出会いを求めるのは間違っているだろうか
1~16巻
絶賛発売中!!!
ダンジョンに出会いを求めるのは
間違っているだろうか
著●大森藤ノ　イラスト●ヤスダスズヒト

広がる「ダンまち」ワールド！
シリーズ続々
1〜12巻
絶賛発売中!!!
ダンジョンに出会いを求めるのは間違っているだろうか外伝
ソード・オラトリア
著●大森藤ノ　イラスト●はいむらきよたか／キャラクター原案●ヤスダスズヒト

クロニクル・シリーズ!!!
ダンジョンに出会いを求めるのは間違っているだろうか
ファミリアクロニクル　episodeリュー
著●大森藤ノ　イラスト●ニリツ／キャラクター原案●ヤスダスズヒト

「ダンまち」の世界を補完する
それは
神の眷族が紡ぐ
歴史《クロニクル》の欠片――。
ダンジョンに出会いを求めるのは間違っているだろうか
ファミリアクロニクル　episodeフレイヤ
著●大森藤ノ　イラスト●ニリツ／キャラクター原案●ヤスダスズヒト

第17回 GA文庫大賞
GA文庫では10代～20代のライトノベル読者に向けた
魅力溢れるエンターテインメント作品を募集します！
書く、その先へ。
イラスト／はねこと
大賞賞金300万円＋コミカライズ確約！
◆募集内容◆
広義のエンターテインメント小説（ファンタジー、ラブコメ、学園など）で、日本語で書かれた未発表のオリジナル作品を募集します。希望者全員に評価シートを送付します。
※入賞作は当社にて刊行いたします。詳しくは募集要項をご確認下さい。
全入賞作品を刊行までサポート!!
応募の詳細はGA文庫公式ホームページにて
https://ga.sbcr.jp/